MR. NO PROBLEM

老舍 · 著

的问题

问题

不成

的问题

作家出版社

目录

不成问题的问题 …… 001

一封家信 …… 038

小木头人 …… 046

牺　牲 …… 065

新时代的旧悲剧 …… 091

旅　行 …… 151

讨　论 …… 156

狗之晨 …… 160

记懒人 …… 167

不远千里而来 …… 173

抓　药 …… 180

生　灭 …… 191

丁　…… 202

新爱弥耳 …… 207

兄妹从军 …… 216

敌与友 …… 227

小青不玩娃娃了 …… 234

小白鼠 …… 236

民主世界 …… 238

不成问题的问题

　　任何人来到这里——树华农场——他必定会感觉到世界上并没有什么战争，和战争所带来的轰炸、屠杀，与死亡。专凭风景来说，这里真值得被称为乱世的桃源。前面是刚由一个小小的峡口转过来的江，江水在冬天与春天总是使人愿意跳进去的那么澄清碧绿。背后是一带小山。山上没有什么，除了一丛丛的绿竹矮树，在竹、树的空处往往露出赭色的块块儿，像是画家给点染上的。

　　小山的半腰里，那青青的一片，在青色当中露出一两块白墙和二三屋脊的，便是树华农场。江上的小渡口，离农场大约有半里地，小船上的渡客，即使是往相反的方向去的，也往往回转头来，望一望这美丽的地方。他们若上了那斜着的坡道，就必定向农场这里指指点点，因为树上半黄的橘柑，或已经红了的苹果，总是使人注意而想夸赞几声的。到春暖花开的时候，或遇到什么大家休假的日子，城里的仕女有时候也把逛一逛树华农场作为一种高雅的举动，而这农场的美丽恐怕还多少地存在一些小文与短诗之中咧。

创办一座农场必定不是为看着玩的：那么，我们就不能专来谀赞风景而忽略更实际一些的事儿了。由实际上说，树华农场的用水是没有问题的，因为江就在它的脚底下。出品的运出也没有问题。它离重庆市不过三十多里路，江中可以走船，江边上也有小路。它的设备是相当可观的：有鸭鹅池、有兔笼、有花畦、有菜圃、有牛羊圈、有果园。鸭蛋、鲜花、青菜、水果、牛羊乳……都正是像重庆那样的都市所必需的东西。况且，它的创办正在抗战的那一年：重庆的人口，在抗战后，一天比一天多，所以需要的东西，像青菜与其他树华农场所产生的东西，自然地也一天比一天多。赚钱是没有问题的。

从渡口上的坡道往左走不远，就有一些还未完全风化的红石，石旁生着几丛细竹。到了竹丛，便到了农场的窄而明洁的石板路。离竹丛不远，相对地长着两株青松，松树上挂着两面粗粗刨平的木牌，白漆漆着"树华农场"。石板路边，靠江的这一面，都是花，使人能从花的各种颜色上，慢慢地把眼光移到碧绿的江水上面去。靠山的一面是许多直立的扇形的葡萄架，架子的后面是各种果树。走完了石板路，有一座不甚高、而相当宽的藤萝架，这便是农场的大门，横匾上刻着"树华"两个隶字。进了门，在绿草上，或碎石堆花的路上，往往能看见几片柔软而轻的鸭鹅毛，因为鸭鹅的池塘便在左手方。这里的鸭是纯白而肥硕的，真正的北平填鸭。对着鸭池是平平的一个坝子，满种着花草与菜蔬。在坝子的末端，被竹树掩覆着，是办公厅。这是相当坚固而十分雅致的一所两层的楼房，花果的香味永远充满了全楼的每一角落。牛羊圈和工人的草舍又在楼房的后边，时时有羊羔悲哀地啼唤。

这一些设备，叫农场至少要用二十来名工人。可是，以它的生产能力，和出品销路的良好来说，除了一切开销，它还应当赚钱。无论是内行人还是外行人，只要看过这座农场，大概就不会想象到这是赔钱的事业。

然而，树华农场赔钱。

创办的时候，当然要往"里"垫钱。但是，鸡鸭、青菜、鲜花、牛羊乳，都是不需要很长的时间就可以在利润方面有些数目字的。按照行家的算盘上看，假若第二年还不十分顺利的话，至迟在第三年的开始就可以绝对地看赚了。

可是，树华农场的赔损是在创办后的第三年。在第三年首次股东会议的时候，场长与股东们都对着账簿发了半天的愣。

赔点钱，场长是绝不在乎的，他不过是大股东之一，而被大家推举出来做场长的。他还有许多比这座农场大得多的事业。可是，即使他对这小小的事业赔赚都不在乎，即使他一走到院中，看看那些鲜美的花草，就把赔钱的事忘得一干二净，他现在——在股东会上——究竟有点不大好过。他自信是把能手，他到处会赚钱，他是大家所崇拜的实业家。农场赔钱？这伤了他的自尊心。他赔点钱，股东他们赔点钱，都没有关系。只是，下不来台！这比什么都要紧！股东们呢，多数的是可以与场长立在一块儿呼兄唤弟的。他们的名望、资本、能力，也许都不及场长，可是在赔个万儿八千块钱上来说，场长要是沉得住气，他们也不便多出声儿。很少数的股东的确是想投了资、赚点钱，可是他们不便先开口质问，因为他们股子少，地位也就低，假若粗着脖子红着筋地发言，也许得罪了场长和大股东们——这，恐怕比赔点钱的损失还更大呢。

事实上，假若大家肯打开窗子说亮话，他们就可以异口同声地、确凿无疑地，马上指出赔钱的原因来。原因很简单，他们错用了人。场长，虽然是场长，是不能、不肯、不会、不屑于到农场来监督指导一切的。股东们也不会十趟八趟跑来看看的——他们只愿在开会的时候来做一次远足，既可以欣赏欣赏乡郊的景色，又可以和老友们喝两盅酒，附带的还可以露一露股东的身份。除了几个小股东，多数人接到开会的通知，就仿佛在箱子里寻找迎节当令该换的衣服的时候，偶然地发现了想不起怎么随手放在那里的一卷钞票——"呕，这儿还有点玩意儿呢！"

农场实际负责任的人是丁务源，丁主任。

丁务源，丁主任，管理这座农场已有半年。农场赔钱就在这半年。

连场长带股东们都知道，假若他们脱口而出地说实话，他们就必定在口里说出"赔钱的原因在——"的时节，手指就确切无疑地伸出，指着丁务源！丁务源就在一旁坐着呢。但是，谁的嘴也没动，手指自然也就无从伸出。

他们，连场长带股东，谁没吃过农场的北平大填鸭、意大利种的肥母鸡、琥珀心的松花，和大得使儿童们跳起来的大鸡蛋鸭蛋？谁的瓶里没有插过农场的大枝的桂花、蜡梅、红白梅花，和大朵的起楼子①的芍药、牡丹与茶花？谁的盘子里没有盛过使男女客人们赞叹的山东大白菜、绿得像翡翠般的油菜与嫩豌豆？

这些东西都是谁送给他们的？丁务源！

——————————————

① 起楼子：分层高叠。

再说，谁家落了红白事，不是人家丁主任第一个跑来帮忙？谁家出了不大痛快的事故，不是人家丁主任像自天而降的喜神一般，把大事化小、小事化无？

是的，丁主任就在这里坐着呢。可是谁肯伸出指头去戳点他呢？

什么责任问题、补救方法，股东会都没有谈论。等到丁主任预备的酒席吃残，大家只能拍拍他的肩膀，说声"美满闭会"了。

丁务源是哪里的人？没有人知道。他是一切人——中外无别——的乡亲。他的言语也正配得上他的籍贯，他会把他所到过的地方的最简单的话，例如四川的"啥子"与"要得"、上海的"唔啥"、北平的"妈啦巴子"……都美好地联结到一处，变成一种独创的"国语"；有时候也还加上一半个"孤得"，或"夜司"，增加一点异国情味。

四十来岁，中等身量，脸上有点发胖，而肉都是亮的，丁务源不是个俊秀的人，而令人喜爱。他脸上那点发亮的肌肉，已经叫人一见就痛快，再加上一对光满神足、顾盼多姿的眼睛，与随时变化而无往不宜的表情，就不只讨人爱，而且令人信任他了。最足以表现他的天才而使人赞叹不已的是他的衣服。他的长袍，不管是绸的还是布的，不管是单的还是棉的，永远是半新半旧的，使人一看就感到舒服；永远是比他的身材稍微宽大一些，于是他垂着手也好、揣着手也好、掉背着手更好，老有一些从容不迫的气度。他的小褂的领子与袖口，永远是洁白如雪，这样，即使大褂上有一小块油渍，或大襟上微微有点褶皱，可是他的雪白的内衣的领与袖会使人相信他是最爱清洁的人。他老穿礼服呢厚白底子的鞋，而且裤脚儿上扎着绸子带儿。快走，那白白的鞋底与颤动的腿带，会显出轻灵飘洒；慢走，又显出雍容大雅。长袍、布底鞋、绸子裤脚带儿合在一处，未免太老派了，所以他在领子下面插上了一支派克笔和一支白亮的铅笔，来调和一下。他老在说话，而并没说什么。"是呀""要得么""好"，这些小字眼被他轻妙地插在别人的话语中间，就好像他说了许多话似的。到必要时，他把这些小字眼也收藏起来，而只转转眼珠，或轻轻一咬嘴唇，或给人家从衣服上弹去一点点灰。这些小动作表现了关切、同情、用心，比说话的效果更大得多。遇见大事，他总是斩钉截铁地下这样的结论——没有问题，绝对的！说完这一声，他便把问题放下，而闲扯些别的，使对方把忧虑与关切马上忘掉。等到对方满意地告别了，他会倒头就睡，睡三四个钟头；醒来，他把那件绝对没有问题的事忘得一干二净。直等到那个人又来了，他才想起原来曾经有过那么一回事，而又把对方热诚地送走。事情，照例又推在一边。及至那个人快恼了他的时候，他会用农场的出品使朋友仍然和他和好。天下事都绝对没有问题，因为他根本不去办。

他吃得好，穿得舒服，睡得香甜，永远不会发愁。他绝对没有任何理想，所以想发愁也无从发起。他看不出彼此敷衍有什么不对的地方。他只知道敷衍能解决一切，至少能使他无忧无虑，脸上胖而且亮。凡足以使事情敷衍过去的手段，都是绝妙的手段。当他刚一得到农场主任的职务的时候，他便被姑姑老姨舅爷，与舅爷的舅爷包围起来，他马上变成了这群人的救主。没办法，只好一一敷衍。于是一部分有经验的职员与工人马上被他"欢送"出去，而舅爷与舅爷的舅爷都成了护法的天使，占据了地上的乐园。

没被辞退的职员与园丁，本都想辞职。可是，丁主任不给他们开口的机会。他们由书面上通知他，他连看也不看。于是，大家想不辞而别。但是，赶到真要走出农场时，大家的意见已经不甚一致。新主任到职以后，什么也没过问，而在两天之中把大家的姓名记得飞熟，并且知道了他们的籍贯。"老张！"丁主任最富情感的眼，像有两条紫外光似的射到老张的心里，"你是广元人呀？乡亲！硬是要得！"丁主任解除了老张的武装。

"老谢！"丁主任的有肉而滚热的手拍着老谢的肩膀，"呕，恩施？好地方！乡亲！要得么！"于是，老谢也缴了械。

多数的旧人们就这样受了感动，而把"不辞而别"的决定视为一时的冲动，不大合理。那几位比较坚决的，看朋友们多数鸣金收兵，也就不便再说什么，虽然心里还有点不大得劲儿。及至丁主任的胖手也拍在他们的肩头上，他们反觉得只有给他效劳，庶几乎可以赎出自己的行动幼稚、冒昧的罪过来。"丁主任是个朋友！"这句话即使不便明说，也时常在大家心中飞来飞去，像出笼的小鸟，恋恋不忍去似的。大家对丁主任的信任心是与时俱增的。不管大事小事，只要向丁主任开口，人家丁主任是不会眨眨眼或愣一愣再答应的。他们的请托的话还没有说完，丁主任已说了五个"要得"。丁主任受人之托，事实上，是轻而易举的。比方说，他要进城——他时常进城——有人托他带几块肥皂。在托他的人想，丁主任是精明人，必能以极便宜的价钱买到极好的东西。而丁主任呢，到了城里，顺脚走进那最大的铺子，随手拿几块最贵的肥皂。拿回来，一说价钱，使朋友大吃一惊。"货物道地，"丁主任要交代清楚，"你晓得！多出钱，到大铺子去买，吃不了亏！你不要，我还留着用呢！你怎样？"怎能不要呢，朋友只好把东西接过去，连声道谢。

大家可是依旧信任他。当他们暗中思索的时候，他们要问：托人家带东西，带来了没有？带来了。那么人家没有失信。东西贵，可是好呢。进言无二价的大铺子买东西，谁不会呢，何必托他？不过，既然托他，他——堂堂的丁主任——岂是挤在小摊子上争钱讲价的人？这只能怪自己，不能怪丁主任。

慢慢地，场里的人们又有耳闻：人家丁主任给场长与股东们办事也是如此。不管办个"三天"，还是"满月"，丁主任必定闻风而至，他来到，事情就得由他办。烟，能买"炮台"就买"炮台"，能买到"三五"就是"三五"。酒，即使找不到"茅台"与"贵妃"，起码也是绵竹大曲。饭菜，呕，先不用说饭菜吧，就是糖果也必得是冠生园的，主人们没法挑眼。不错，丁主任的手法确是太大，可是，他给主人们做了脸哪。主人说不出话来，而且没法不佩服丁主任见过世面。有时候，主妇们因为丁主任太好铺张而想表示不满，可是丁主任送来的礼物，与对她们的殷勤，使她们也无从开口。她们既不出声，男人们就感到事情都办得合理，而把丁主任看成了不起的人物。这样，丁主任既在场长与股东们眼中有了身份，农场里的人们就不敢再批评什么，即使吃了他的亏，似乎也是应当的。

及至丁主任做到两个月的主任，大家不但不想辞职，而且很怕被辞了。他们宁可舍着脸去逢迎谄媚他，也不肯失掉了地位。丁主任带来的人，因为不会做活，也就根本什么也不干。原有的工人与职员虽然不敢照样公然怠工，可是也不便再像原先那样实对实地每日做八小时工。他们自动把八小时改为七小时，慢慢地又改为六小时、五小时。赶到主任进城的时候，他们干脆就整天休息。休息多了，又感到闷得慌，于是麻将与牌九就应运而起。牛羊们饿得乱叫，也压不下大家的欢笑与牌声。有一回，大家正赌得高兴，猛一抬头，丁主任不知道什么时候神不知鬼不觉地站在老张的后边！大家都愣了！

"接着来，没关系！"丁主任的表情与语调顿时叫大家的眼都有点发湿，"干活是干活，玩是玩！老张，那张八万打得好，要得！"

大家的精神，就像都刚和了满贯似的，为之一振。有的人被感动得手指直颤。

大家让主任加入。主任无论如何不肯破坏原局。直等到四圈完了，他才强被大家拉住，改组。"赌场上可不分大小，赢了拿走，输了认命，别说我是主任、谁是园丁！"主任挽起雪白的袖口，微笑着说。大家没有异议。"还玩这么大的，可是加十块钱的望子，自摸双？"大家又无异议。新局开始。主任的牌打得好。不但好，而且牌品高，打起牌来，他一声不出，连"要得"也不说了。他自己和牌，轻轻地好像抱歉似的把牌推倒。别人和牌，他微笑着，几乎是毕恭毕敬地送过筹码去。十次，他总有八次赢钱，可是越赢越受大家敬爱。大家仿佛宁愿把钱输给主任，也不愿随便赢别人几个。把钱输给丁主任似乎是一种光荣。

不过，从实际上看，光荣却不像钱那样有用。钱既输光，就得另想生财之道。由正常的工作而获得的收入，谁都晓得，是有固定的数目。指着每月的工资去与丁主任一决胜负是做不通的。虽然没有创设什么设计委员会，大家可是都在打主意，打农场的主意。主意容易打，执行的勇气却很不易提起来。可是，感谢丁主任，他暗示给大家，农场的东西是可以自由处置的。没看见吗？农场的出品，丁主任都随便自己享受，都随便拿去送人。丁主任是如此，丁主任带来的"亲兵"也是如此，那么，别人又何必分外地客气呢？

于是，树华农场的肥鹅大鸭与油鸡忽然都罢了工，不再下蛋，这也许近乎污蔑这一群有良心的动物们，但是农场的账簿上千真万确看不见那笔蛋的收入了。外间自然还看得见树华的有名的鸭蛋——为孵小鸭用的——可是价钱高了三倍。找好鸭种的人们都交头接耳地嘀咕："树华的填鸭鸭蛋得托人情才弄得到手呢。"在这句话里，老张、老谢、老李都成了被恳托的要人。

在蛋荒之后，紧接着便是按照科学方法建造的鸡鸭房都失了科学的效用。树华农场大闹黄鼠狼，每晚上都丢失一两只大鸡或肥鸭。有时候，黄鼠狼在白天就出来为非作歹，而在他们最猖獗的时间，连牛犊和羊羔都被劫去。多么大的黄鼠狼呀！

鲜花、青菜、水果的产量并未减少，因为工友们知道完全不工作是自取灭亡。在他们赌输了、睡足了之后，他们自动地努力工作，不是为公，而是为了自己。不过，产量虽未怎么减少，农场的收入却比以前差得多了。果子、青菜，据说都闹虫病。果子呢，须要剔选一番，而后付运，以免损害了农场的美誉。不知道为什么那些落选的果子仿佛更大更美丽一些，而先被运走。没人能说出道理来，可是大家都喜欢这么做。菜蔬呢，以那最出名的大白菜说吧，等到上船的时节，三斤重的就变成了一斤或一斤多点；那外面的大肥叶子——据说是受过虫伤的——都被剥下来，洗净，另捆成一把一把的运走，当作"猪菜"卖。这种猪菜在市场上有很高的价格。

这些事，丁主任似乎知道，可没有任何表示，当夜里闹黄鼠狼子的时候，即使他正醒着，听得明明白白，他也不会失去身份地出来看看。及至次晨有人来报告，他会顺口答音地声明："我也听见了，我睡觉最警醒不过！"假若他高兴，他会继续说上许多关于黄鼬和他夜间怎样警觉的故事，当被黄鼬拉去而变成红烧的或清炖的鸡鸭，摆在他的面前，他就绝对不再提黄鼬，而只谈些烹饪上的问题与经验，一边说着，一边把最肥的一块鸭夹起来送给别人，"这么肥的鸭子，非挂炉烧烤不够味；清炖不相宜，不过，汤还看得！"他极大方地尝了两口汤。工人们若献给他钱——比如卖猪菜的钱——他绝对不肯收。"咱们这里没有等级，全是朋友。可是主任到底是主任，不能吃猪菜的钱！晚上打几圈儿好啦！要得吗？"他自己亲热地回答上，"要得！"把个"得"字说得极长。几圈麻将打过后，大家的猪菜钱至少有十分之八，名正言顺地入了主任的腰包。当一五一十地收钱的时候，他还要谦逊地声明："咱们的牌都差不多，谁也说不上高明。我的把弟孙宏英，一月只打一次就够吃半年的。人家那才叫会打牌！不信，你给他个司长，他都不做，一个月打一次小牌就够了！"

　　秦妙斋从十五岁起就自称为"宁夏第一才子"。到二十多岁，看"才子"这个词儿不大时兴了，乃改称为"全国第一艺术家"。据他自己说，他会雕刻、会作画、会弹古琴与钢琴、会作诗、会写小说与戏剧：全能的艺术家。可是，谁也没有见过他雕刻、画图、弹琴，和作文章。

　　在平时，他自居为艺术家，别人也就顺口答音地称他为"艺术家"，倒也没什么。到了抗战时期，正是所谓国乱显忠臣的时候，艺术家也罢，科学家也罢，都要拿出他的真正本领来报效国家，而秦妙斋先生什么也拿不出来。这也不算什么。假若他肯虚心地去学习，说不定他也许有一点天才，能学会画两笔，或做些简单而通俗的文字，去宣传抗战，或者，干脆放弃了天才的梦，而脚踏实地地去做中小学的教师，或到机关中服务，也还不失为尽其在我。可是他不肯去学习，不肯去吃苦，而只想飘飘摇摇地做个空头艺术家。

他在抗战后，也曾加入艺术家们的抗战团体。可是不久便冷淡下来，不再去开会。因为在他想，自己既是第一艺术家，理当在各团体中取得领导的地位。可是，那些团体并没有对他表示敬意。他们好像对他和对一切好虚名的人都这么说：谁肯出力做抗战工作，谁便是好朋友；反之，谁要是借此出风头，获得一点虚名与虚荣，谁就趁早儿退出去。秦妙斋退了出来。但是，他不甘寂寞。他觉得这样的败退，并不是因为自己的浅薄虚伪，而是因为他的本领出众，不见容于那些妒忌他的人们。他想要独树一帜，自己创办一个什么团体，去过一过领导的瘾。这，又没能成功，没有人肯听他号召。在这之后，他颇费了一番思索，给自己想出两个字来：清高。当他和别人闲谈，或独自呻吟的时候，他会很得意地用这两个字去抹杀一切，而抬高自己，"而今的一般自命为艺术家的，都为了什么？什么也不为，除了钱！真正懂得什么叫作清高的是谁？"他的鼻尖对准了自己的胸口，轻轻地点点头。"就连那做教授的也算不上清高，教授难道不拿薪水么？……"

"可是你怎么活着呢？你的钱从什么地方来呢？"有那心直口快的这么问他。

"我，我，"他有点不好意思，而不能回答，"我爸爸给我！"

是的，秦妙斋的父亲是财主。不过，他不肯痛快地供给儿子钱花。这使秦妙斋时常感到痛苦。假若不是被人家问急了，他不肯轻易地提出"爸爸"来。就是偶尔地提到，他几乎要把那个最有力量的形容字——不清高——也加在他的爸爸头上去！

按照秦老者的心意，妙斋应当娶个知晓三从四德的老婆，而后一扑纳心地在家里看守着财产。假若妙斋能这样办，哪怕就是吸两口鸦片烟呢，也能使老人家的脸上纵起不少的笑纹来。可是，有钱的老子与天才的儿子仿佛天然是对头。妙斋不听调遣。他要作诗、画画，而且——最使老人伤心的——他不愿意在家里蹲着。老人没有旁的办法，只好尽量地勒着钱。尽管妙斋的平信、快信、电报，一齐来催钱，老人还是毫不动感情地到月头才给儿子汇来"点心费"。这点钱，到妙斋手里还不够还债的呢。我们的诗人，是感受着严重的压迫。挣钱去吧，既不感觉趣味，又没有任何本领；不挣钱吧，那位不清高的爸爸又是这样的吝啬！金钱上既受着压迫，他蛮想在艺术界活动起来，给精神上一点安慰。而艺术界的人们对他又是那么冷淡！他非常的灰心。有时候，他颇想模仿屈原，把天才与身体一齐投在江里去。投江是件比较难于做到的事。于是，他转而一想，打算做个青年的陶渊明。"顶好是退隐！顶好！"他自己念叨着，"世人皆浊我独清！只有退隐，没别的话好讲！"

高高的个子，长长的脸，头发像粗硬的马鬃似的，长长的，乱七八糟的，披在脖子上。虽然身量很高，可好像里面没有多少骨头，走起路来，就像个大龙虾似的那么东一扭西一躬的。眼睛没有神，而且爱在最需要注意的时候闭上一会儿，仿佛是随时都在做梦。

做着梦似的秦妙斋无意中走到了树华农场。不知道是为欣赏美景，还是走累了，他对着一株小松叹了口气，而后闭了会儿眼。

　　也就是上午一点钟吧，天上有几缕秋云，阳光从云隙发出一些不甚明的光，云下，存着些没有完全被微风吹散的雾。江水大体上还是黄的，只有江岔子里的已经静静地显出绿色。葡萄的叶子就快落净，茶花已顶出一些红瓣儿来。秦妙斋在鸭塘的附近找了块石头，懒洋洋地坐下。看了看四下里的山、江、花、草，他感到一阵难过。忽然地很想家，又似乎要作一两句诗，仿佛还有点触目伤情……这时候，他的感情极复杂，复杂到了既像万感俱来，又像茫然不知所谓的程度。坐了许久，他忽然在复杂混乱的心情中找到可以用话语说出来的一件事来。"我应当住在这里！"他低声对自己说。这句话虽然是那么简短，可是里边带着无限的感慨。离家，得罪了父亲，功未成，名未就……只落得独自在异乡隐退，想住在这静静的地方！他呆呆地看着池里的大白鸭，那洁白的羽毛、金黄的脚掌、扁而像涂了一层蜡的嘴，都使他心中更混乱、更空洞、更难过。这些白鸭是活的东西，不错。可是他们干吗活着呢？正如同天生下我秦妙斋来，有天才，有志愿，有理想，但是都有什么用呢？想到这里，他猛然地，几乎是身不由己地，立了起来。他恨这个世界，恨这个不叫他成名的世界！连那些大白鸭都可恨！他无意中地、顺手地捋下一把树叶，揉碎，扔在地上。他发誓，要好好地、痛快淋漓地写几篇文字，把那些有名的画家、音乐家、文学家都骂得一个小钱也不值！那群不清高的东西！

　　他向办公楼那面走，心中好像在说："我要骂他们！就在这里、这里，写成骂他们的文章！"

丁主任刚刚梳洗完，脸上带着夜间又赢了钱的一点喜气。他要到院中吸点新鲜空气。安闲地，手揣在袖口里，像采菊东篱下的诗人似的，他慢慢往外走。

在门口，他几乎被秦妙斋撞了个满怀。秦妙斋，大龙虾似的，往旁边一闪，照常往里走。他恨这个世界，碰了人就和碰了一块石头或一株树一样，只有不快，用不着什么客气与道歉。

丁主任，老练、安详，微笑地看着这位冒失的青年龙虾。"找谁呀？"他轻轻问了声。

秦妙斋稍一愣，没有搭理他。

丁主任好像自言自语地说："大概是个画家。"

秦妙斋的耳朵仿佛是专为听这样的话的，猛地立住，向后转，几乎是喊叫地，"你说什么？"

丁主任不知道自己的话是说对了，还是说错了，可是不便收回或改口。迟钝了一下，还是笑着，"我说，你大概是个画家。"

"画家？画家？"龙虾一边问，一边往前凑，做着梦的眼睛居然瞪圆了。

丁先生不晓得怎样回答才好，只啊啊了两声。

妙斋的眼角上汪起一些热泪，口中的热涎喷到丁主任的脸上，"画家，我是——画家，你怎么知道？"说到这里，他仿佛已筋疲力尽，像快要晕倒的样子，摇晃着、摸索着，找到一只小凳，坐下，闭上了眼睛。

丁主任还笑着，可是笑得莫名其妙，往前凑了两步。还没走到妙斋的身边，妙斋的眼睛睁开了。"告诉你，我还不仅是画家，而且是全能的艺术家！我都会！"说着，他立起来，把右手扶在丁主任的肩上。"你是我的知己！你只要常常叫我'艺术家'，我就有了生命！生我者父母，知我者——你是谁？"

"我？"丁主任笑着回答，"小小园丁！"

"园丁？"

"我管着这座农场！"丁主任停住了笑。"你姓什么！"毫不客气地问。

"秦妙斋，艺术家秦妙斋。你记住，艺术家和秦妙斋老得一块儿喊出来；一分开，艺术家和我就都不存在了！"

"呕！"丁主任的笑意又回到脸上，进了大厅，眼睛往四面一扫——壁上挂着些时人的字画。这些字画都不甚高明，也不十分丑恶。在丁主任眼中，它们都怪有个意思，至少是挂在这里总比四壁皆空强一些。不过，他也有个偏心眼，他顶爱那张长方的、石印的抗战门神爷，因为色彩鲜明，"真"有个意思。他的眼光停在那片色彩上。

随着丁主任的眼，妙斋也看见了那些字画，他把眼光停在了那张抗战画上。当那些色彩分明地印在了他的心上的时候，他觉到一阵恶心，像忽然要发痧似的，浑身的毛孔都像针儿刺着，出了点冷汗。定一定神，他扯着丁先生，扑向那张使他恶心的画儿去。发颤的手指，像一根挺身作战的小枪似的，指着那堆色彩，"这叫画？这叫画？用抗战来欺骗艺术，该杀！该杀！"不由分说，他把画儿扯了下来，极快地撕碎，扔在地上，用脚狠狠地揉搓，好像把全国的抗战艺术家都踩在了泥土上似的。他痛快地吐了口气。

来不及拦阻妙斋的动作，丁主任只说了一串口气不同的"唉"！

妙斋犹有余怒，手指向四壁普遍地一扫，"这全要不得！通通要不得！"

丁主任急忙挡住了他，怕他再去撕毁。妙斋却高傲地一笑，"都扯了也没有关系，我会给你画！我给你画那碧绿的江、赭色的山、红的茶花、雪白的大鸭！世界上有那么多美丽的东西，为什么单单去画去写去唱血腥的抗战？混蛋！我要先写几篇文章，臭骂，臭骂那群侮辱艺术的东西们。然后，我要组织一个真正艺术家的团体，一同主张——主张——清高派，暂且用这个名儿吧，清高派的艺术！我想你必赞同？"

"我？"丁主任不知怎样回答。

"你当然同意！我们就推你做会长！我们就在这里作画、治乐、写文章！"

"就在这里？"丁主任脸上有点不大得劲，用手摸了摸。

"就在这里！今天我就不走啦！"妙斋的嘴犄角直往外溅水星儿，"想想看，把这间大厅租给我，我爸爸有钱，你要多少我给多少。然后，我们艺术家们给你设计，把这座农场变成最美的艺术之家、艺术乐园！多么好！多么好！"

丁主任似乎得到一点灵感。口中随便用"要得""不错"敷衍着，心中可打开了算盘。在那次股东会上，虽然股东们对他没有什么决定的表示，可是他自己看得清清楚楚，大家对他多少有点不满意。他应当把事情调整一下，叫大家看看，他不是没有办法的人。是呀，这里的大厅闲着没有用，楼上也还有三间空房，为什么不租出去、进点租钱呢？况且这笔租金用不着上账，即使叫股东们知道了，大家还能为这点小事来质问吗？对！他决定先试一试这位艺术家。"秦先生，这座大厅咱们大家合用，楼上还有三间空房，你要就得都要，一年一万块钱，一次交清。"

妙斋闭了眼，"好啦，一言为定！我给爸爸打电报要钱。"

"什么时候搬进来？"丁主任有点后悔。交易这么容易成功，想必是要少了钱。但是，再一想，三间房，而且在乡下，一万元应当不算少。管它呢，先进一万再说别的！"什么时候搬进来？"

"现在就算搬进来了！"

"啊？"丁主任有点悔意了，"难道你不去拿行李什么的？"

"没有行李，我只有一身的艺术！"妙斋得意地哈哈地笑起来。

"租金呢？"

"那，你尽管放心。我马上打电报去！"

秦妙斋就这样地侵入了树华农场。不到两天，楼上已住满他的朋友。这些朋友，有男有女，有老有少，都时来时去，而绝对不客气。他们要床，便见床就搬了走；要桌子，就一声不响地把大厅的茶几或方桌拿了去。对于鸡鸭菜果，他们的手比丁主任还更狠，永远是理直气壮地拿起就吃。要摘花他们便整棵地连根儿拔出来。农场的工友甚于需在夜间放哨，才能抢回一点东西来！

可是，丁主任和工友们都并不讨厌这群人。首要的因为这群人中老有女的，而这些女的又是那么大方随便，大家至少可以和他们开句小玩笑。她们仿佛给农场带来了一种新的生命。其次，讲到打牌，人家秦妙斋有艺术家的态度，输了也好，赢了也好，赌钱也好，赌花生米也好，一坐下起码二十四圈。丁主任原是不屑于玩花生米的，可是妙斋的热情感动了他，他不好意思冷淡地谢绝。

丁主任的心中老挂念着那一万元的租金。他时常调动着心思与语言，在最适当的机会暗示出催钱的意思。可是妙斋不接受暗示。虽然如此，丁主任可是不忍把妙斋和他的朋友撵了出去。一来是，他打听出来，妙斋的父亲的的确确是位财主。那么，假若财主一旦死去，妙斋岂不就是财产的继承人？"要把眼光放远一些！"丁主任常常这样警诫自己。二来是，妙斋与他的友人们，在实在没有事可干的时候，总是坐在大厅里高谈艺术。而他们的谈论艺术似乎专为骂人。他们把国内有名的画家、音乐家、文艺作家，特别是那些尽力于抗战宣传的，提名道姓地一个一个挨次咒骂。这，使丁主任闻所未闻。慢慢地，他也居然记住了一些艺术家的姓名。遇到机会，他能说上来他们的一些故事，仿佛他同艺术家们都是老朋友似的。这，使与他来往的商人或闲人感到惊异，他自己也得到一些愉快。还有，当妙斋们把别人咒腻了，他们会得意地提出一些社会上的要人来，"是的，我们要和他取得联络，来建设起我们自己的团体来！那，我可以写信给他；我要明白告诉他，我们都是真正清高的艺术家！"……提到这些要人，他们大家口中的唾液都好像甜蜜起来，眼里发着光。"会长！"他们在谈论要人之后，必定这样叫丁主任，"会长，你看怎样？"丁主任自己感到身量又高了一寸似的！他不由得怜爱了这群人，因为他们既可以去与要人取得联络，而且还把他自己视为要人之一！他不便发表什么意见，可是常常和妙斋肩并肩地在院中散步。他好像完全了解妙斋的怀才不遇，妙斋微叹，他也同情地点着头。二人成了莫逆之交！

丁主任爱钱，秦妙斋爱名，虽然所爱的不同，可是在内心上二人有极相近的地方，就是不惜用卑鄙的手段取得所爱的东西。因此，丁主任往往对妙斋发表些难以入耳的最下贱的意见，妙斋也好好地静听，并不以为可耻。

眨眨眼，到了阳历年。

除夕，大家正在打牌，宪兵从楼上抓走两位妙斋的朋友。丁主任口里直说"没关系"，心中可是有点慌。他久走江湖，晓得什么是利、哪是害。宪兵从农场抓走了人，起码是件不体面的事，先不提更大的干系。

秦妙斋丝毫没感到什么。那两位被捕的人是谁？他只知道他们的姓名，别的一概不清楚。他向来不细问与他来往的人是干什么的。只要人家捧他、叫他"艺术家"，他便与人家交往。因此，他有许多来往的人，而没有真正的朋友。他们被捕去，他绝对没有想到去打听打听消息，更不用说去营救了。有人被捕去，和农场丢失两只鸭子一样无足轻重。本来嘛，神圣的抗战，死了那么多的人，流了那么多的血，他都无动于衷，何况是捕去两个人呢？当丁主任顺口搭音地盘问他的时候，他只极冷淡地说："谁知道！枪毙了也没法子呀！"丁主任，连丁主任，也感到一点不自在了。口中不说，心里盘算着怎样把妙斋赶了出去。"好嘛，给我这儿招来宪兵，要不得！"他自己念叨着。同时，他在表情上、举动上，不由得对妙斋冷淡多了。他有点看不起妙斋。他对一切不负责任，可是他心中还有"朋友"这个观念。他看妙斋是个冷血动物。

妙斋没有感觉出这点冷淡来。他只看自己，不管别人的表情如何、举动怎样。他的脑子只管计划自己的事，不管替别人思索任何一点什么。

慢慢地，丁主任打听出来：那两位被捕的人是有汉奸的嫌疑。他们的确和妙斋没有什么交情，但是他们口口声声叫他"艺术家"，于是他就招待他们，甚至于允许他们住在农场里。平日虽然不负责任，可是一出了乱子，丁主任觉出自己的责任与身份来。他依然不肯当面告诉妙斋，"我是主任，有人来往，应当先告诉我一声。"但是，他对妙斋越来越冷淡。他想把妙斋"冰"了走。

到了一月中旬，局势又变了。有一天，忽然来了一位有势力、与场长最相好的股东。丁主任知道事情要不妙。从股东一进门，他便留了神，把自己的一言一笑都安排得像蜗牛的触角似的，去试探、警惕。一点不错，股东暗示给他，农场赔钱，还有汉奸随便出入，丁主任理当辞职。丁主任没有否认这些事实，可也没有承认。他说着笑着，态度极其自然。他始终不露辞职的口气。

股东告辞，丁主任马上找了秦妙斋去。秦妙斋是——他想——财主的大少爷，他需起码叫少爷明白，他现在是替少爷背了罪名。再说，少爷自称为"文学家"，笔底下一定很好，心路也多，必定能替他给全体股东写封极得体的信。是的，就用全体职工的名义，写给股东们，一致挽留丁主任。不错，秦妙斋是个冷血动物，但是，"我走，他也就住不下去了！他还能不卖气力吗？"丁主任这样盘算好，每个字都裹了蜜似的，在门外呼唤："秦老弟！艺术家！"

秦妙斋的耳朵竖了起来，龙虾的腰挺直，他准备参加战争。世界上对他冷淡得太久了，他要挥出拳头打个热闹，不管是为谁，和为什么！"宁自一把火把农场烧得干干净净，我们也不能退出！"他喷了丁主任一脸唾沫星儿，倒好像农场是他一手创办起来似的。

丁主任的脸也增加了血色。他后悔前几天那样冷淡了秦妙斋，现在只好一口一个"艺术家"地来赎罪。谈过一阵，两个人亲密得很有些像双生的兄弟。最后，妙斋要立刻发动他的朋友，"我们马上放哨，一直放到江边。他们假若真敢派来新主任，我就会叫他怎么来，怎么滚回去！"同时，他召集了全体职工，在大厅前开会。他蹲在一块石头上，声色俱厉地演说了四十分钟。

妙斋在演说后，成了树华农场的灵魂。不但丁主任感激，就是职员与工友也都称赞他，"人家姓秦的实在够朋友！"

大家并不是不知道，秦先生并不见得有什么高明的确切的办法。不过，闹风潮是赌气的事，而妙斋恰好会把大家感情激动起来，大家就没法不承认他的优越与热烈了。大家甚至于把他看得比丁主任还重要，因为丁主任虽然是手握实权，而且相当地有办法，可是他到底是多一半为了自己；人家秦先生呢，根本与农场无关，纯粹是路见不平、拔刀相助。这样，秦先生白住房、偷鸡蛋，与其他一切小小的罪过，都变成了理所当然的事。他，在大家的眼中，现在完全是个侠肠义胆的可爱可敬的人。

丁主任有十来天不在农场里。他在城里，从股东的太太与小姐那里下手，要挽回他的颓势。至于农场，他以为有妙斋在那里，就必会把大家团结得很坚固，一定不会有内奸，捣他的乱。他把妙斋看成了一座精神堡垒！等到他由城中回来，他并没对大家公开地说什么，而只时常和妙斋有说有笑地并肩而行。大家看着他们，心中都得到了安慰，甚至于有的人喊出："我们胜利了！"

农场糟到了极度。那喊叫"我们胜利了"的，当然更肆无忌惮，几乎走路都要模仿螃蟹；那稍微悲观一些的，总觉得事情并不能这么容易得到胜利，于是抱着干一天算一天的态度，而拼命往手中搂东西，好像是说："滚蛋的时候，就是多拿走一把小镰刀也是好的！"

旧历年是丁主任的一"关"。表面上，他还很镇定，可是喝了酒便爱发牢骚。"没关系！"他总是先说这一句，给自己壮起胆气来。慢慢地，血液循环的速度增加了，他身上会忽然出点汗。想起来了：张太太——张股东的二夫人——那里的年礼送少了！他愣一会儿，然后，自言自语地说："人事，都是人事。把关系拉好，什么问题也没有！"酒力把他的脑子催得一闪一闪的，忽然想起张三，忽然想起李四，"都是人事问题！"

新年过了，并没有任何动静。丁主任的心像一块石头落了地。新年没有过好，必须补充一下。于是一直到灯节，农场中的酒气牌声始终没有断过。

灯节后的那么一天，已是早晨八点，天还没甚亮。浓厚的黑雾不但把山林都藏起去，而且把低处的东西也笼罩起来，连房屋的窗子都像挂起黑的帘幕。在这大雾之中，有些小小的雨点，有时候飘飘摇摇的像不知落在哪里好，有时候直滴下来，把雾色加上一些黑暗。农场中的花木全静静地低着头，在雾中立着一团团的黑影。农场里没人起来，梦与雾好像打成了一片。

大雾之后容易有晴天。在十点钟左右，雾色变成红黄，一轮红血的太阳时时在雾薄的时候露出来，花木叶子上的水点都忽然变成小小的金色的珠子。农场开始有人起床。秦妙斋第一个起来，在院中绕了一个圈子。正走在大藤萝架下，他看见石板路上来了三个人。最前面的是一位女的，矮身量，穿着不知有多少衣服，像个油篓似的慢慢往前走，走得很吃力。她的后面是个中年的挑案，挑着一大一小两只旧皮箱，和一个相当大的、风格与那位女人相似的铺盖卷，挑案的头上冒着热汗。最后，是一位高身量的汉子，光着头，发很长，穿着一身不体面的西服，没有大衣，他的肩有些向前探着，背微微有点弯。他的手里拿着个旧洋瓷的洗脸盆。

秦妙斋以为是他自己的朋友呢，他立在藤萝架旁，等着和他们打招呼。他们走近了，不相识。他还没动，要细细看看那个女的，对女的他特别感觉兴趣。那个大汉，好像走得不耐烦了，想赶到前边来，可是石板路很窄，而挑案的担子又微微地横着，他不容易赶过来。他想踏着草地绕过来，可是脚已迈出，又收了回去，好像很怕踏损了一两根青草似的。到了藤架前，女的立定了，无聊地、含怨地，轻叹了一声。挑案也立住。大汉先往四下一望，而后挤了过来。这时候，太阳下面的雾正薄得像一片飞烟，把他的眉眼都照得发光。他的眉眼很秀气，可是像受过多少无情的折磨似的，他的俊秀只是一点残余。他的脸上有几条来早了十年的皱纹。他要把脸盆递给女人，她没有接取的意思。她仅"啊"了一声，把手缩回去。大概她还要夸赞这农场几句，可是，随着那声"啊"，她的喜悦也就收敛回去。阳光又暗了一些，他们的脸上也黯淡了许多。

那个女的不甚好看。可是，眼睛很奇怪，奇怪得使人没法不注意她。她的眼老像有什么心事——像失恋，损伤了儿女或破产那类的大事——那样地定着，对着一件东西定视，好久才移开，又去定视另一件东西。眼光移开，她可是仿佛并没看到什么。当她注意一个人的时候，那个人总以为她是一见倾心，不忍转目。可是，当她移开眼光的时节，他又觉得她根本没有看见他。她使人不安、惶惑，可是也感到有趣。小圆脸，眉眼还端正，可是都平平无奇。只有在她注视你的时候，你才觉得她并不难看，而且很有点热情。及至她又去对别的人，或别的东西愣起来，你就又有点可怜她，觉得她不是受过什么重大的刺激，就是天生的有点白痴。

现在，她扭着点脸，看着秦妙斋。妙斋有点兴奋，拿出他自认为最美的姿态，倚在藤架的柱子上，也看着她。"哪个叨？"挑案不耐烦了，"走不走吗？"

"明霞，走！"那个男人毫无表情地说。

"干什么的？"妙斋的口气很不客气地问他，眼睛还看着明霞。

"我是这里的主任。"那个男的一边说，一边往里走。

"啊？主任？"妙斋挡住他们的去路，"我们的主任姓丁。"

"我姓尤，"那个男的随手一拨，把妙斋拨开，还往前走，"场长派来的新主任。"

秦妙斋愕住了，闭了一会儿眼，睁开眼，他像条被打败了的狗似的，从小道跑进去。他先跑到大厅。"丁，老丁！"他急切地喊，"老丁！"

丁主任披着棉袍，手里拿着条冒热气的毛巾，一边擦脸，一边从楼上走下来。

"他们派来了新主任！"

"啊？"丁主任停止了擦脸，"新主任？"

"集合！集合！叫他怎么来的怎么滚回去！"妙斋回身想往外跑。

丁主任扔了毛巾，双手撩着棉袍，几步就把妙斋赶上，拉住，"等等！你上楼去，我自有办法！"

妙斋还要往外走，丁主任连推带搡，把他推上楼去。而后，把纽子扣好，稳重庄严地走出来。拉开门，正碰上尤主任。满脸堆笑地，他向尤先生拱手，"欢迎！欢迎！欢迎新主任！这是——"他的手向明霞高拱。没有等尤主任回答，他亲热地说："主任太太吧？"紧跟着，他对挑案下了命令："拿到里边来嘛！"把夫妻让进来，看东西放好，他并没有问多少钱雇来的，而把大小三张钱票交给挑案——正好比雇定的价钱多了五角。

尤主任想开门见山地问农场的详情，但是丁务源忙着喊开水、洗脸水，吩咐工友打扫屋子，丝毫不给尤主任说话的机会。把这些忙完，他又把明霞大嫂长大嫂短地叫得震心，一个劲儿和她扯东道西。尤主任几次要开口，都被明霞给截了回去。趁着丁务源出去那会儿，她责备丈夫，"那些事，干吗忙着问，日子长着呢，难道你今天就办公？"

第一天一清早，尤主任就穿着工人装，和工头把农场每一个角落都检查到，把一切都记在小本儿上。回来，他催丁主任办交代。丁主任答应三天之内把一切办理清楚。明霞又帮了丁务源的忙，把三天改成六天。

一点合理的错误，使人抱恨终身。尤主任——他叫大兴——是在英国学园艺的。毕业后便在母校里做讲师。他聪明、强健、肯吃苦。做起"试验"来，他的大手就像绣花的姑娘那么轻巧、准确、敏捷。做起用力的工作来，他又像一头牛那样强壮、耐劳。他喜欢在英国，因为他不善应酬、办事认真，准知道回到祖国必被他所痛恨的虚伪与无聊给毁了。但是，抗战的喊声震动了全世界。他回了国。他知道农业的重要，和中国农业的急应改善。他想在一座农场里，或一间实验室中，把他的血汗献给国家。

回到国内，他想结婚。结婚，在他心中，是一件必然的、合理的事。结了婚，他可以安心地工作，身体好，心里也清静。他把恋爱视成一种精力的浪费。结婚就是结婚，结婚可以省去许多麻烦，别的事都是多余，用不着去操心。于是，有人把明霞介绍给他，他便和她结了婚。这很合理，但是也是个错误。

明霞的家里有钱。尤大兴只要明霞，并没有看见钱。她不甚好看，大兴要的是一个能帮助他的妻子，美不美没有什么关系。明霞失过恋，曾经想自杀，但这是她的过去的事，与大兴毫不相干。她没有什么本领，但在大兴想，女人多数是没有本领的。结婚后，他曾以身作则地去吃苦耐劳，教育她，领导她，只要她不瞎胡闹，就一切不成问题。他娶了她。

明霞呢，在结婚之前，颇感到些欣悦。不是因为她得到了理想爱人——大兴并没请她吃过饭，或给她买过鲜花——而是因为大兴足以替她雪耻。她以前所爱的人抛弃了她，像随便把一团废纸扔在垃圾堆上似的。但是，她现在有了爱人，她又可以仰着脸走路了。

在结婚后，她的那点欣悦和婚礼时戴的头纱差不多，永远收藏起去了。她并不喜欢大兴。大兴对工作的努力、对金钱的冷淡、对三姑六姨的不客气，都使她感到苦痛。但是，当有机会夫妇一道走的时候，她还是紧紧地拉着他，像将被溺死的人紧紧抓住一把水草似的。无论如何，他是一面雪耻的旗帜，她不能再把这面旗随便扔在地上！

大兴的努力、正直、热诚，使自己到处碰壁。他所接触到的人，会慢慢很巧妙地把他所最珍视的"科学家"三个字变成一种嘲笑。他们要喝酒去，或是要办一件不正当的事，就老躲开"科学家"。等到"科学家"天天成为大家开玩笑的用语，大兴便不能不带着太太另找吃饭的地方去！明霞越来越看不起丈夫。起初，她还对他发脾气，哭闹一阵。后来，她知道哭闹是毫无作用的，因为大兴似乎没有感情，她闹她的气，他做他的事。当她自己把泪擦干了，他只看她一眼，而后问一声："该做饭了吧？"她至少需要一个热吻，或几句热情的安慰；他至多只拍拍她的脸蛋。他绝不问闹气的原因与解决的办法，而只谈他的工作。工作与学问是他的生命，这个生命不许爱情来分润一点利益。有时候，他也在她发气的时候，偷偷弹去自己的一颗泪，但是她看得出，这只是怨恨她不帮助他工作，而不是因为爱她，或同情她。只有在她病了的时候，他才真像个有爱心的丈夫，他能像做试验时那么细心来看护她。他甚至于坐在床边，拉着她的手，给她说故事。但是，他的故事永远是关于科学的。她不爱听，也就不感激他。及至医生说，她的病已不要紧了，他便马上去工作。医生是科学家，医生的话绝对不能有错误。他丝毫没想到病人在没有完全好了的时候还需要安慰与温存。

她不能了解大兴，又不能离婚，她只能时时地定睛发呆。

现在，她又随着大兴来到树华农场。她已经厌恶了这种搬行李、拿着洗脸盆的流浪生活。她做过小姐，她愿有自己的固定的款式的家庭。她不能不随着他来。但是既来之则安之，她不愿过十天半月又走出去。她不能辨别谁好谁坏、谁是谁非，但是她决定要干涉丈夫的事，不叫他再多得罪人。她这次需起码把丈夫的正直刚硬冲淡一些，使大家看在她的面上原谅了尤大兴。她开首便帮忙了丁务源，还想敷衍一切活的东西，就连院中的大鹅，她也想多去喂一喂。尤主任第一个得罪了秦妙斋。秦妙斋没有权利住在这里，请出！秦妙斋本没有任何理由充足的话好说，但是他要反驳。说着说着，他找到了理由，"你为什么不称呼我为'艺术家'呢？"凭这个侮辱，他不能搬走！"咱们等着瞧吧，看谁先搬出去！"

尤主任只知道守法讲理是当然的事。虽然回国以后，已经受过多少不近情理的打击，可是还没遇见这么荒唐的事。他动了气，想请警察把妙斋捉出去。这时候，明霞又帮了妙斋的忙，替他说了许多"不要太忙，他总会顺顺当当地搬出去"……

妙斋和丁务源开了一个秘密会议。妙斋主战，丁务源主和，但是在妙斋说了许多强硬的话之后，丁务源也同意了主战。他称赞妙斋的勇敢，呼他为"侠义的艺术家"。妙斋感激得几乎晕了过去。

事实上，丁务源绝对不想和尤主任打交手战。在和妙斋谈过话之后，他决定使妙斋和尤大兴作战，而他自己充好人。同时，关于他自己的事，他必定先和明霞商议一下，或者请她去办交涉。他避免与尤主任做正面冲突。见着大兴，他永远摆出使人信任的笑脸，他知道出去另找事做不算难，但是找与农场里这样舒服而收入又高的事就不大容易。他决定用"忍"字对付一切。假若妙斋与工人们把尤主任打了，他便可以利用机会复职。即使一时不能复职，他也会运动明霞和股东太太们，叫他做个副主任。他这个副主任早晚会把正主任顶出去，他自信有这个把握，只要他能忍耐。把妙斋与明霞埋伏在农场，他进了城。

尤主任急切地等着丁务源办交代，交代了之后，他好通盘地计划一切。但是，丁务源进了城。他非常着急。拿人一天的钱，他就要做一天的事，他最恨敷衍与慢慢地拖。在他急得要发脾气的时候，明霞的眼又定住了。半天，她才说话，"丁先生不会骗你，他一两天就回来，何必这么着急呢？"

大兴并不因妻的劝告而消了气，但是也不因生气而忘了做事。他会把怒气压在心里，而手脚还去忙碌。他首先贴出布告：大家都要六时半起床，七时上工。下午一点上工，五时下工。晚间九时半熄灯上门，门不再开。在大厅里，他贴好：办公重地，闲人免进。而后，他把写字台都搬了来，职员们都在这里办事——都在他眼皮底下办事。办公室里不准吸烟，解渴只有白开水。

命令下过后，他以身作则地，在壁钟正敲七点的时节，已穿好工人装，在办公厅门口等着大家。丁务源的"亲兵"都来得相当的早，因为他们知道自己毫无本事，而他们的靠山能否复职又无把握，所以他们得暂时低下头去。他们用按时间做事来遮掩他们的不会做。有的工人迟到，受了秦妙斋的挑拨，他们故意和新主任捣乱。

尤主任忍耐地等着。等大家都来齐，他并没发脾气，也没说闲话。开门见山地，他分配了工作，他记不清大家的姓名，但是他的眼睛会看，谁是有经验的工人，谁是混饭吃的。对混饭吃的，他打算一律撤换，但在没有撤换之前，他也给他们活儿做——"今天，你不能白吃农场的饭。"他心里说。"你们三位，"他指定三个工人，"去把葡萄枝子全剪了。不打枝子，下一季没法结葡萄。限两天打完。"

"怎么打？"一个工人故意为难。

"我会告诉你们！我领着你们去做！"然后，他给有经验的工人全分配了工作，"你们三位给果木们涂灰水，该剥皮的剥皮，该刻伤的刻伤，回来我细告诉你们。限三天做完。你们二位去给菜蔬上肥。你们三位去给该分根的花草分根……"然后，轮到那些混饭吃的，“你们二位挑沙子，你们俩挑水，你们二位去收拾牛羊圈……”

混饭吃的都噘了嘴。这些事，他们能做，可是多么费力气，多么肮脏呢！他们往四下里找，找不到他们的救主丁务源的胖而发光的脸。他们祷告：“快回来呀！我们已经成了苦力！”

那些有经验的工人，知道新主任所吩咐的事都是应当做的。虽然他所提出的办法，有和他们的经验不甚相同的地方，可是人家一定是内行。及至尤主任同他们一齐下手工作，他们看出来，人家不但是内行，而且极高明。凡是动手的，尤主任的大手是那么准确、敏捷。凡是要说出道理的地方，尤主任三言五语说得那么简单、有理。从本事上看，从良心上说，他们无从，也不应当，反对他。假若他们还愿学一些新本事、新知识的话，他们应该拜尤主任为师。但是，他们的良心已被丁务源给蚀尽。他们的手还记得白板的光滑，他们的口还咂摸着大曲酒的香味；他们恨恶镰刀与大剪，恨恶院中与山上的新鲜而寒冷的空气。

现在，他们可是不能不工作，因为尤主任老在他们的身旁。他由葡萄架跑到果园，由花畦跑到菜园，好像工作是最可爱的事。他不叱喝人，也不着急，但是他的话并不客气，老是一针见血地使他们在反感之中又有点佩服。他们不能偷闲，尤主任的眼与脚是同样快的：他们刚要放下活儿，他就忽然来到，问他们怠工的理由。他们答不出。要开水吗？开水早送到了。热腾腾的一大桶。要吸口烟吗？有一定的时间。他们毫无办法。

他们只好低着头工作，心中憋着一股怨气。他们白天不能偷闲，晚间还想照老法，去捡几个鸡蛋什么的。可是主任把混饭的人们安排好，轮流值夜班。“一摸鸡鸭的裆儿，我就晓得正要下蛋，或是不久就快下蛋了。一天该收多少蛋，我心中大概有个数目，你们值夜，夜间丢失了蛋，你们负责！"

尤主任这样交派下去。好了，连这条小路也被封锁了！

过了几天，农场里一切差不多都上了轨道。工人们到底容易感化。他们一方面恨尤主任，一方面又敬佩他。及至大家的生活有了条理，他们不得不减少了恨恶，而增加了敬佩。他们晓得他们应当这样工作、这样生活。渐渐地，他们由工作和学习上得到些愉快，一种与牌酒场中不同的、健康的愉快。

尤主任答应下，三个月后，一律可以加薪，假若大家老按着现在这样去努力。他也声明：大家能努力，他就可以多做些研究工作，这种工作是有益于民族国家的。大家听到"民族国家"的字样，不期然而然都受了感动。他们也愿意多学习一点技术，尤主任答应下给他们每星期开两次晚班，由他主讲园艺的问题。他也开始给大家筹备一间游艺室，使大家得到些正当的娱乐。大家的心中，像院中的花草似的，渐渐发出一点有生气的香味。

不过，向上的路是极难走的。理智上的崇高的决定，往往被一点点浮浅的低卑的感情所破坏。情感是极容易发酒疯的东西。有一天，尤大兴把秦妙斋锁在了大门外边。九点半锁门，尤主任绝不宽限。妙斋把场内的鸡鹅牛羊全吵醒了，门还是没有开。他从藤架的木柱上，像猴子似的爬了进来，碰破了腿，一瘸一点地，他摸到了大厅，也上了锁。他一直喊到半夜，才把明霞喊动了心，把他放进来。

由尤主任的解说，大家已经晓得妙斋没有住在这里的权利，而严守纪律又是合理的生活的基础。大家知道这个，可是在感情上，他们觉得妙斋是老友，而尤主任是新来的，管着他们的人。

他们一想到妙斋，就想起前些日子的自由舒适，他们不由得动了气，觉得尤主任不近人情。他们一一地来慰问妙斋，妙斋便趁机煽动，把尤大兴形容得不像人。"打算自自在在地活着，非把那个猪狗不如的东西打出去不可！"他咬着牙对他们讲，"不过，我不便多讲，怕你们没有胆子！你们等着瞧吧，等我的腿好了，我独自管教他一顿，叫你们看看！"

他们的怒气被激起来，大家都不约而同地留神去找尤大兴的破绽，好借口打他。

尤主任在大家的神色上，看出来情势不对，可是他的心里自知无病，绝对不怕他们。他甚至于想到，大家满可以毫无理由地打击他、驱逐他，可是他绝不退缩、妥协。科学的方法与法律的生活，是建设新中国的必经的途径。假若他为这两件事而被打，好吧，他愿做了殉道者。

一天，老刘值夜。尤主任在就寝以前，去到院中查看，他看见老刘私自藏起两个鸡蛋。他不能睁着一只眼、闭着一只眼地敷衍。他过去询问。

老刘笑了，"这两个是给尤太太的！"

"尤太太？"大兴仿佛不晓得明霞就是尤太太。他愣住了。及至想清楚了，他像飞也似的跑回屋中。

明霞正要就寝。平平的黄圆脸上没有任何表情，她坐在床沿上，定睛看着对面的壁上——那里什么也没有。

"明霞！"大兴喘着气叫，"明霞，你偷鸡蛋？"

她极慢地把眼光从壁上收回，先看看自己拖鞋尖的绣花，而后才看丈夫。

"你偷鸡蛋？"

"啊！"她的声音很微弱，可是一种微弱的反抗。

"为什么？"大兴的脸上发烧。

"你呀，到处得罪人，我不能跟你一样！我为你才偷鸡蛋！"她的脸上微微发出点光。

"为我？"

"为你！"她的小圆脸更亮了些，像是很得意，"你对他们太严，一草一木都不许私自动。他们要打你呢！为了你，我和他们一样地去拿东西，好叫他们恨你而不恨我。他们不恨我，我才能为你说好话，不是吗？自己想想看！我已经攒了三十个大鸡蛋了！"她得意地从床下拉出一个小筐来。

尤大兴立不住了。脸上忽然由红而白。摸到一个凳子，坐下，手在膝上微颤。他坐了半夜，没出一声。

第二天一清早，院里外贴上标语，都是妙斋编写的。"打倒无耻的尤大兴！""拥护丁主任复职！""驱逐偷鸡蛋的坏蛋！""打倒法西斯的走狗！""消灭不尊重艺术的魔鬼！"……大家罢了工，要求尤大兴当众承认偷蛋的罪过，而后辞职，否则以武力对待。

大兴并没有丝毫惧意，他准备和大家谈判。明霞扯住了他。趁机会，她溜出去，把屋门倒锁上。

"你干吗？"大兴在屋里喊，"开开！"

她一声没出，跑下楼去。

丁务源由城里回来了，她已把副主任弄到手。"喝！"他走到石板路上，看见剪了枝的葡萄，与涂了白灰的果树，"把葡萄剪得这么苦。连根刨出来好不好！树也擦了粉，硬是要得！"进了大门，他看到了标语。他的脚踵上像忽然安了弹簧，一步催着一步地往院中走，轻巧、迅速；心中也跳得轻快、好受；口里将一个标语按照二黄戏的格式哼唧着。这是他所希望的，居然实现了！"没想到能这么快！妙斋有两下子！得好好地请他喝两杯！"他口中唱着标语，心中还这么念道。

刚一进院子，他便被包围了。他的"亲兵"都喜欢得几乎要落泪。其余的人也都像看见了久别的手足，拉他的、扯他的、拍他肩膀的，乱成一团；大家的手都要摸一摸他，他的衣服好像是活菩萨的袍子似的，挨一挨便是功德。他们的口一齐张开，想把冤屈一下子都倾泻出来。他只听见一片声音，而辨不出任何字来。他的头向每一个人点一点，眼中的慈祥的光儿射在每一个人的身上，他的胖而热的手指挨一挨这个、碰一碰那个。他感激大家，又爱护大家。他的态度既极大方，又极亲热。他的脸上发着光，而眼中微微发湿。"要得！""好！""呕！""他妈拉个巴子！"他随着大家脸上的表情，变换这些字眼儿。最后，他向大家一举手，大家忽然安静了。"朋友们，我得先休息一会儿，小一会儿。然后咱们再详谈。不要着急生气，咱们都有办法，绝对不成问题！"

"请丁主任先歇歇！让开路！别再说！让丁主任休息去！"大家纷纷喊叫。有的还恋恋不舍地跟着他，有的立定看着他的背影，连连点头赞叹。

丁务源进了大厅，想先去看妙斋。可是，明霞在门旁等着他呢。

"丁先生！"她轻轻地，而是急切地，叫，"丁先生！"

"尤太太！这些日子好吗？要得！"

"丁先生！"她的小手揉着条很小的、花红柳绿的手帕，"怎么办呢？怎么办呢？"

"放心！尤太太！没事！没事！来！请坐！"他指定了一张椅子。

明霞像做错了事的小女孩似的，乖乖地坐下，小手还用力揉那条手帕。

"先别说话，等我想一想！"丁务源背着手，在屋中沉稳而有风度地走了几步，"事情相当的严重，可是咱们自有办法。"他又走了几步，摸着脸蛋，深思细想。

明霞沉不住气了，立起来，迫着他问："他们真要打大兴吗？"

"真的！"丁副主任斩钉截铁地回答。

"那怎么办呢？怎么办呢？"明霞把手帕团成一个小团，用它擦了擦鼻洼与嘴角。

"有办法！"丁务源大大方方地坐下，"你坐下，听我告诉你，尤太太！咱们不提谁好谁歹、谁是谁非，咱们先解决这件事，是不是？"

明霞又乖乖地坐下，连声说："对！对！"

"尤太太看这么办好不好？"

"你的主意总是好的！"

"这么办：交代不必再办，从今天起请尤主任把事情还全交给我办，他不必再分心。"

"好！他一向太爱管事！"

"就是呀！叫他给场长写信，就说他有点病，请我代理。"

"他没有病，又不爱说谎！"

"在外边混事，没有不扯谎的！为他自己的好处，他这回非说谎不可！"

"呕！好吧！"

"要得！请我代理两个月，再叫他辞职，有头有脸地走出去，面子上好看！"

明霞立起来，"他得辞职吗？"

"他非走不可！"

"那……"

"尤太太，听我说！"丁务源也立起来，"两个月，你们照常支薪，还住在这里，他可以从容地去找事。两个月之中，六十天工夫，还找不到事吗？"

"又得搬走？"明霞对自己说，泪慢慢地流下来。愣了半天，她忽然吸了一吸鼻子，用尽力量地说："好！就是这么办啦！"她跑上楼去。

开开门一看，她的腿软了，坐在了地板上。尤大兴已把行李打好，拿着洗面盆，在床沿上坐着呢。

沉默了好久，他一手把明霞搀起来，"对不起你，霞！咱们走吧！"

院中没有一个人，大家都忙着杀鸡宰鸭，欢宴丁主任，没工夫再注意别的。自己挑着行李，尤大兴低着头向外走。他不敢看那些花草树木——那会叫他落泪。明霞不知穿了多少衣服，一手提着那一小筐鸡蛋，一手揉着眼泪，慢慢地在后面走。

树华农场恢复了旧态，每个人都感到满意。丁主任在空闲的时候，到院中一小块一小块地往下撕那些各种颜色的标语，好把尤大兴完全忘掉。不久，丁主任把妙斋交给保长带走，而以一万五千元把空房租给别人，房租先付，一次付清。到了夏天，葡萄与各种果树全比上年多结了三倍的果实，仿佛只有它们还记得尤大兴的培植与爱护似的。果子结得越多，农场也不知怎么越赔钱。

一封家信

专就组织上说，这是个理想的小家庭：一夫一妇和一个三岁的小男孩。不过，"理想的"或者不仅是立在组织简单上，那么这小家庭可就不能完全像个小乐园，而也得分担着尘世上的那些苦痛与不安了。

由这小家庭所发出的声响，我们就可以判断，它的发展似乎有点畸形，而我们也晓得，失去平衡的必将跌倒，就是一个家庭也非例外。

在这里，我们只听见那位太太吵叫，而那位先生仿佛是个哑巴。我们善意地来推测，这位先生的闭口不响，一定具有要维持和平的苦心和盼望。可是，人与人之间是多么不易谅解呢；他不出声，她就越发闹气："你说话呀！说呀！怎么啦？你哑巴了？好吧，冲你这么死不开口，就得离婚！离婚！"

是的，范彩珠——那小家庭的女性独裁者——是懂得世界上有离婚这件事的，谁知道离婚这件事，假若实际地去做，都有什么手续与意义呢，反正她觉得这两字很有些力量，说出来既不蠢野，又足以使丈夫多少着点急。她，头发烫得那么细腻，真正一九三七的飞机式，脸上是那么香润；圆圆的胳臂，高高的乳房，衣服是那么讲究抱身；她要说句离婚，他怎能不着急呢？当吵闹一阵之后，她对着衣镜端详自己，觉得正像个电影明星。虽然并不十分厌恶她的丈夫——他长得很英俊，心眼很忠厚——可是到底她应当常常发脾气，似乎只有叫他难堪才足以减少她自己的委屈。他的确不坏，可是"不坏"并不就是"都好"，他一月才能挣二百块钱！不错，这二百元是全数交给她，而后她再推测着他的需要给他三块五块的；可是凭她的脸，她的胳臂，她的乳，她的脚，难道就能在二百元以下充分地把美都表现出来么？况且，越是因为美而窘，便越需撑起架子，看电影去即使可以买二等票，因为是坐在黑暗之中，可是听戏去便非包厢不可了——绝对不能将就！啊，这二百元的运用，与一切家事、交际、脸面的维持——在二百元之内要调动得灵活漂亮，是多么困难恼人的事！特别是对她自己，太难了！连该花在男人与小孩身上的都借来用在自己身上，还是不能不拿掺了麻的丝袜当作纯丝袜子穿！连被褥都舍不得按时拆洗，还是不能回回看电影去都叫小汽车，而得有时候坐那破烂、使人想落泪的胶皮车！是的，老范不错，不挑吃不挑喝的怪老实，可是，只能挣二百元哟！

老范真爱他的女人，真爱他的小男孩。在结婚以前，他立志非娶个开通的美女不可。为这个志愿，他极忠诚地去做事，极俭朴地过活；把一切青年们所有的小小浪漫行为，都像冗枝乱叶似的剪除净尽，单单培养那一朵浪漫的大花。连香烟都不吃！

省下了钱，便放大了胆，他穿上特为浪漫事件裁制的西装去探险。他看见，他追求，他娶了彩珠小姐。

彩珠并不像她自己所想的那样美妙惊人，也不像老范所想的那么美丽的女子。可是她年轻，她活泼，她会作伪；叫老范觉得彩珠即使不是最理想的女子，也和那差不多；把她摆在任何地方，她也不至显出落伍或乡下气。于是，就把储蓄金拿出来，清偿那生平最大的浪漫之债，结了婚。

　　他没有多挣钱的坏手段，而有维持二百元薪水的真本领。消极的，他兢兢业业地不许自己落在二百元的下边来，这是他浪漫的经济水准。

　　他领略了以浮浅为开通、以作伪为本事、以修饰为美丽的女子的滋味。可是他并不后悔。他以为他应该在讨她的喜欢上见出自己的真爱情，应该在不还口相讥上表示自己的沉着有为，应该在尽力供给她显出自己的勇敢。他得做个模范丈夫，好对得起自己的理想，即使他的伴侣有不尽合理想的地方。况且，她还生了小珠。在生了小珠以后，她显着更圆润，更开通，更活泼，既是少妇，又是母亲，青春的娇美与母亲的尊严联在一身，香粉味与乳香合在一处；他应当低头！不错，她也更厉害了，可是他细细一想呢，也就难以怪她。女子总是女子，他想，既要女子，就需把自己放弃了。再说，他还有小珠呢，可以一块儿玩，一块儿睡；叫青年的妈妈吵闹吧，他会和一个新生命最亲密地玩耍，做个理想的父亲。他会用两个男子——他与小珠——的嬉笑亲热抵抗一个女性的霸道；就是"抵抗"与"霸道"这样的字眼也还是偶一想到，并不永远在他心中，使他的心里坚硬起来。

　　从对彩珠的态度上，可以看出他处世为人的居心与方法。他非常的忠诚，消极的他不求有功，只求无过，积极的他要事事对得起良心与那二百元的报酬——他老愿卖出三百元的力气，而并不觉得冤枉。这样，他被大家视为没有前途的人，就是在求他多做点事的缘故，也不过认为他窝囊好欺，而绝对不感谢。

他自己可并不小看自己，不，他觉得自己很有点硬劲。他绝对不为自己发愁，凭他的本事，到哪里也挣得出二百元钱来，而且永远对得起那些钱。维持住这个生活费用，他就不便多想什么向前发展的方法与计划。他永远不去相面算命。他不求走运，而只管尽心尽力。他不为任何事情任何主义去宣传，他只把自己的生命放在正当的工作上。有时候他自认为牛，正因为牛有相当的伟大。

平津像个噩梦似的丢掉，老范正在北平。他必须出来，良心不许他接受任何不正道的钱。可是，他走不出来。他没有钱，而有个必须起码坐二等车才肯走的太太。

在彩珠看，世界不过是个大游戏场，不管刮风还是下雨，都需穿着高跟鞋去看热闹。"你上哪儿？你就忍心地撇下我和小珠？我也走？逃难似的叫我去受罪？你真懂事就结了！这些东西，这些东西，怎么拿？先不用说别的！你可以叫花子似的走，我缺了哪样东西也不行！又不出声啦？好吧，你有主意把东西都带走，体体面面的，像旅行似的，我就跟你去；开开眼也好！"

抱着小珠，老范一声也不出。他不愿去批评彩珠，只觉得放弃妻子与放弃国旗是同样忍心的事，而他又没能力把二者同时都保全住！他恨自己无能，所以原谅了彩珠的无知。

几天，他在屋中转来转去。他不敢出门，不是怕被敌人杀死，而是怕自己没有杀敌的勇气。在家里，他听着太太叨唠，看着小珠玩耍，热泪时时地迷住他的眼。每逢听到小珠喊他"爸"他就咬上嘴唇点点头。

"小珠！"他苦痛到无可如何，不得不说句话了，"小珠！你是小亡国奴！"

这，被彩珠听见了，"扯什么淡呢！有本事把我们送到香港去，在这儿瞎发什么愁！小珠，这儿来，你爸爸要像小钟的爸爸那么样，够多好！"她的声音温软了许多，眼看着远处，脸上露出娇痴的羡慕，"人家带走二十箱衣裳，住天津租界去！小钟的妈有我这么美吗？"

"小钟妈，耳朵这样！"小珠的胖手用力往前推耳朵，准知道这样可以得妈妈的欢心，因为做过已经不是一次了。

乘小珠和彩珠睡熟，老范轻轻地到外间屋去。把电灯用块黑布罩上，找出信纸来。他必须逃出亡城，可是自结婚以后，他没有一点儿储蓄，无法把家眷带走。即使勉强地带了出去，他并没有马上找到事情的把握，还不如把目下所能凑到的一点钱留给彩珠，而自己单独去碰运气；找到相当的工作，再设法接她们；一时找不到工作，他自己怎样都好将就活着，而他们不至马上受罪。好，他想给彩珠留下几个字，说明这个意思，而后他偷偷地跑出去，连被褥也无须拿。

他开始写信。心中像有千言万语，夫妻的爱恋，国事的危急，家庭的责任，国民的义务，离别的难堪，将来的希望，对妻的安慰，对小珠的嘱托……都应当写进去。可是，笔画在纸上，他的热情都被难过打碎，写出的只是几个最平凡无力的字！撕了一张，第二张一点也不比第一张强，又被扯碎。他没有再拿笔的勇气。

一张字纸也不留，就这么偷偷走？他又没有这个狠心。他的妻，他的子，不能在国危城陷的时候抛下不管，即使自己的逃亡是为了国家。

轻轻地走进去，借着外屋一点点灯光，他看到妻与子的轮廓。这轮廓中的一切，他都极清楚地记得；一个痣、一块小疤的地位都记得极正确。这两个是他生命的生命。不管彩珠有多少缺点，不管小珠有什么前途，他自己需先尽了爱护保卫的责任。他的心软了下去。不能走，不能走！死在一处是不智慧的，可是在感情上似乎很近人情。他一夜没睡。

同时，在亡城之外仿佛有些呼声，叫他快走，在国旗下去做个有勇气有用处的人。

假若他把这呼声传达给彩珠，而彩珠也能明白，他便能含泪微笑地走出家门；即使永远不能与她相见，他也能忍受，也能无愧于心。可是，他知道彩珠绝不能明白；跟她细说，只足引起她的吵闹；不辞而别，又太狠心。他想不出好的办法。走？不走？必须决定，而没法决定；他成了亡城里一个困兽。

在焦急之中，他看出一线的光亮来。他必须在彩珠所能了解的事情中，找出不至太伤她的心、也不至使自己太难过的办法。跟她谈国家大事是没有任何用处的，她的身体就是她的生命，她不知道身外还有什么。

"我去挣钱，所以得走！"他明知这里不尽实在，可是只有这么说，才能打动她的心，而从她手中跑出去，"我有了事，安置好了家，就来接你们；一定不能像逃难似的，尽我的全力叫你和小珠舒服！"

"现在呢？"彩珠手中没有钱。

"我去借！能借多少就借多少；我一个不拿，全给你们留下！"

"你上哪儿去？"

"上海，南京——能挣钱的地方！"

"到上海可务必给我买个衣料！"

"一定！"

用这样实际的诺许与条件，老范才叫自己又见到国旗。由南京而武汉，他勤苦地工作；工作后，他默默地思念他的妻子。他一个钱也不敢虚花，好对得住妻子；一件事不敢敷衍，好对得起国家。他瘦，他忙，他不放心家小，不放心国家。他常常给彩珠写信，报告他的一切，歉意地说明他在外工作的意义。他盼家信像盼打胜仗那样恳切，可是彩珠没有回信。他明知这是彩珠已接到他的钱与信，钱到她手里她就会缄默，一向是如此。可是他到底不放心；他不怨彩珠糊涂与疏忽，而正因为她糊涂，他才更不放心。他甚至忧虑到彩珠是否能负责看护小珠，因为彩珠虽然不十分了解反贤妻良母主义，可是她很会为了自己的享受而忘了一切家庭的责任。老范并不因此而恨恶彩珠，可是他既在外，便不能给小珠做些忽略了的事，这很可虑，这当自咎。

他在六七个月中已换了三次事，不是因为他见利思迁，而是各处拉他，知道他肯负责做事。在战争中，人们确是慢慢地把良心拿出来，也知道用几个实心任事的人，即使还不肯自己卖力气。在这种情形下，老范的价值开始被大家看出，而成功了干员。

他还保持住了二百元薪金的水准，虽然实际上只拿一百将出头。他不怨少拿钱而多做事；可是他知道彩珠会花钱。既然无力把她接出来，而又不能多给她寄钱，在他看，是件残酷的事。他老想对得起她，不管她是怎样的浮浅无知。

到武昌，他在军事机关服务。他极忙，可是在万忙中还要担心彩珠，这使他常常弄出小小的错误。忙，忧，愧，三者一齐进攻，他有时候心中非常的迷乱，愿忘了一切而又要同时顾虑一切，很怕自己疯了，而心中的确时时地恍惚。

在敌机的狂炸下，他还照常做他的事。他害怕，却不是怕自己被炸死，而是在危患中忧虑他的妻子。怎么一封信没有呢？假若有她一封信，他便可以在轰炸中无忧无虑地做事，而毫无可惧。那封信将是他最大的安慰！

信来了！他什么也顾不得，而颤抖着一遍二遍三遍地去读念。读了三遍，还没明白了她说的是什么，却在那些字里看到她的形影，想起当年恋爱期间的欣悦，和小珠的可爱的语声与面貌。小珠怎样了呢？他从信中去找，一字一字地细找；没有，没提到小珠一个字！失望使他的心清凉了一些；看明白了大部分的字，都是责难他的！她的形影与一切都消逝了，他眼前只是那张死板板的字，与一些冷酷无情的字！

警报！他往外走，不知到哪里去好；手中拿着那封信。再看，再看，虽然得不到安慰，他还想从字里行间看出她与小珠都平安。没有，没有一个"平"字与"安"字，哪怕是分开来写在不同的地方呢；没有！钱不够用，没有娱乐，没有新衣服，为什么你不回来呢？你在外边享福，就忘了家中……

紧急警报！他立在门外，拿着那封信。飞机到了，高射炮响了，他不动。紧紧地握着那封信，他看到的不是天上的飞机，而是彩珠的飞机式的头发。他愿将唇放在那曲折香润的发上；看了看手中的信纸；心中像刀刺了一下。急忙地往里跑，他忽然想起该赶快办的一件公事。

刚跑出几步，他倒在地上，头齐齐地从项上炸开，血溅到前边，给家信上加了些红点子。

小木头人

按理说，小布人的弟弟也应该是小布人。呕，这说得还不够清楚。这么说吧：小布人若是"甲"，他的弟弟应该是小布人"乙"。

不过事情真奇怪，小布人的弟弟却是小木头人。他们的妈妈和你我的妈妈一样，可是不知怎的，她一高兴，生了一个小布人，又一高兴生了个小木头人。

小布人长得很体面，白白胖胖的脸，头上梳着黑亮的一双小辫儿，大眼睛，重眉毛，红红的嘴唇。就有一个缺点，他的鼻子又短又扁。他的身上也很胖。因为胖，所以不怕冷，他终年只穿一件大红布兜肚，没有别的衣服。他很有学问，在三岁的时候，就认识了"一"字，后来他又认识了许多"一"字。不论"一"字写得多么长，多么短；也不论是写在纸上，还是墙上，他总会认得。现在他已入了初中一年级，每逢先生考试"一"字的时候，他总考第一。

小木头人没有他哥哥那么体面。他很瘦很干，全身的肌肉都是枣木的。他打扮得可是挺漂亮：一身木头童子军服，手戴木头手套，足蹬木头鞋子，手中老拿一根木棒。他的头很小很硬，像个流星锤似的。鼻子很尖，眼睛很小，两颗木头眼珠滴溜溜地乱转——所以虽然瘦小枯干，可是很精神。

呕，忘记报告一件重要的事！你或以为小木头人的木头衣服，也像小布人的红兜肚一样，弄脏了便脱下来，求妈妈给他洗一洗吧？那才一点也不对！小木头人的衣服不用肥皂和热水去洗，而用刨子刨。他的衣服一年刨四次，春天一次，夏天一次，秋天一次，冬天一次，一共四次。刨完了，他妈妈给他刷一道漆。春天刷绿的，夏天刷白的，秋天刷黄的，冬天刷黑的；四季四个颜色。他最怕换季，因为上了油漆以后，他至少要有三天需在胸前挂起一个纸条，上写"油漆未干"。假若不是这样，别人万一挨着他，便粘在了一块，半天也分不开。

小布人和小木头人都是好孩子。不过，比较起来嘛，小木头人比小布人要调皮淘气些。小布人差不多没有落过泪，因为把布脸哭湿，还得去烘干，相当的麻烦。因此，他永远不惹妈妈生气，也不和别的孩子打架，省得哭湿了脸。小木头人可就不然了。他非常的勇敢，一点也不怕打架。一来，他的身上硬，不怕打；二来，他若是生气落泪，就更好玩——他的眼泪都是圆圆的小木球，拾起来可以当弹弓的弹子用。

比起他的哥哥来，小木头人简直一点学问也没有；他连一个"一"字也不识！他并非不聪明，可就是不用功。他会搭桥，支帐篷，练操，埋锅造饭；干脆地说吧，凡是童子军会的事情他都会。对于足球、篮球、赛跑、跳高，他也都是头等的好手。他还会游泳，而且能在水里摸上一尺多长的鱼来。可是他就是不喜欢读书，他的木头眼珠有点奇怪，能看见书上画着的小人小狗，而看不见字。入小学已经三年多了，他现在还是一年级的学生。先生一考他，他就转着眼珠说："小人拉着小狗，小人拉着小狗。"为有点变化，他有时候也说："小狗拉着小人。"他永远背不上书来。先生并不肯责打他，因为知道他的眼珠是木头的，怪可怜。况且他做事很热心，又会踢球，赛跑，先生想打他也有点不好意思了。小木头人很感激先生，所以老远看到先生就鞠躬；有时候鞠得度数太大，就跌在地上，把小尖鼻子插在土里，半天也拔不起来。

在家里，妈妈很喜爱小布人，因为他很规矩，老实，爱读书。妈妈也很喜爱小木头人，因为他很会淘气。小木头人的淘气是很有趣的。比方说吧，在没有孩子和他玩耍的时候，他会独自想法儿玩得很热闹。什么到井台上去汲水呀，把妈妈的大水缸都倒满。什么用扫帚把屋子院子都收拾得干干净净呀，好叫检查清洁的巡警给门外贴上"最整洁"的条子。什么晚上蹲在墙根，等着捉偷吃小鸡的黄狼子呀——要是不捉到黄狼子呢，起码捉来两三个蟋蟀，放在小布人被子里，吓得小布人乱叫。

这些有趣地玩耍都使妈妈相当的满意。不过，他也有时候招妈妈生气。例如，把水缸倒满，他就跳下去练习游泳，或是扫除庭院的时候，顺手把妈妈辛辛苦苦种的花草也都拔了去，妈妈就不能不生气了。特别是在晚上，他最容易招妈妈动怒。原来，小木头人是和小布人同睡一张床的。在夏天，小布人因为身上很胖，最怕蚊子，所以非放下帐子来不可。小木人呢，一点也不怕蚊子，他愿意推开帐子，把蚊子诱来，好把蚊子的尖嘴碰得生疼。可是，蚊子也不傻呀。它们看见小木人就赶紧躲开。尽管小木人很客气地叫："蚊子先生，请来咬我的腿吧！"它们一点也不上当。嗡嗡的，它们彼此打招呼，一齐找了小布人去，把小布人叮得没办法，只好喊妈妈。妈妈很怕小布人叫蚊子咬了，又打摆子。小布人一打摆子就很厉害，妈妈非给他包奎宁馅的饺子吃不可；多么麻烦，又多么贵呀！你看，妈妈能不生小木头人的气吗？

冬天虽然没有蚊子，可是他们弟兄的床上还是不十分太平。小布人睡觉很老实，连梦话也不说一句。小木头人就不然了，睡觉和练操一样：一会儿"啪"，把手打在哥哥的胖腿上，一会儿"噗"，把被子蹬个大窟窿，叫小布人没法儿好好地睡。小布人急了就只会喊妈妈，妈妈便又生了气。

妈妈尽管生气，可是不能责打小木人，因为他身上太硬。妈妈即使用棍子打他，也只听得啪啪地响，他一点也不觉得疼。这怎么办呢？妈妈可还有主意，要不然还算妈妈吗？不给他饭吃！哎呀，这一下子可把小木人制服了。想想看吧，小木人虽然是木头的，可也得吃饺子呀、炸酱面呀、鸡蛋糕和棒棒糖什么的呀。他还能光喝凉水不成么？所以，一听妈妈说："好了，明天早上没有你的烧饼吃！"小木人心里就发了慌，赶紧搭讪着说："没有烧饼，光吃油条也行！"及至听见妈妈的回答——"油条也没有。"——他就不敢再说一声，乖乖地把胳臂伸得笔直，再也不碰小布人一下。有时候，他急忙地搬到床底下去睡，顺手儿还捉一两个小老鼠给街坊家的老花猫吃。

可是，话又说回来了：小木人虽然淘气，不怕打架，但绝不故意欺侮人。每次打架，虽然他总受妈妈或老师的责备，可是打架的原因绝不是他爱欺侮人。他也许多打了人家两下，或把人家的衣服撕破了一块，但是十之八九，他是为了抱不平。这么说吧，比如他看见一个年岁大一点的同学，欺侮一个年岁小的同学，他的眼睛立刻就冒了火。他一点不退缩地和那个大学生死拼。假若有人说他的哥哥、妈妈或先生不好，那就必定有一次剧烈的战争。打完了架，他的小鼻子歪到一边去，身上的油漆划了许多条道子，有时候身上脸上都流出血来（他的血和松香似的，很稠很黏，有点发黄色），真像打完架的狗似的。他是勇敢的。要打就打出个样子来。

更值得述说的是有一次早晨升旗的时候，小木人的旁边的一个烂眼边的孩子没有向国旗好好敬礼。这，惹恼了小木人。他一拳把烂眼边打倒在地上。校长和老师都说他不该打人。可是他们也说小木人是知道尊敬国旗的好孩子。因为打人，校长给小木人记了一过；因为尊敬国旗，校长又给他记一功。

知道尊敬国旗，便是知道爱国。小木人很爱国。所以呢，咱们不再乱七八糟地讲，而要专说小木人爱国的故事了。

小木人的舅舅是小泥人。这位泥人虽然身量很小，可是的的确确是小木人的舅父，所以小木人不能因为舅父的身量小，而叫他作"哥哥"。况且，小泥人也真够做舅舅的样子，每逢来看亲戚，他必给外甥买来一堆小泥玩意儿——什么小泥狗，小泥马，小泥骆驼，还有泥做的高射炮和坦克车。小木人和小布人哥儿俩，因此，都很喜欢这位舅父。舅父的下巴上还长着些胡须，也很好玩。小木人有时候扯着舅父的胡子在院中跑几个圈，舅父也不恼。小泥人真是一位好舅舅！

不幸啊，你猜怎么着，泥人舅舅死啦！怎么死的？哼，叫炸弹给炸碎了！小泥人生来就不结实，近几年来，时常地闹病，因为上了年纪啊。有一天，看天气晴和，他换了一件蓝色的泥棉袍，买了许多的泥玩意儿，来看外甥。哪知道，走到半路，遇上了空袭。他急忙往防空洞跑。他的泥腿向来就跑不了很快，这天又忘了带着手杖。好，他还没跑到防空洞，炸弹就落了下来！炸弹落得离他还有半里地，按说他不应当受伤。可是，他倒在了地上，身上的泥全被震成一块一块的了。

这个不幸的消息传到小木人的家中，妈妈哭得死去活来。小布人把布脸哭得像掉在水里一般。小木人的木头眼泪落了一大箩筐。

啼哭是没有用处的，小木人知道。他也知道，震死泥人舅舅的炸弹是日本人的。他要报仇。他爱他的舅舅，也更爱国家。舅舅既是中国人，哪可以随便地挨日本的炸弹呢？他要给舅舅报仇，为国家雪耻！

小木人十分勇敢。说报仇就去报仇，没有什么可商量的。他急忙去预备枪。子弹不成问题，他有许多木头眼泪呢。枪可不容易找。他听老师说，机关枪最厉害，所以想得一架机关枪，哪里去找呢？这倒真不好办。不过，他把机关枪听成了"鸡冠枪"，于是他就想啊，把个鸡冠子放在枪上，岂不就成了鸡冠枪么？好啦，就这么办。他找了个公鸡冠子，用绳儿捆在自己的木枪上，再把木头眼泪都放在口袋里，他就准备出发了。

小木人的衣帽本是童子军的样式，现在一手托枪，一手拿着木棍，袋中满装子弹，看起来十分的英武。他不愿叫妈妈知道，怕她不许他去当兵。他只告诉了小布人，并且叫哥哥起了誓，在他走后三天再禀知母亲。小布人虽然胆子小一点，但也知道当兵是最光荣的事，便连连点头，并且起了誓。他说："我若在三天以前走漏了消息，叫我的小辫儿长到鼻子上来！"

他说完，弟兄亲热地握了手，他还给了弟弟一毛钱和一个鸡蛋做盘缠。

小木人离开家门，一气就走了五里地。但他并不觉得劳累，可是他忽然站住了。他暗自思想，往哪里去呢？哪里有日本鬼子呢？正在这样思索，树上的鸟儿——他站住的地方原是有好几株大树的——说了话："北，北，北，咕——"小木人平日是最喜欢和小鸟们谈话的，一闻此言，忙问道："你说什么呀？鸟儿哥哥！"

这回四只小鸟一齐说："北，北，北，咕——"

"呕，"小木人想了想才又问，"是不是你们叫我向北去呢？"

一群小鸟同声地说："北，北，北，咕——"

小木人笑了，"好！多数同意，通过！"说罢，他向小鸟们立正，敬礼，就又往前走了几步，他又转身回来，高声问道："请问，哪边是北呀？"

这一问，把小鸟们都难住了。本来嘛，小鸟们只管飞上飞下，谁管什么东西南北呢。小木人连问了三四次，并没得到回答，他很着急，小鸟们觉得很惭愧。末了，有一位老鸟，学问很大，告诉了他："北就是北！"

小木人一想，对呀，北方拿前面当作北，后面不是南么？对！他给老鸟道了谢，就又往前走，嘴里嘟囔着："反正前面是北，后面就是南，不会错！"

小木人在头一天走了一百二十里。他的腿真快。这大概不完全因为腿快，也还因为一心去报仇，在路上一点也不贪玩。要不怎么小木人可爱呢，在办正经事的时候，他就好好地去做，绝不贪玩误事。

天黑了。他走到一条小河的岸上。他捧了几捧河内的清水，喝下去。河水是又清，又凉，又甜。喝完，他的肚里咕噜噜地响起来，他觉得十分饥饿。于是，他就坐在一块石头上，把哥哥给的那个鸡蛋慢慢地吃了下去。他知道肚中饥饿的时候，若是急忙吃东西就容易噎着，所以慢慢地吃。

天是黑了，上哪儿去睡觉呢？这时候，他有点想妈妈与布人哥哥了。但是一想起泥人舅舅死得那么惨，他就把心横起来，自言自语地说："去打日本小鬼，还能想家吗？那就太没出息了！"

向前望了一望，远远的有点灯光，小木人决定去借宿。他记得小说里常有"借宿一宵，明日早行"这么两句，就一边念着，一边往前走。过了一座小桥，穿过一片田地，他来到那有灯光的人家。他向前拍门，门里一条小狗汪汪地叫起来。小木人向来不怕狗，和气地叫了声"小黄儿"，狗儿就不再叫了。待了一会儿，里面有了人声："谁呀？"小木人知道，离家在外必须对人有礼貌，就赶紧恭恭敬敬地说："老大爷，请开开门吧，是我呀！"这样一说，里边的人还以为是老朋友呢，急忙开了门，而且把小狗儿赶在一边去。开门的果然是个老人，小木人的"老大爷"并没有叫错，因为他会辨别语声呀。老人又问了声："谁呀？"小木人立正答道："是我！"老人这才低头看见了小木人，原来他并没想到来的是个小朋友。

"哎呀！"老人惊异地说，"原来是个小孩儿呀！怎这么黑间半夜的出来呢？莫非走迷了路，找不到家了吗？"

小木人含笑地回答："不是！老大爷，我不是走迷了路，我是去投军打日本鬼子的！你知道吗，日本鬼子把我的舅舅炸死了？"

老人一听此言，更觉稀奇。心中暗想，哪有这么小的人儿就去投军的呢？同时，心中也很佩服这个小孩儿；别看他人小，志气可是大呢。于是就去拉住小木人，往门里让。这一拉不要紧，老人可吓了一跳，"我说，小朋友，你的手怎这么硬啊。"

小木人笑了，"不瞒你老人家说，我是小木人呀！"

"什么？"老人喊了起来，"小木人？小木人？"

"是呀，我是小木人！我来借宿一宵，明日早行！"小木人非常得意地用着这两句成语。

"哎呀，我倒还没有招待过木头人！"老人显出有点为难的样子，"我说，你不是什么小妖精吧！"

"不是妖精！"小木人赶紧答辩，"不信，老大爷你摸摸我，头上没有犄角，身上没有毛，后边也没有尾巴！"

这时节，院中出来一群人：一位老婆婆手中端着灯，一位小媳妇手中持着烛，还有一位大姑娘，和四五个男女小孩。大家把老头儿与小木人围在当中，都觉得稀罕，都争着问怎回事。大家一齐开口，弄得谁也听不见谁的话，乱成了一团。小木人背过身子，用手捂住嘴。大家忽然听见敲锣的声音，一齐说："空袭警报！"马上安静下来。小木人赶紧转回身来，向大家立正，敬礼，像讲演一般地说："诸位先生，我是小木人，现在去投军打日本，今天要借宿一宵，明日早行！"

大家听明白了，就又一齐开口问长问短，老人喊了一声："雅静！"看大家又不出声了，才说："我们要先熄了灯，不是有警报吗？"

小木人不由得笑出声来，"那，那，那是我嘴中学敲锣呀！不是真的！"

这样一说，逗得大家又笑成了一团。

"雅静！"老人喊了一声，接着说，"现在我们怎么办呢？咱们没有招待过木头人呀！"

四五个小孩首先发言："我们会招待木头客人！叫他和我在一块睡！"然后争着说："我的床大！"另一个就说："我的床香！"说着说着就要打起来。

　　这时候老太太说了话："谁也不要争，大家组织一个招待委员会，到屋里去商议吧！"

　　"好！好！好！"小孩一齐喊。然后不由分说，便把小木人抬了起来，往屋里走。

　　不大一会儿，委员会组织好。老人做睡觉委员，专去睡觉，不用管别的事，因为上了年岁的人是要早睡的。老太太和小媳妇做烹调委员，把家中的腊肠腊肉和青菜都要做一点来，慰劳木头客人。大姑娘做编织委员，要极快地给小木人编一双草鞋，和一顶草帽。小孩们做宿舍委员，把大家的床都搬到一处，摆成一座大炕，大家好和小木人都睡在一起，不必再起争执。

　　热闹了半夜，大家才去睡觉。小木头人十分感激，眼中落出木头泪珠来。拾起木泪，送给孩子们每人两个，作为纪念品。他虽是这样地感激大家，大家可是还觉得招待不周。真的，谁不尊敬出征的人呢？出征的人都是英雄！

　　第二天清早，小木人便起来向大家告辞。大家一致挽留，小木人可不敢耽误工夫，一定要走。一家老小见挽留不住，也就不便勉强，因为他们知道出征是重要的事啊。大姑娘已把草鞋和草帽编好，送给小木人。他把草鞋系在腰间，草帽放在背上，到下雨的时候再去穿戴。老太太把两串腊肠挂在他的脖子上，很像摩登小姐戴的项链，不过稍粗了一点而已。小媳妇给他煮了五个鸡蛋，外加两个皮蛋，两个咸鸭蛋。小孩们没有好东西送给他，大家就用红笔在他的草帽帽檐上写了"出征的木人"五个大字。老人本想把自己用的长杆烟袋送给他，怎奈小木人并不吸烟。于是，忽然心生一计，说："小木人呀，我替你写封家信吧，好叫你妈妈放心。"

小木人很愿意这么做，就托老人替他写，并且拿出两个鸡蛋，也请老人给贴上邮票寄给妈妈和哥哥。老人问他家住哪里。他记得很清楚："木县，木头村，第一号。"

老人写完信，小木人用木头嘴在纸面上印了几个吻，交给老人替他交到邮局。而后，向大家一一敬礼，告辞。大家都恋恋不舍，送到门外。小孩子们和小狗一直送到二里多地，才洒泪而别。

小木人一路走去，甚是顺利。因为他的草帽上有"出征"的字样，所以到处受欢迎，食水宿处全无半点困难，而且有几处小学校，请他讲演。他虽没有什么了不起的口才，但是理直气壮，也颇能感动人；有些小学生因给他拍掌，竟将手掌拍破；有些小学生想跟他一同到前方去，可是被先生们给拦住了。

走了一个星期，他还没走到前线。小木人心中暗想：中国是多么伟大呀，敢情地图上短短的一条线就得走许多日子呀！在这几天里，他看见几处城市都有被炸过的痕迹，于是就更恨日本鬼子，非去报仇不可。

走到第十天头上，正是晌午，他来到一座大城，还没进城，他就看见有许多人从城内往外跑。小木人一猜就猜对了：准是有空袭。虽然猜到了，他可是丝毫不怕。他一直奔了城墙去。站在墙根，他抬头往上看。城墙，从远处看，是很直的。凑近了一看，那一层层的大砖原来也有微微的斜度，像梯子似的，不过是很难爬的梯子罢了。再说吧，城墙已经很老，砖上往往有些坑儿，也可以放脚。小木人看完了墙，再低头看自己的脚。他不由得笑了一笑。他的脚是多么瘦小伶俐呀。好吧，他决定爬上城墙去。紧了紧身上的东西，他就开始往上爬。爬到中腰，墙上有一棵歪脖的酸枣树，树上结着些鲜红的小枣，像些珠子似的发着光。小木人骑在树干上，休息一会儿，往下一看，看见躲避空袭的人像潮水一般的往城外走。他心中说，泥人舅舅大概就是这样死的，非报仇不可！说着，心中一怒，便揪上一把酸枣子，也不管酸不酸，全放了在嘴中。

爬上了城墙，小木人跟猴子一样，伶俐，连跑带跳地就上了城楼的尖儿。哎呀，多么好看哪！往上看吧，天比平日远了许多，要不是叫远山给截住，简直没有了边儿呀！往下看吧，一丛一丛的绿树，一块一块的田地，一处一处的人家，都像小玩意似的，清清楚楚的，五颜六色的，摆在那里。人呀，马呀，牛呀，都变成那么一小块、一小块的在地上慢慢地动。小木人，这时候，很想布人哥哥。假若小布人哥哥现在也在这里，该多么高兴呀。恐怕就是妈妈也没有见过这么美的景致吧，小木人越想越高兴，不觉地拍起手来。

哪知道，小木人正在欢喜，远远的可来了最讨厌的声音。呼隆，呼隆，好讨厌，就像要把青天顶碎了似的。小木人立在城楼尖上，往远处望，西北角上发现了几只黑小鸟。他指着那小鸟骂道：可恶的东西，你们把泥人舅舅炸碎，还又来炸别人么？我今天不能饶了你们！

说时迟，那时快，眼看着敌机到了头上。小木人数了数，一共是六架。飞机都飞得很低，似乎有要用机枪扫射下面的样子。小木人急中生智，把自己的木棍和鸡冠枪全放下（这两件东西至今还在城楼上呢），看飞机来到，就用了全身的力量往上一跳。

这真冒险极了，假若他扑了空，就必定跌落下来，尽管他是枣木身子，也得跌碎了哇。可是，他这一下跳得真高。一伸手，他抓住一架飞机的尾巴。左手抓，右手把腰间的绳子——童子军不是老带着一条绳子么？——解下来，拴在飞机尾巴上。然后，他拴了一个套儿，把头伸进去，吊住了脖子。要是别人这样办，一会儿就必定伸了舌头，成了吊死鬼。但是小木人的脖子是木头的，还怕什么呢。这样吊在飞机尾巴上，飞机上的人就不会看到他；他们看不见他，他就可以随着飞机回到飞机场呀。到了敌人的飞机场又怎样呢。小木人正在思索，让咱们大家也慢慢地想想看吧。

在飞机尾巴吊着，是多么有趣的事呀！看吧，这又比城楼高得多了。连山哪，都不过是一道道的小绿岗儿；河呀，不过是一条线！真好看，地上只是一片片的颜色，黄的，绿的，灰的，一块块的，一条条的，就好像一个顶大顶大的画家给画上的。更有趣的是一会儿钻到云里去，一会儿又钻出来。钻进去的时候，什么也看不见，只被一片雾气包围着，有的地方白一点，有的地方黑一点，大概馒头在蒸锅里就是这样。慢慢地，雾气越来越白越少了，哈！钻出来了！原来飞机已经飞到云上边去！上边是青天大太阳，下边是高高矮矮的黑白的云堆，像一片用棉絮堆成的山。山峰上都被日光照得发着金光。哎呀，多么美丽呀！多么好看呀！小木人差一点就喊叫出来。虽然他就是喊起来，别人也听不见。可是他不能不小心哪。

一会儿，又飞到了一座城，飞机排成了"一"字形。小木人知道，这是要投弹了。他非常的着急，非常的愤恨，可是一点办法没有。"等一会儿看吧，看我怎样收拾你们！"他只能自言自语地这么说。说罢，他闭上了眼，不忍看我们的城市被敌人轰炸。

飞机投了弹，很得意地往回飞。这时候，小木人顾不得看下面的景致了，闭着眼一劲儿想好主意，想着想着，他摸了摸身上，摸到一盒洋火。他笑了笑。

　　飞机飞得很低了，小木人想，这必定是到了飞机的家。他往上纵一纵身，两手扒住飞机尾巴，尾巴前面有个洼洼，他就放平了身子，藏在那里。飞机盘旋地往下落，他觉得有点头晕，就赶紧把脚拼命地蹬直，两手用力攀住，以免头一晕，被飞机给甩下去。

　　飞机落了地，机上的人们都匆忙地下去。小木人斜着眼一看，太阳还老高呢，机场上来来往往还有不少的人。他想呀，现在若是去用火柴烧飞机，至多不过能烧一架，机场上人多，而且架着好几架机关枪呀。莫若呀，等到夜里再动手，把机场上所有的飞机全烧光，岂不痛快么。好在脖子上的腊肠还剩有一节，也不至于饿得发慌。越想越对，也就大气不出地，先把腊肠吃了。

　　吃完腊肠，他想打个盹儿，休息休息。小木人是真勇敢，可是粗心的勇敢是不中用的。幸而他还没有真睡了；要是真睡去，滚到空地上来，他就可以被日本人活捉了去。那可怎办呢？你看，他刚一闭眼，就听见脚步声。原来，飞机回到机场是要检查的呀，看看有没有毛病，以免下次起飞的时候出险呀。那脚步声便是检查飞机的人来了哇！小木人的心要跳出来！假若，他们往飞机尾巴下面看一眼，他岂不要束手被擒么？他知道，事到而今，绝不可害怕逃走。他一跑，准叫人家给逮住！他停止了呼吸，每一秒钟就像一个月那么长似的等着。幸而，那些人并没有检查这一架飞机，而只由这里走过——小木人连他们皮鞋上的一点泥都看得清清楚楚的！

他再也不敢大意，连要打哈欠的时候都把嘴按在地上。就是这样，他一直等到天黑。

这是个月黑天，又有点夜雾。小木人的附近没有一个人。他只听得到远处的一两声咳嗽，想必是哨兵；他往咳嗽声音的来处望一望，看不见什么，一切都被雾给遮住。他放大了胆，从地上爬起来，轻轻地走出来几步；他要数一数这里一共有多少飞机。转了一个小圈，他已看到二十多架，他不由得喜欢起来。哎呀，假如一下子能烧二十多架敌机，够多么好哇！可是，他又想起了：只凭几根火柴，能不能成功呢？不错，汽油是见火就燃的。可是，万一刚烧起一架，而那些哨兵就跑来，可怎么办，不错呀，机场里有机关枪。可是他不会放呀！糟极了！糟极了……小木人自己念叨着，哼，当兵岂是件容易的事呀。

无可奈何，他坐在了地上，很想大哭一场。

正在这个工夫，他听见了脚步声音。他赶紧趴伏在地上。来的是一个兵。小木人急中生智，把自己的绳子放出去，当作绊马索，一下子把那个兵绊倒。然后，他就像一道电闪那么快，骑在兵的脖子上，两只木头小手就好似一把钳子，紧紧地抠住兵的咽喉。那个兵始终没有出一声，就稀里糊涂地断了气。小木人见他一动也不动了，就松了手，可是还在他的脖子上坐着。用力太大，他有点疲乏，心中又怪难过的——他想，好好的一个人，偏偏上我们这里来杀人放火，多么可恨！可是一遇上咱小木人，你又连妈都没叫一声就死了，多么可怜！这么想了一会儿，小木人不敢多耽误工夫，就念念叨叨地去摸兵的身上，"你来欺负我们，我们就打死你！泥人舅舅怎么死的？哼，小木人会给舅舅报仇！"一边这么嘟囔着，他一边摸索。摸来摸去，你猜怎么着，他摸到两个圆球。他还以为是鸡蛋。再摸，喝，蛋怎么有把儿呢？啊，对了，这是手榴弹。他在画报上看见过手榴弹的图，所以一见就认出来。

把手榴弹在手里摆弄了半天，他也想不起应当怎么放。他很恨自己粗心。当初，他看画报的时候，那里原来有扔掷手榴弹的详图，可是他没有详细地看。他晓得手榴弹是炸飞机顶好的东西，可是现在手榴弹得到手，而放不出去，多么糟糕！他赌气把手榴弹扔在了地上，又到死兵的身上去摸。这回摸到一把手枪。拿着手枪，他又想了想：现在只好用手枪打飞机的油箱。打完一架，再打一架，就是被人家给生擒住，也只好认命了，也算值得了。

当他打燃了第一架飞机的时候，四面八方的电铃响成了一片。他又极快地打第二架，打燃了第二架，场中放开了照明灯，把全场照如白昼。他又去打第三架。这时候，场中集聚了不知多少敌兵，都端着枪，枪上安着明晃晃的刺刀，向他包围。他急忙就地一滚，滚到一架飞机上面。他知道，他们若向他放枪，就必打了他们自己的飞机，那，他心中说，也不错呀，咱小木人和一架飞机在一块儿烧光也值得呀！

敌兵还往前凑，并没放枪。小木人一动也不动，等待着逃走的机会。敌人越走越近了，小木人知道发慌不但没用，而且足以坏事。他沉住了气。等敌兵快走他身前了，他看出来，他们都是罗圈腿，两腿之间有很大的空当儿。他马上打好主意。猛地，他来了一个鲤鱼打挺，几乎是平着身子，钻出去。

兵们看见一条小黑影由腿中钻出，赶紧向后转。这时候，小木人已跑出五十码。他们开了枪。那怎能打中小木人呢？他是那么矮小，又是低头缩背，膝磕几乎顶住嘴地跑，他们怎能瞄准了哇？可是，他们也很聪明，马上都卧倒射击。小木人还是拼命地跑，尽管枪弹嗖嗖的由身旁、由头上、由耳边，连串地飞过，他既不向后瞧，也不放慢了步，一气，他跑出机场。

后面追来的起码有一百多人，一边追，一边放枪。小木人的腿有点酸了，可是后面的人越追越紧。眼前有一道壕沟，他不管三七二十一，便跳了下去。跳下去，他可是不敢坐下歇息，就顺着沟横着跑。一边跑，一边学着冲锋号——嘀哒嘀哒嘀嘀哒！

追兵一听见号声，全停住不敢前进。他们想啊，要偷袭飞机场，必定有大批的人，而这些人必定在沟里埋伏着呢，他们的官长就下命令：大眼武二郎，田中芝麻郎，向前搜索；其余的都散开，各找掩护。喝，你看吧，武二郎和芝麻郎就趴在地上慢慢往前爬，像两个蜗牛似的。其余的人呢，有的藏在树后，有的趴在土坑儿里。他们这么慢条斯理地瞎闹，小木人已跑出了一里地。

他立住，听了听，四外没有什么声音了，就一跳，跳出了壕沟，慢慢地往前走。走到天明，他看见一座小村子。他想进去找点水喝。刚一进村外的小树林，可是，就听见一声呼喝："站住！口令！"树后面闪出一位武装同志来，端着枪，威风凛凛，相貌堂堂。小木人一看，原来是位中国兵。他喜得跳了起来。过去，他就抱住了同志的腿，好像是见了布人哥哥似的那么亲热。同志倒吓了一跳，忙问："你是谁？怎回事？"小木人坐在地上，就把离家以后的事，像说故事似的从头说了一遍。同志听罢，伸出大指，说："你是天下第一的小木人！"然后，把水壶摘下来，请小木人喝水，"你等着，等我换班的时候，我领你去见我们的官长。"

太阳出来，同志换了班，就领着小木人去见官长。官长是位师长，住在一座小破庙里。这位师长长得非常的好看。中等身量，白净脸，唇上留着漆黑发亮的小黑胡子。他既好看，又非常的和蔼，一点也不像日本军人那么又丑又凶。小木人很喜爱师长，师长也很喜欢小木人。师长拉着小木人的手，把小木人所做的事问了个详细。他一边听，一边连连点头，而且叫司书给细细记了下来。等小木人报告完毕，师长叫勤务兵去煮十个鸡蛋慰劳他，然后就说："小木人呀，我必把你的功劳，报告给军长，军长再报告给总司令。你现在怎办呢？是回家，还是当兵呢？"

小木人说："我必得当兵，因为我还不会打机关枪和放手榴弹，应当好好学一学呀！"

师长说："好吧，我就收你当一名兵，可是，你要晓得，当兵可不能淘气呀！一淘气就打板子，绝不容情！"

小木人答应了以后不淘气，可是心中暗想，咱小木人才不怕挨板子呀！

从村子里找来个油漆匠，给小木人改了装，他本穿的是童子军装，现在漆成了正式的军服，甚是体面。

从此，小木人便当了兵。每逢和日本人交战，他总做先锋，先去打探一切，因为他的腿既快，眼又尖，而且最有心路啊。

有一天，小布人在学校里听到广播，说小木人烧了敌机，立下功劳。他就向先生请了一会儿假，赶忙跑回家，告诉了母亲。妈妈十分欢喜，马上叫小布人给弟弟写一封信。小布人不假思索，在信纸上写了一大串"一"字，并且告诉妈妈，这些"一"字有长有短有直有斜，弟弟一看，就会明白什么意思。

写完了信，小布人向妈妈说，他自己也愿去当兵。妈妈说：

"你爱读书，有学问。应当继续读书；将来得了博士学位，也能为国家出力。你弟弟读书的成绩比不上你，身体可是比你强得多，所以应该去当兵杀敌，你不要去，你是文的，弟弟是武的，咱家一门文武双全，够多么好哇！"

小布人听了，就又回到学校，好好地读书，立志要得博士学位。

牺　牲

　　言语是奇怪的东西。拿差别说，几乎一个人有一种言语。只有某人才用某几个字，用法完全是他自己的；除非你明白这整个的人，你绝不能了解这几个字。你一辈子也未必明白得了几个人，对于言语趁早不用抱多大的希望；一个语言学家不见得能都明白他太太的话，要不然语言学家怎会有时候被太太罚跪在床前呢。

　　我认识毛先生还是三年前的事。我们俩初次见面的光景，我还记得很清楚，因为我不懂他的话，所以十分注意地听他自己解释，因而附带地也记住了当时的情形。我不懂他的话，可不是因为他不会说国语。他的国语就是经国语推行委员会考试也得公公道道地给八十分。我听得很清楚。但是不明白，假如他用他自己的话写一篇小说，极精美地印出来，我一定还是不明白，除非每句都有他自己的注解。

　　那正是个晴美的秋天，树叶刚有些黄的；蝴蝶们还和不少的秋花游戏着。这是那种特别的天气：在屋里吧，做不下工去，外边好像有点什么向你招手；出来吧，也并没什么一定可做的事；

使人觉得工作可惜，不工作也可惜。我就正这么进退两难，看看窗外的天光，我想飞到那蓝色的空中去；继而一想，飞到那里又干什么呢？立起来，又坐下，好多次了，正像外边的小蝶那样飞起去又落下来。秋光把人与蝶都支使得不知怎样好了。

最后，我决定出去看个朋友，仿佛看朋友到底像回事，而可以原谅自己似的。来到街上，我还没有决定去找哪个朋友。天气给了我个建议。这样晴爽的天，当然是到空旷的地方去，我便想到光惠大学去找老梅，因为大学既在城外，又有很大的校园。

从楼下我就知道老梅是在屋里呢：他屋子的窗户都开着，窗台上还晒着两条雪白的手巾。我喊了他一声，他登时探出头来，头发在阳光下闪出个白圈儿似的。他招呼我上去，我便连蹦带跳地上了楼。不仅是他的屋子，楼上各处的门与窗都开着呢，一块块的阳光印在地板上，使人觉得非常的痛快。老梅在门口迎接我。他趿拉着鞋片，穿着短衣，看着很自在；我想他大概是没有功课。

"好天气？！"我们俩不约而同地问出来，同时也都带出赞美的意思。

屋里敢情还有一位呢，我不认识。

老梅的手在我与那位的中间一拉线，我们立刻郑重地带出笑容，而后彼此点头，牙都露出点来，预备问"贵姓"。可是老梅都替我们说了："——君：毛博士。"我们又彼此龇了龇牙。我坐在老梅的床上；毛博士背靠着窗，斜向屋门立着；老梅反倒坐在把椅子上；不是他们俩很熟，就是老梅不大敬重这位博士，我想。

一边和老梅闲扯，我一边端详这位博士。这个人有点特别。他是"全份武装"地穿着洋服，该怎样的全就怎样了，例如手绢是在胸袋里掖着，领带上别着个针，表链在背心中下部横着，皮鞋尖擦得很亮等等。可是衣裳至少也像穿过三年的，鞋底厚得不很自然，显然是曾经换过掌儿。他不是"穿"洋服呢，倒好像是为谁许下了愿，发誓洋装三年似的；手绢必放在这儿，领带的针必别在那儿，都是一种责任，一种宗教上的律条。他不使人觉到穿西服的洋味儿，而令人联想到孝子扶杖披麻的那股勉强劲儿。

他的脸斜对着屋门，原来门旁的墙上有一面不小的镜子，他是照镜子玩呢。他的脸是两头跷，中间洼，像个元宝筐儿，鼻子好像是睡摇篮呢。眼睛因地势的关系——在元宝翅的溜坡上——也显着很深，像两个小圆槽，槽底上有点黑水；下巴往起跷着，因而下齿特别的向外，仿佛老和上齿顶得你出不来我进不去的。

他的身量不高，身上不算胖，也说不上瘦，恰好支得起那身责任洋服，可又不怎么带劲。脖子上安着那个元宝脑袋，脑袋上很负责地长着一大堆黑头发，过度负责地梳得光滑。

他照着镜子，照得有来有去的，似乎很能欣赏他自己的美好。可是我看他特别。他是背着阳光，所以脸的中部有点黑暗，因为那块十分的低洼。一看这点洼而暗的地方，我就赶紧向窗外看看，生怕是忽然阴了天。这位博士把那么晴好的天气都带累得使人怀疑它了。这个人别扭。

他似乎没心听我们俩说什么，同时他又舍不得走开；非常的无聊，因为无聊所以特别注意他自己。他让我想到：这个人的穿洋服与生活着都是一种责任。

我不记得我们是正说什么呢，他忽然转过脸来，低洼的眼睛闭上了一小会儿，仿佛向心里找点什么。及至眼又睁开，他的嘴刚要笑就又改变了计划，改为微声叹了口气，大概是表示他并没在心中找到什么。他的心里也许完全是空的。

"怎样，博士？"老梅的口气带出来他确是对博士有点不敬重。

博士似乎没感觉到这个。利用叹气的方便，他吹了一口，"噗！"仿佛天气很热似的。"牺牲太大了！"他说，把身子放在把椅子上，脚伸出很远去。

"哈佛的博士，受这个洋罪，哎？"老梅一定是拿博士开心呢。

"真哪！"博士的语声差不多是颤着，"真哪！一个人不该受这个罪！没有女朋友，没有电影看，"他停了会儿，好像再也想不起他还需要什么——使我当时很纳闷，于是总而言之来了一句，"什么也没有！"幸而他的眼是那样注，不然一定早已落下泪来；他千真万确的是很难过。

"要是在美国？"老梅又帮了一句腔。

"真哪！哪怕是在上海呢，电影是好的，女朋友是多的。"他又止住了。

除了女人和电影，大概他心里没"吗儿"了，我想。我试了他一句："毛博士，北方的大戏好啊，倒可以看看。"

他愣了半天才回答出来："听外国朋友说，中国戏野蛮！"

我们都没了话。我有点坐不住了。待了半天，我建议去洗澡；城里新开了一家澡堂，据说设备得很不错。我本是约老梅去，但不能不招呼毛博士一声，他既是在这儿，况且又那么寂寞。

博士摇了摇头，"危险哪！"

我又糊涂了；一向在外边洗澡，还没淹死我一回呢。

"女人按摩！澡盆里……"他似乎很害怕。

明白了：他心中除了美国，只有上海。

"此地与上海不同，"我给他解释了这么些。

"可是中国还有哪里比上海更文明？"他这回居然笑了，笑得很不顺眼——嘴差点碰到脑门，鼻子完全陷进去。

"可是上海又比不了美国？"老梅是有点故意开玩笑。

"真哪！"博士又郑重起来，"美国家家有澡盆，美国的旅馆间间房子有澡盆！要洗，哗——一放水：凉的热的，随意兑；要换一盆，哗——把陈水放了，重新换一盆，哗——"他一气说完，每个"哗"字都带着些唾沫星，好像他的嘴就是美国的自来水龙头。最后他找补了一小句："中国人脏得很！"

老梅乘博士"哗哗"的工夫，已把袍子、鞋，穿好。

博士先走出去，说了一声："再见哪。"说得非常的难听，好像心里满蓄着眼泪似的。他是舍不得我们，他真寂寞；可是他又不能上"中国"澡堂去，无论是多么干净！

等到我们下了楼，走到院中，我看见博士在一个楼窗里面望着我们呢。阳光斜射在他的头上，鼻子的影儿给脸上印了一小块黑；他的上身前后地微动，那个小黑块也忽长忽短地动。我们快走到校门了，我回了回头，他还在那儿立着，独自和阳光反抗呢，仿佛是。

在路上，和在澡堂里，老梅有几次要提说毛博士，我都没接茬儿。他对博士有点不敬，我不愿被他的意见给我对那个人的印象加上什么颜色，虽然毛博士给我的印象并不甚好。我还不大明白他，我只觉得他像个半生不熟的什么东西——他既不是上海的小流氓，也不是在美国华侨的子孙：不像中国人，也不像外国人。他好像是没有根儿。我的观察不见得正确，可是不希望老梅来帮忙；我愿自己看清楚了他。在一方面，我觉得他别扭；在另一方面，我觉得他很有趣——不是值得交往，是"龙生九种，种种各别"的那种有趣。

不久，我就得到了个机会。老梅托我给代课。老梅是这么个人：谁也不知道他怎样布置的，每学期中他总得请上至少两三个礼拜的假。这一回是，据他说，因为他的大侄子被疯狗咬了，非回家几天不可。

老梅把钥匙交给了我，我虽不在他那儿睡，可是在那里休息和预备功课。

过了两天，我觉出来，我并不能在那儿休息和预备功课。只要我一到那儿，毛博士——正好像他的姓有些作用——毛儿似的就飞了来。这个人寂寞。有时候他的眼角还带着点泪，仿佛是正在屋里哭，听见我到了，赶紧跑过来，连泪也没顾得擦。因此，我老给他个笑脸，虽然他不叫我安安顿顿地休息会儿。

虽然是菊花时节了。可是北方的秋晴还不至于使健康的人长吁短叹地悲秋。毛博士可还是那么忧郁。我一看见他，就得望望天色。他仿佛会自己制造一种苦雨凄风的境界，能把屋里的阳光给赶了出去。

几天的工夫，我稍微明白些他的言语了。他有这个好处：他能满不理会别人怎么向他发愣。谁爱发愣谁发愣，他说他的。他不管言语本是要彼此传达心意的；跟他谈话，我得设想着：我是个留声机，他也是个留声机；说就是了，不用管谁明白谁不明白。怪不得老梅拿博士开玩笑呢，谁能和个留声机推心置腹地交朋友呢？

不管他怎样吧，我总想治治他的寂苦；年轻轻的不该这样。

我自然不敢再提洗澡与听戏。出去走走总该行了。

"怎能一个人走呢？真！"博士又叹了口气。

"一个人怎就不能走呢？"我问。

"你总得享受生命吧？"他反攻了。

"啊！"我敢起誓，我没这么糊涂过。

"一个人去走！"他的眼睛，虽然那么洼，冒出些火来。

"我陪着你，那么？"

"你又不是女人。"他叹了口长气。

我这才明白过来。

待了半天，他又找补了句："中国人太脏，街上也没法走。"

此路不通，我又转了弯，"找朋友吃小馆去，打网球去；或是独自看点小说，练练字……"我把小布尔乔亚的谋杀光阴的办法提出一大堆；有他那套责任洋服在面前，我不敢提那些更有意义的事儿。

他的回答倒还一致，一句话抄百宗：没有女人，什么也不能干。

"那么，找女人去好啦！"我看准阵势，总攻击了，"那不是什么难事。"

"可是牺牲又太大了！"他又放了个糊涂炮。

"嗯？"也好，我倒有机会练习眨巴眼了；他算把我引入了迷魂阵。

"你得给她买东西吧？你得请她看电影、吃饭吧？"他好像是审我呢。

我心里说："我管你呢！"

"自然是得买，自然是得请。这是美国的规矩，必定要这样。

可是中国人穷啊；我，哈佛的博士，才一个月拿二百块洋钱——我得要求加薪！——哪里省得出这一笔费用？"他显然是说开了头，我很注意地听，"要是花了这么笔钱，就顺当地订婚、结婚，也倒好了，虽然订婚要花许多钱，还能不买俩金戒指么？金价这么贵！结婚要花许多钱，蜜月必须到别处玩去，美国的规矩。家中也得安置一下：钢丝床是必要的，洋澡盆是必要的，沙发是必要的，钢琴是必要的，地毯是必要的。哎，中国地毯还好，连美国人也喜爱它！这得用几多钱？这还是顺当的话，假如你花了许多钱买东西，请看电影，她不要你呢？钱不是空花了？！美国常有这种事呀，可是美国人富哇。拿哈佛说，男女的交际，单讲吃冰激凌的钱，中国人也花不起！你看——"

我等了半天，他也没往下说，大概是把话头忘了；也许是被"中国"气迷糊了。

我对这个人没办法。他只好苦闷他的吧。

在老梅回来以前，我天天听到些美国的规矩，与中国的野蛮。还就是上海好一些，不幸上海还有许多中国人，这就把上海的地位低降了一大些。对于上海，他有点害怕：野鸡，强盗，杀人放火的事，什么危险都有，都因为有中国人。他眼中的中国人，完全和美国电影中的一样。"你必须用美国的精神做事，必须用美国人的眼光看事呀！"他谈到高兴的时候——还算好，他能因为谈讲美国而偶尔地笑一笑——老这样嘱咐我。什么是美国精神呢？他不能简单地告诉我。他得慢慢地讲述事实，例如家中必须有澡盆，出门必坐汽车，到处有电影院，男人都有女朋友，冬天屋里的温度在七十以上，女人们好看，客厅必有地毯……我把这些事都串在一处，还是不大明白美国精神。

老梅回来了，我觉得有点失望：我很希望能一气明白了毛博士，可是老梅一回来，我不能天天见他了。这也不能怨老梅。本来嘛，咬他的侄子的狗并不是疯的，他还能不回来吗？

把功课教到哪里交代明白了，我约老梅去吃饭。就手儿请上毛博士。我要看看到底他是不能享受"中国"式的交际呢，还是他舍不得钱。

他不去，可是善意地辞谢，"我们年轻的人应当省点钱，何必出去吃饭呢？我们将来必须有个小家庭，像美国那样的。钢丝床，澡盆，电炉。"说到这儿，他似乎看出一个理想的小乐园：一对儿现代的亚当夏娃在电灯下低语，"沙发，两人读着《结婚的爱》①，那是真正的快乐，真哪！现在得省着点……"

我没等他说完，扯着他就走。对于不肯花钱，是他有他的计划与目的，假如他的话是可信的；好了，我看看他享受一顿可口的饭不享受。

到了饭馆，我才明白了，他真不能享受！他不点菜，他不懂中国菜，"美国也很多中国饭铺，真哪。可是，中国菜到底是不卫生的。上海好，吃西餐是方便的。约上女朋友吃吃西餐，倒那个！"

我真有心告诉他，把他的姓改为"毛尔"或"毛利司"，岂不很那个？可是没好意思。我和老梅要了菜。

菜来了，毛博士吃得确不带劲。他的注脸上好像要滴下水来，时时地向着桌上发愣。老梅又开玩笑了，"要是有两三个女

---

① 《结婚的爱》：英国理学及哲学博士玛丽·斯特普（Marie Stopes，1880—1958）所写的一部两性读物。

朋友，博士？"

博士忽然地醒过来，"一男一女；人多了是不行的。真哪。在自己的小家庭里，两个人炖一只鸡吃吃，真惬意！"

"也永远不请客？"老梅是能板着脸装傻的。

"美国人不像中国人这样乱交朋友，中国人太好交朋友了，太不懂爱惜时间，不行的！"毛博士指着脸子教训老梅。

我和老梅都没挂气；这位博士确是真诚，他真不喜欢中国人的一切——除了地毯。他生在中国，最大的牺牲，可是没法儿改善。他只能厌恶中国人，而想用全力组织个美国式的小家庭，给生命与中国增点光。自然，我不能相信美国精神就像是他所形容的那样，但是他所看见的那些，他都虔诚地信仰，澡盆和沙发是他的上帝。我也想到，设若他在美国就像他在中国这样，大概他也是没看见什么。可是他确看见了美国的电影院，确看见了中国人不干净，那就没法办了。

因此，我更对他注意了。我绝不会治好他的苦闷，也不想分这份神了。我要看清楚他到底是怎回事。

虽然不给老梅代课了，可还不短找他去，因此也常常看到毛博士。有时候老梅不在，我便到毛博士屋里坐坐。

博士的屋里没有多少东西。一张小床，旁边放着一大一小两个铁箱。一张小桌，铺着雪白的桌布，摆着点文具，都是美国货。两把椅子，一张为坐人，一张永远坐着架打字机。另有一张摇椅，放着个为卖给洋人的团龙绣枕。他没事儿便在这张椅上摇，大概是想把光阴摇得无奈何了，也许能快一点使他达到那个目的。窗台上放着几本洋书。墙上有一面哈佛的班旗，几张在美国照的相片。屋里最带中国味的东西便是毛博士自己，虽然他也许不愿这么承认。

到他屋里去过不是一次了，始终没看见他摆过一盆鲜花，或是贴上一张风景画或照片。有时候他在校园里偷折一朵小花，那只为插在他的洋服上。这个人的理想完全是在创造一个人为的、美国式的、暖洁的小家庭。我可以想到，设若这个理想的小家庭有朝一日实现了，他必定终日放着窗帘，就是外面的天色变成紫的，或是太阳从西边出来，他也没那么大工夫去看一眼。大概除了他自己与他那点美国精神，宇宙一切并不存在。

在事实上也证明了这个。我们的谈话限于金钱、洋服、女人、结婚、美国电影。有时候我提到政治、社会的情形、文艺，和其他的我偶尔想起或轰动一时的事，他都不接茬儿。不过，设若这些事与美国有关系，他还肯敷衍几句，可是他另有个说法。比如谈到美国政治，他便告诉我一件事实：美国某议员结婚的时候，新夫妇怎样地坐着汽车到某礼拜堂，有多少巡警去维持秩序，因此教堂外观者如山如海！对别的事也是如此，他心目中的政治、美术，和无论什么，都是结婚与中产阶级文化的光华方面的附属物。至于中国，中国还有政治、艺术、社会问题等等？他最恨中国电影；中国电影不好，当然其他的一切也不好。对中国电影最不满意的地方便是男女不搂紧了热吻。

几年的哈佛生活，使他得到那点美国精神，这我明白。我不明白的是：难道他不是生在中国？他的家庭不是中国的？他没在中国——在上美国以前——至少活了二十来岁？为什么这样不明白不关心中国呢？

我试探多少次了，他的家中情形如何，求学与做事的经验……哼！他的嘴比石头子儿还结实！这就奇怪了，他永远赶着别人来闲扯，可是他又不肯说自己的事！

和他交往了快一年了，我似乎看出点来：这位博士并不像我所想的那么简单。即使他是简单，他的简单必是另一种。他必是有一种什么宗教性的戒律，使他简单而又深密。

他既不放松了嘴，我只好重新估定他的外表了。每逢我问到他个人的事，我留神看他的脸。他不回答我的问题，可是他的脸并没完全闲着。他一定不是个坏人，他的脸卖了他自己。他的深密没能完全胜过他的简单，可是他必须要深密。或者这就是毛博士之所以为毛博士了；要不然，还有什么活头呢。人必须有点抓得住自己的东西。有的人把这点东西永远放在嘴边上，有的人把它永远埋在心里头。办法不同，立意是一个样的。毛博士想把自己拴在自己的心上。他的美国精神与理想的小家庭是挂在嘴边的，可是在这后面，必是在这"后面"，才是真的他。

他的脸，在我试问他的时候，好像特别的洼了。从那最洼的地方发出一点黑晦，慢慢地布满了全脸，像片雾影。他的眼，本来就低深不易看到，此时便更往深处去了，仿佛要完全藏起去。他那些彼此永远挤着的牙轻轻咬那么几下，耳根有点动，似乎是把心中的事严严地关住，唯恐走了一点风。然后，他的眼忽然地发出些光，脸上那层黑影渐渐地卷起，都卷入头发里去。"真哪！"他不定说什么呢，与我所问的没有万分之一的关系。他胜利了，过了半天还用眼角瞭我几下。

只设想他一生下来便是美国博士，虽然是简洁的办法，但是太不成话。问是问不出来，只好等着吧。反正他不能老在那张椅上摇着玩，而一点别的不干。

光阴会把人事筛出来。果然，我等到一件事。

快到暑假了，我找老梅去。见着老梅，我当然希望也见到那位苦闷的象征。可是博士并没露面。

我向外边一歪头，"那位呢？"

"一个多星期没露面了。"老梅说。

"怎么了？"

"据别人说，他要辞职，我也知道得不多，"老梅笑了笑，"你晓得，他不和别人谈私事。"

"别人都怎说来？"我确是很热心地打听。

"他们说，他和学校订了三年的合同。"

"你是几年？"

"我们都没合同，学校只给我们一年的聘书。"

"怎么单单他有呢？"

"美国精神，不订合同他不干。"

整像毛博士！

老梅接着说："他们说，他的合同是中英文各一份，虽然学校是中国人办的。博士大概对中国文字不十分信任。他们说，合同订的是三年之内两方面谁也不能辞谁，不得要求加薪，也不准减薪。双方签字，美国精神。可是，干了一年——这不是快到暑假了吗——他要求加薪，不然，他暑后就不来了。"

"呕，"我的脑子转了个圈，"合同呢？"

"立合同的时候是美国精神，不守合同的时候便是中国精神了。"老梅的嘴往往失于刻薄。

可是他这句话暗示出不少有意思的意思来。老梅也许是顺口的这么一说，可是正说到我的心坎上。"学校呢？"我问。

"据他们说，学校拒绝了他的请求；当然的，有合同嘛。"

"他呢？"

"谁知道！他自己的事不对别人讲。就是跟学校有什么交涉，他也永远是写信，他有打字机。"

"学校不给他增薪，他能不干了吗？"

"没告诉你吗，没人知道？"老梅似乎有点看不起我，"他不干，是他自己失了信用；可是我准知道，学校也不会拿着合同跟他打官司，谁有工夫闹闲气。"

"你也不知道他要求增薪的理由？呕，我是糊涂虫！"我自动地撤销这一句，可是又从另一方面提出一句来，"似乎应当有人去劝劝他！"

"你去吧；没我！"老梅又笑了，"请他吃饭，不吃；喝酒，不喝；问他什么，不说；他要说的，别人听着没味儿；这么个人，谁有法儿像个朋友似的去劝告呢？"

"你可也不能说，这位先生不是很有趣的？"

"那要凭怎么看了。病理学家看疯人都很有趣。"

老梅的语气不对，我听着。想了想，我问他："老梅，博士得罪了你吧？我知道你一向对他不敬，可是——"

他笑了，"耳朵还不离，有你的！近来真有点讨厌他了。一天到晚，女人女人女人，谁那么爱听！"

"这还不是真正的原因。"我又给了他一句。我深知道老梅的为人：他不轻易佩服谁；可是谁要是真得罪了他，他也不轻易地对人讲论。原先他对博士不敬，并无多少含义，所以倒肯随便地谈论；此刻，博士必是真得罪了他，他所以不愿说了，不过，经我这么一问，他也没了办法。

"告诉你吧，"他很勉强地一笑，"有一天，博士问我，梅先生，你也是教授？我就说了，学校这么请的我，我也没法。可是，他说，你并不是美国的博士？我说，我不是；美国博士值几个子儿一枚？我问他。他没说什么，可是脸完全绿了。这还不要紧，从那天起，他好像记死了我。他甚至写信质问校长：梅先生没有博士学位，怎么和有博士学位的——而且是美国的——挣一样多的薪水呢？我不晓得他从哪里探问出我的薪金数目。"

"校长也不好，不应当让你看那封信。"

"校长才不那么糊涂；博士把那封信也给了我一封，没签名。他大概是不屑与我为伍。"老梅笑得更不自然了。青年都是自傲的。

"哼，这还许就是他要求加薪的理由呢！"我这么猜。

"不知道。咱们说点别的？"

辞别了老梅，我打算在暑假放学之前至少见博士一面，也许能打听得出点什么来。凑巧，我在街上遇见了他。他走得很急。眉毛拧着，脸洼得像个羹匙。不像是走道呢，他似乎是想把一肚子怨气赶出去。

"哪儿去，博士？"我叫住了他。

"上邮局去。"他说，掏出手绢——不是胸袋掖着的那块——擦了擦汗。

"快暑假了，到哪里去休息？"

"真哪！听说青岛很好玩，像外国。也许去玩玩。不过——"

我准知道他要说什么，所以没等"不过"的下回分解说出来，便又问："暑后还回来吗？"

"不一定。"或者因为我问得太急，所以他稍微说走了嘴：不一定自然含有不回来的意思。他马上觉到这个，改了口："不一定到青岛去。"假装没听见我所问的。"一定到上海去的。痛快地看几次电影；在北方做事，牺牲太大了，没好电影看！上学校来玩啊，省得寂寞！"话还没说利索，他走开了，一迈步就露出要跑的趋势。

我不晓得他那个"省得寂寞"是指着谁说的。至于他的去留，只好等暑假后再看吧。

刚一考完，博士就走了，可是没把东西都带去。据老梅的猜测：博士必是到别处去谋事，成功呢便用中国精神硬不回来，不管合同上订的是几年。找不到事呢就回来，表现他的美国精神。事实似乎与这个猜测应合：博士支走了三个月的薪水。我们虽不愿往坏处揣度人，可是他的举动确是令人不能必定往好处想。薪水拿到手里究竟是牢靠些，他只信任他自己，因为他常使别人不信任他。

过了暑假，我又去给老梅代课。这回请假的原因，大概连老梅自己也不准知道，他并没告诉我嘛。好在他准有我这么个替工，有原因没有的也没多大关系了。

毛博士回来了。

谁都觉得这么回来是怪不得劲的，除了博士自己。他很高兴。设若他的苦闷使人不表同情，他的笑脸看着有点多余。他是打算用笑表示心中的快活，可是那张脸不给他作劲。他一张嘴便像要打哈欠，直到我看清他的眼中没有泪，才醒悟过来；他原来是笑呢。这样的笑，笑不笑没大关系。他紧自这么笑，闹得我有点发毛咕①。

"上青岛去了吗？"我招呼他。他正在门口立着。

① 毛咕：有所疑惧而惊慌。

"没有。青岛没有生命，真哪！"他笑了。

"啊？"

"进来，给你件宝贝看！"

我，傻子似的，跟他进去。

屋里和从前一样，就是床上多了一个蚊帐。他一伸手从蚊帐里拿出个东西，遮在身后，"猜！"

我没这个兴趣。

"你说，是南方女人，还是北方女人好？"他的手还在背后。

我永远不回答这样的问题。

他看我没意思回答，把手拿到前面来，递给我一张相片。而后肩并肩地挤着我，脸上的笑纹好像真要在我脸上走似的；没说什么；他的嘴，也不知是怎么弄的，直唧唧地响。

女人的相片。拿相片断定人的美丑是最容易上当的，我不愿说这个女人长得怎么样。就它能给我看到的，不过是年纪不大，头发烫得很复杂而曲折，小脸，圆下颏，大眼睛。不难看，总而言之。

"订了婚，博士？"我笑着问。

博士笑得眉眼都没了准地方，可是没出声。

我又看了看相片，心中不由得怪难过的。自然，我不能代她断定什么；不过，我倘若是个女子……

"牺牲太大了！"博士好容易才说出话来，"可是值得的，真哪！现在的女人多么精，才二十一岁，什么都懂，仿佛在美国留过学！头一次我们看完电影，她无论怎说也得回家，精呀！第二次看电影，还不许我拉她的手，多么精！电影票都是我打的！最后的一次看电影才准我吻了她一下，真哪！花多少钱也值得，没空花了；我临来，她送我到车站，给我买来的水果！花点钱，值得，她永远是我的；打野鸡不行呀，花多少钱也不行，而且有危险的！从今天起，我要省钱了。"

我插进去一句："你花钱还费吗？"

"哎哟！"元宝底上的眼睛居然弩出来了，"怎么不费钱？！一个人，吃饭，洗衣服。哪样不花钱！两个人也不过花这多，饭自己做，衣服自己洗。夫妇必定要互助呀。"

"那么，何必格外省钱呢？"

"钢丝床要的吧？澡盆要的吧？沙发要的吧？钢琴要的吧？结婚要花钱的吧？蜜月要花钱的吧？家庭是家庭哟！"他想了想，"结婚请牧师也得送钱的！"

"干吗请牧师？"

"郑重；美国的体面人都请牧师证婚，真哪！"他又想了想，"路费！她是上海的；两个人从上海到这里，二等车！中国是要不得的，三等车没法坐的！你算算一共要几多钱？你算算看！"他的嘴咕哝着，手指也轻轻地掐，显然是算这笔账呢。大概是一时算不清，他皱了皱眉，紧跟着又笑了，"多少钱也得花的！假如你买个五千元的钻石，不是为戴上给人看么？一个南方美人，来到北方，我的，能不光荣些么？真哪，她是上海最美的女子了；这还不值得牺牲么？一个人总得牺牲的！"

我始终还是不明白什么是牺牲。

替老梅代了一个多月的课，我的耳朵里整天嗡嗡着上海、结婚、牺牲、光荣、钢丝床……有时候我编讲义都把这些编进去，而得重新改过；他已把我弄糊涂了。我真盼老梅早些回来，让我去清静两天吧。观察人性是有意思的事，不过人要像年糕那样粘，把我的心都粘住，我也有受不了的时候。

老梅还有五六天就回来了。正在这个时候，博士又出了新花样。他好像一篇富于技巧的文章，正在使人要生厌的时候，来几句漂亮的。

他的喜劲过去了。除了上课以外，他总在屋里啪拉啪拉地打字。啪拉过一阵，门开了，溜着墙根，像条小鱼似的，他下楼去送信。照直去，照直回来；在屋里咚咚地走。走着走着，叹一口气，声音很大，仿佛要把楼叹倒了，以便同归于尽似的。叹过气以后，他找我来了，脸上带着点顶惨淡的笑。"噗！"他一进门先吹口气，好像屋中净是尘土，然后，"你们真美呀，没有伤心的事！"

他的话老有这么种别致的风格，使人没法搭茬儿。好在他会自动地给解释，"没法子活下去，真哪！哭也没用，光阴是不着急的！恨不能飞到上海去！"

"一天写几封信？"我问了句。

"一百封也是没用的！我已经告诉她，我要自杀了！这样不是生活，不是！"博士连连地摇头。

"好在到年假才还不到三个月。"我安慰着他，"不是年假里结婚吗？"

他没有回答，在屋里走着，待了半天，"就是明天结婚，今天也是难过的！"

我正在找些话说，他忽然像忘了些什么重要的事，一闪似的便跑出去。刚进到他的屋中，啪拉，啪拉，啪，打字机又响起来。

老梅回来了。我在年假前始终没找他去。在新年后，他给我转来一张喜帖，用英文印的。我很替毛博士高兴，目的达到了，以后总该在生命的别方面努力了。

年假后两三个星期了，我去找老梅。谈了几句便又谈到毛博士。

"博士怎样？"我问，"看见博士太太没有？"

"谁也没看见她；他是除了上课不出来，连开教务会议也不到。"

"咱俩看看去？"

老梅摇了头，"人家不见，同事中有碰过钉子的了。"

这个，引动了我的好奇心。没告诉老梅，我自己要去探险。

毛博士住着五间小平房，院墙是三面矮矮的密松。远远的，我看见院中立着个女的，细条身框，穿着件黑袍，脸朝着阳光。她一动也不动，手直垂着，连蓬松的头发好像都镶在晴冷的空中。我慢慢地走，她始终不动。院门是两株较高的松树，夹着一个绿短棚子。我走到这个小门前了，与她对了脸。她像吓了一跳，看了我一眼，急忙转身进去了。在这极短的时间内，我得了个极清楚的印象：她的脸色青白，两个大眼睛像迷失了的羊那样悲郁，头发很多很黑，和下边的长黑袍联成一段哀怨。她走得极轻快，好像把一片阳光忽然地全留在屋子外边。我没去叫门，慢慢地走回来了。我的心中冷了一下，然后觉得茫然的不自在。到如今我还记得这个黑衣女。

大概多数的男人对于女性是特别显着侠义的。我差不多成了她的义务侦探了。博士是否带她常出去玩玩，譬如看看电影？他的床是否钢丝的？澡盆？沙发？当他跟我闲扯这些的时候，我觉得他毫无男子气。可是由看见她以后，这些无聊的事都在我心中占了重要的地位。自然，这些东西的价值是由她得来的。我钻天觅缝地探听，甚至于贿赂毛家的仆人——他们用着一个女仆。我所探听到的是他们没出去过，没有钢丝床与沙发。他们吃过一回鸡，天天不到九点钟就睡觉……

我似乎明白些毛博士了。凡是他口中说的——除了他真需个女人——全是他视为做不到的，所以做不到的原因是他爱钱。他梦想要做个美国人；及至来到钱上，他把中国固有的夫为妻纲与美国的资产主义联合到一块。他自己便是他所恨恶的中国电影，什么在举动上都学好莱坞的，而根本上是中国的，他是个自私自利而好模仿的猴子。设若他没上过美国，他一定不会这么样，他至少要在人情上带出点中国气来。他上过美国，自觉着他为中国当个国民是非常冤屈的事。他可以依着自己的方便，在美国精神的装饰下，做出一切。结婚，大概只有早睡觉的意义。

我没敢和老梅提说这个，怕他耻笑我；说真的，我实在替那个黑衣女抱不平。可是，我不敢对他说；青年们的想象是不易往厚道里走的。

春假了，由老梅那里我听来许多人的消息：有的上山去玩，有的到别处去逛。我听不到博士夫妇的。学校里那么多人，好像没人注意他们俩——按普通的理说，新夫妇是最使人注意的。

我决定去看看他们。

校园里的垂柳已经绿得很有个样儿了。丁香可是才吐出颜色来。教员们，有的没去旅行，差不多都在院中种花呢。到了博士的房子左近，他正在院中站着。他还是全副武装地穿着洋服，虽然是在假期里。阳光不易到的地方，还是他的脸的中部。隔着松墙我招呼了他一声："没到别处玩玩去，博士？"

"哪里也没有家里好。"他的眼瞭了远处一下。

"美国人不是讲究旅行么？"我一边说一边往门那里凑。

他没回答我。看着我，他直往后退，显出不欢迎我进去的神气。我老着脸，一劲地前进。他退到屋门，我也离那儿不远了。他笑得极不自然了，牙咬了两下，他说了话："她病了，改天再招待你呀。"

"好吧。"我也笑了笑。

"改天来——"他没说完下半截便进去了。

我出了门，校园中的春天似乎忽然逃走了。我非常的不愉快。

又过了十几天，我给博士一个信儿，请他夫妇吃饭。我算计着他们大概可以来；他不交朋友，她总不会也愿永远囚在家中吧？

到了日期，博士一个人来了。他的眼边很红，像是刚揉了半天的。脸的中部特别显着注，头上的筋都跳着。

"怎啦，博士？"我好在没请别人，正好和他谈谈。

"妇人，妇人都是坏的！都不懂事！都该杀的！"

"和太太吵了嘴？"我问。

"结婚是一种牺牲，真哪！你待她天好，她不懂，不懂！"博士的泪落下来了。

"到底怎回事？"

博士抽搭了半天，才说出三个字来："她跑了！"他把脑门放在手掌上，哭起来。

我没想安慰他。说我幸灾乐祸也可以，我确是很高兴，替她高兴。

待了半天，博士抬起头来，没顾得擦泪，看着我说："牺牲太大了！叫我，真！怎样再见人呢!？我是哈佛的博士，我是大学的教授！她一点不给我想想！妇人！"

"她为什么走了呢？"我假装皱上眉。

"不晓得。"博士净了下鼻子，"凡是我以为对的，该办的，我都办了。"

"比如说？"

"储金，保险，下课就来家陪她，早睡觉，多了，多了！是我见到的，我都办了；她不了解，她不欣赏！每逢上课去，我必吻她一下，还要怎样呢？你说！"

我没的可说，他自己接了下去。他是真憋急了，在学校里他没一个朋友。"妇女是不明白男人的！订婚，结婚，已经花了多少钱，难道她不晓得？结婚必须男女两方面都要牺牲的。我已经牺牲了那么多，她牺牲了什么？到如今，跑了，跑了！"博士立起来，手插在裤袋里，眉毛拧着，"跑了！"

"怎办呢？"我随便问了句。

"没女人我是活不下去的！"他并没看我，眼看着他的领带，"活不了！"

"找她去？"

"当然！她是我的！跑到天边，没我，她是个'黑'人！她是我的，那个小家庭是我的，她必得老跟着我！"他又坐下了，又用手托住脑门。

"假如她和你离婚呢？"

"凭什么呢？难道她不知道我爱她吗？不知道那些钱都是为她花了吗？就没点良心吗？离婚？我没有过错！"

"那是真的。"我自己知道这是什么意思。

他抬头看了我一眼，气好像消了些，舔了舔嘴唇，叹了口气，"真哪，我一见她脸上有些发白，第二天就多给她一个鸡子儿吃！我算尽到了心！"他又不言语了，呆呆地看着皮鞋尖。

"你知道她上哪儿了？"

博士摇了摇头。又坐了会儿，他要走。我留他吃饭，他又摇头，"我回去，也许她还回来。我要是她，我一定回来。她大概是要回来的。我回去看看。我永远爱她，不管她待我怎样。"他的泪又要落下来，勉强地笑了笑，抓起帽子就往外走。

这时候，我有点可怜他了。从一种意义上说，他的确是个牺牲者——可是不能怨她。

过了两天，我找他去，他没拒绝我进去。

屋里安设得很简单，除了他原有的那份家具，只添上了两把藤椅，一个长桌，桌上摆着他那几本洋书。这是书房兼客厅；西边有个小门，通到另一间去，挂着个洋花布单帘子。窗上都挡着绿布帘，光线不十分足。地板上铺着一领厚花席子。屋里的气味很像个欧化了的日本家庭，可是没有那些灵巧的小装饰。

我坐在藤椅上，他还坐那把摇椅，脸对着花布帘子。

我们俩当然没有别的可谈。他先说了话："我想她会回来，到如今竟自没消息，好狠心！"说着，他忽然一挺身，像是要立起来，可是极失望地又缩下身去。原来那个花布帘被一股风吹得微微一动。

这个人已经有点中了病！我心中很难过了。可是，我一想，结婚刚三个多月，她就逃走，想必是真受不住了；想必她也看出来，这个人是无希望改造的。三个月的监狱生活是满可以使人铤而走险的。况且，性欲的生活，有时候能使人一天也受不住的——由这种生活而起的厌恶比毒药还厉害。我由博士的气色和早睡的习惯已猜到一点，现在我要由他的口中证实了。我和他谈一些严重的话。便换换方向，谈些不便给多于两个人听的。他也很喜欢谈这个，虽然更使他伤心。他把这种事叫"爱"。他很"爱"她，有时候一夜"爱"四次。他还有个理论："受过教育的人性欲大，真哪。下等人的操作使他们疲倦，身体上疲倦。我们用脑子的，体力是有余的，正好借这个机会运动运动。况且，因为我们用脑子，所以我们懂得怎样'爱'，下等人不懂！"

我心里说："要不然她怎会跑了呢！"

他告诉我许多这种经验，可是临完更使他悲伤——没有女人是活不下去的！我去了几次，慢慢地算是明白了他的一部分：对于女人，他只管"爱"，而结婚与家庭设备的花费是"爱"的代价。这个代价假如轻一点，"博士"会给增补上所欠的分量。"一个美国博士，你晓得，在女人心中是占分量的。"他说，附带着告诉我，"你想要个美的、大学毕业的、年轻的、品行端正的女人，先去得个博士，真哪！"

他的气色一天不如一天了。对那个花布帘，他越发注意了；说着说着话，他能忽然立起来，走过去，掀一掀它。而后回来，坐下，不言语好大半天。脸比绿窗帘绿得暗一些。

可是他始终没要找她去，虽然嘴里常这么说。我以为即使他怕花了钱而找不到她，也应当走一走，或至少是请几天假。因为他自己说她要把"博士"与"教授"的尊严一齐给他毁掉了。为什么他不躲几天，而照常地上课，虽然是带着眼泪？后来我才明白，他要大家同情他，因为他的说法是这样："嫁给任何人，就属于任何人，况且嫁的是博士？从博士怀中逃走，不要脸，没有人味！"他不能亲自追她去。但是他需要她，他要"爱"。他希望她回来，因为他不能白花了那些钱。这个，尊严与"爱"，牺牲与耻辱，使他进退两难，哭笑皆非，一天不定掀多少次那个花布帘。他甚至于后悔没娶个美国女人了，中国女人是不懂事、不懂美国精神的！

人生在某种文化下，不是被它——文化——管辖死，便是因反抗它而死。在人类的任何文化下，也没有多少自由。毛博士的事是没法解决的。他肩着两种文化的责任，而想把责任变成享受。洋服也得规矩地穿着，只是把脖子箍得怪难受。脖子是他自己的，但洋服是文化呢！

木槿花一开，就快放暑假了。毛博士已经有几天没出屋子。据老梅说，博士前几天还上课，可是在课堂上只讲他自己的事，所以学校请他休息几天。

我又去看他，他还穿着洋服在椅子上摇呢，可是脸已不像样儿了，最洼的那一部分已经像陷进去的坑，眼睛不大爱动了，可是他还在那儿坐着。我劝他到医院去，他摇头，"她回来，我就好了；她不回来，我有什么法儿呢？"他很坚决，似乎他的命不是自己的。"再说，"他喘了半天气才说出来，"我已经天天喝牛肉汤；不是我要喝，是为等着她；牺牲，她跑了我还得为她牺牲！"

我实在找不到话说了。这个人几乎是可佩服的了。待了半天，他的眼忽然地亮了，抓住椅子扶手，直起胸来，耳朵侧着，"听！她回来了！是她！"他要立起来，可是只弄得椅子前后地摇了几下，他起不来。

外边并没有人。他倒了下去，闭上了眼，还喘着说："她——也——许——明天来。她是——我——的！"

暑假中，学校给他家里打了电报，来了人，把他接回去。以后，没有人得到过他的信。有的人说，到现在他还在疯人院里呢。

新时代的旧悲剧

一

"老爷子！"陈廉伯跪在织锦的垫子上，声音有点颤，想抬起头来看看父亲，可是不能办到，低着头，手扶在垫角上，半闭着眼，说下去，"儿子又孝敬您一个小买卖！"说完这句话，他心中平静一些，可是再也想不出别的话来，一种渺茫的平静，像秋夜听着点远远的风声那样无可如何地把兴奋、平静、感慨与情绪的激动，全融化在一处，不知怎样才好。他的两臂似乎有点发麻，不能再呆呆地跪在那里，他只好磕下头去。磕了三个，也许是四个头，他心中舒服了好多，好像又找回来全身的力量，他敢抬头看看父亲了。

在他的眼里，父亲是位神仙，与他有直接关系的一位神仙；在他拜孔圣人、关夫子，和其他的神明的时节，他感到一种严肃与敬畏，或是一种敷衍了事的情态。唯有给父亲磕头的时节他才觉到敬畏与热情联合到一处，绝对不能敷衍了事。他似乎觉出父亲的血是在他身上，使他单纯得像初生下来的小娃娃，同时他又感到自己的能力，能报答父亲的恩惠，能使父亲给他的血肉更光荣一些，为陈家的将来开出条更光洁香热的血路；他是承上启下的关节，他对得起祖先，而必定得到后辈的钦感！

他看了父亲一眼，心中更充实了些，右手一挂，轻快地立起来，全身都似乎特别地增加了些力量。陈老先生——陈宏道——仍然端坐在红木椅上，微笑着看了儿子一眼，没有说什么；父子的眼睛遇到一处已经把心中的一切都倾洒出来，本来不须再说什么。陈老先生仍然端坐在那里，一部分是为回味着儿子的孝心，一部分是为等着别人进来贺喜——每逢廉伯孝敬给老先生一所房、一块地，或是——像这次——一个买卖，总是先由廉伯在堂屋里给父亲叩头，而后全家的人依次地进来道喜。

陈老先生的脸是红而开展，长眉长须还都很黑，头发可是有些白的了。大眼睛，因为上了年纪，眼皮下松松的耷拉着半圆的肉口袋；口袋上有些灰红的横纹，颇有神威。鼻子不高，可是宽，鼻孔向外撑着，身量高。手脚都很大；手扶着膝在那儿端坐，背还很直，好似座小山儿，庄严、硬朗、高傲。

廉伯立在父亲旁边，嘴微张着些，呆呆地看着父亲那个可畏可爱的旁影。他自己只有老先生的身量，而没有那点气度。他是细长，有点水蛇腰，每逢走快了的时候自己都有些发毛咕。他的模样也像老先生，可是脸色不那么红；虽然将近四十岁，脸上还没有多少须子茬；对父亲的长须，他只有羡慕而已。立在父亲旁边，他又渺茫地感到常常袭击他的那点恐惧。他老怕父亲有个山高水远，而自己压不住他的财产与事业。从气度上与面貌上看，他似乎觉得陈家到了他这一辈，好像兑了水的酒，已经没有那么厚的味道了。在别的方面，他也许比父亲还强，可是他缺乏那点神威与自信。父亲是他的主心骨，像个活神仙似的，能暗中保佑他。有父亲活着，他似乎才敢冒险，敢见钱就抓，敢和人们结仇作对，敢下毒手。每当他遇到困难、迟疑不决的时候，他便回家一会儿。父亲的红脸长须给他胆量与决断；他并不必和父亲商议什么，看看父亲的红脸就够了。现今，他又把刚置买了的产业献给父亲，父亲的福气能压得住一切；即使产业的来路有些不明不白的地方，也被他的孝心与父亲的福分给镇下去。

头一个进来贺喜的是廉伯的大孩子，大成，十一岁的男孩，大脑袋，大嗓门，有点傻，因为小时候吃多了凉药。老先生看见孙子进来，本想立起来去拉他的小手，继而一想大家还没都到全，还不便马上离开红木椅子。

"大成，"老先生声音响亮地叫，"你干什么来了？"

大成摸了下鼻子，往四围看了一眼，"妈叫我进来，给爷道，道……"傻小子低下头去看地上的锦垫子，马上弯下身去摸垫子四围的绒绳，似乎把别的都忘了。

陈老先生微微地一笑，看了廉伯一眼，"痴儿多福！"连连地点头。廉伯也陪着一笑。

廉仲——老先生的二儿子——轻轻地走进来。他才有二十多岁，个子很大，脸红而胖，很像陈老先生，可是举止显着迟笨，没有老先生的气派与身份。

没等二儿子张口，老先生把脸上的微笑收起去。叫了声："廉仲！"

廉仲的胖脸上由红而紫，不知怎样才好，眼睛躲着廉伯。

"廉仲！"老先生又叫了声，"君子忧道不忧贫，你倒不用看看你哥哥尽孝，心中不安，不用！积善之家自有余福，你哥哥的顺利，与其说是他有本事，还不如说是咱们陈家过去几代积成的善果。产业来得不易，可是保守更难，此中消息，"老先生慢慢摇着头，"大不易言！箪食瓢饮，那乃是圣道，我不能以此期望你们；腾达显贵，显亲扬名，此乃人道，虽福命自天，不便强求，可是彼丈夫也，我丈夫也，有为者亦若是。我不求你和你哥哥一样地发展，你的才力本来不及他，况且又被你母亲把你惯坏；我只求你循规蹈矩地去做人，帮助父兄去守业，假如你不能自己独创的话。你哥哥今天又孝敬我一点产业，这算不了什么，我并不因此——这点产业——而喜欢；可是我确是喜欢，喜欢的是他的那点孝心。"老先生忽然看了孙子一眼，"大成，叫你妹妹去！"

廉仲的胖脸上见了汗，不知怎样好，趁着父亲和大成说话，慢慢地转到老先生背后，去看墙上挂着的一张山水画。大成还没表示是否听明白祖父的话，妈妈已经携着妹妹进来了。女人在陈老先生心中是没有一点价值的，廉伯太太大概早已立在门外，等着传唤。

廉伯太太有三十四五岁，长得还富态。倒退十年，她一定是个漂亮的小媳妇。现在还不难看，皮肤很细，可是她的白胖把青春埋葬了，只是富态，而没有美的诱力了。在安稳之中，她有点不安的神气，眼睛偷偷地、不住地，往四下望。胖脸上老带着点笑容，似乎是给谁道歉，又似乎是自慰，正像个将死了婆婆、好脾气，而没有多少本事的中年主妇。她一进屋门，陈老先生就立了起来，好似传见的典礼已经到了末尾。

"爷爷大喜！"廉伯太太不很自然地笑着，眼睛不敢看公公，可又不晓得去看什么好。

"有什么可喜！有什么可喜！"陈老先生并没发怒，脸上可也不带一点笑容，好似个说话的机器在那儿说话，一点也不带感情，公公对儿媳是必须这样说话的，他仿佛是在表示，"好好地相夫教子，那是妇人的责任；就是别因富而骄惰，你母家是不十分富裕的，哎，哎……"老先生似乎不愿把话说到家，免得使儿媳太难堪了。

廉伯太太胖脸上将要红，可是就又挂上了点无聊的笑意，拉了拉小女儿，意思是叫她找祖父去。祖父的眼角瞭到了孙女，可是没想招呼她。女儿都是赔钱的货，老先生不愿偏疼孙子，但是不由得不肯多亲爱孙女。

老先生在屋里走了几步，每一步都用极坚实的脚力放在地上，做足了昂举阔步。自己的全身投在穿衣镜里，他微停了一会儿，端详了自己一下。然后转过身来，向大儿子一笑。

"冯唐易老，李广难封！才难，才难；但是知人惜才者尤难！我已六十多了……"老先生对着镜子摇了半天头，"怀才不遇，一无所成……"他捻着须梢儿，对着镜子细端详自己的脸。

老先生没法子不爱自己的脸。他是个文人，而有武相。他有一切文人该有的仁义礼智，与守道卫教的志愿，可是还有点文人所不敢期冀的，他自比岳武穆。他是，他自己这么形容，红脸长髯高吟"大江东去"的文人。他看不起普通的白面书生。只有他，文武兼全，才担得起翼教爱民的责任。他自信学问与体魄都超乎人，他什么都知道，而且知道得最深最好。可惜，他只是个候补知县而永远没有补过实缺。因此，他一方面以为自己的怀才不遇是人间的莫大损失；在另一方面，他真喜欢大儿子——文章经济，自己的文章无疑的是可以传世的，可是经济方面只好让给儿子了。

廉伯现在做侦探长，很能抓弄些个钱。陈老先生不喜欢"侦探长"，可是侦探长有升为公安局长的希望，公安局长差不多就是原先的九门提督正堂，那么侦探长也就可以算作……至少是三品的武官吧。自从革命以后，官衔往往是不见经传的，也就只好承认官便是官，虽然有的有失典雅，可也没法子纠正。况且官总是"学优而仕"，名衔纵管不同，道理是万世不变的。老先生心中的学问老与做官相连，正如道德永远和利益分不开。儿子既是官，而且能弄钱，又是个孝子，老先生便没法子不满意。只有想到自己的官运不通，他才稍有点忌妒儿子，可是这点牢骚正好是作诗的好材料，那么作一两首律诗或绝句也便正好是哀而不伤。

老先生又在屋中走了两趟，哀意渐次发散净尽，"廉伯，今天晚上谁来吃饭？"

"不过几位熟朋友。"廉伯笑着回答。

"我不喜欢人家来道喜！"老先生的眉皱上一些，"我们的兴旺是父慈子孝的善果；是善果，他们如何能明白……"

"熟朋友，公安局长，还有王处长……"廉伯不愿一一地提名道姓，他知道老人的脾气有时候是古怪一点。

老先生没再说什么，过了一会儿，"别都叫陈寿预备，外边叫几个菜，再由陈寿预备几个，显着既不太难看，又有家常便饭的味道。"老先生的眼睛放了光，显出高兴的样子来，这种待客的计划，在他看，也是"经济"的一部分。

"那么老爷子就想几个菜吧；您也同我们喝一盅？"

"好吧，我告诉陈寿；我当然出来陪一陪；廉仲，你也早些回来！"

二

陈宅西屋的房脊上挂着一钩斜月，阵阵小风把院中的声音与桂花的香味送走好远。大门口摆着三辆汽车，陈宅的三条狼狗都面对汽车的大鼻子趴着，连车带狗全一声不出，都静听着院里的欢笑。院里很热闹：外院南房里三个汽车夫，公安局长的武装警卫，和陈廉伯自用的侦探，正推牌九。里院，晚饭还没吃完。廉伯不是正式的请客，而是随便约了公安局局长、卫生处处长、市政府秘书主任，和他们的太太们来玩一玩；自然，他们都知道廉伯又置买了产业，可是只暗示出道喜的意思，并没送礼，也就不好意思要求正式请客。菜是陈寿做的，由陈老先生外点了几个，最得意的是个桂花翅子——虽然是个老菜，可是多么迎时当令呢。陈寿的手艺不错，客人们都吃得很满意；虽然陈老先生不住地骂他混蛋。老先生的嘴能够非常的雅，也能非常的野，那要看对谁讲话。

老先生喝了不少的酒，眼皮下的肉袋完全紫了；每干一盅，他用大手慢慢地捋两把胡子，检阅军队似的看客人们一眼。

"老先生海量！"大家不住地夸赞。

"哪里的话！"老先生心里十分得意，而设法不露出来。他似乎知道虚假便是涵养的别名。可是他不完全是个瘦弱的文人，他是文武双全，所以又不能不表示一些豪放的气概，"几杯还可以对付，哈哈！请，请！"他又灌下一盅。

大家似乎都有点怕他。他们也许有更阔或更出名的父亲，可是没法不佩服陈老先生的气派与神威。他们看出来，假若他们的地位低卑一些，陈老先生一定不会出来陪他们吃酒。他们懂得，也自己常应用，这种虚假的应酬方法，可是他们仍然不能不佩服老先生把这个运用得有声有色，把儒者、诗人、名士、大将，所该有的套数全和演戏似的表现得生动而大气。

饭撤下去，陈福来放牌桌。陈老先生不打牌，也反对别人打牌。可是廉伯得应酬，他不便干涉。看着牌桌摆好，他闭了一会儿眼，好似把眼珠放到肉袋里去休息。而后，打了个长的哈欠。廉伯赶紧笑着问："老爷子要是——"

陈老先生睁开眼，落下一对大眼泪，看着大家，腮上微微有点笑意。

"老先生不打两圈？两圈？"客人们问。

"老矣，无能为矣！"老先生笑着摇头，仿佛有无限的感慨。又坐了一会儿，用大手连抹几把胡子，唧唧地咂了两下嘴，慢慢地立起来，"不陪了。陈福，倒茶！"向大家微一躬身，马上挺直，扯开方步，一座牌坊似的走出去。

男女分了组：男的在东间，女的在西间。廉伯和弟弟一手，先让弟弟打。

牌打到八圈上，陈福和刘妈分着往东西屋送点心。廉伯让大家吃，大家都眼看着牌，向前面点头。廉伯再让，大家用手去摸点心，眼睛完全用在牌上。卫生处处长忘了卫生，市政府秘书主任差点把个筹码放在嘴里。廉仲不吃，眼睛盯着面前那个没用而不敢打出去的白板，恨不能用眼力把白板刻成个筒或四万。

廉仲无论如何不肯放手那张白板。公安局长手里有这么一对儿宝贝。廉伯让点心的时节，就手儿看了大家的牌，有心给弟弟个暗号，放松那个值钱的东西，因为公安局长已经输了不少。叫弟弟少赢几块，而讨局长个喜欢，不见得不上算。可是，万一局长得了一张牌而幸起去呢？赌就是赌，没有谦让。他没通知弟弟。设若光是一张牌的事，他也许不这么狠。打给局长，讨局长的喜欢，局长，局长，他不肯服这个软儿。在这里，他自信得了点父亲的教训：应酬是手段，一往直前是陈家的精神；他自己将来不止于做公安局长，可是现在他可以，也应当做公安局长。他不能退让，没看起那手中有一对白板的局长，弟弟手里那张牌是不能送礼的。

又摸了两手，局长把白板摸了上来，和了牌。廉仲把牌推散，对哥哥一笑。廉伯的眼把弟弟的笑整个地瞪了回去。

局长自从掏了白板，转了风头，马上有了闲话，"处长，给你张卫生牌吃吃！"顶了处长一张九万。可是，八圈完了，大家都立起来。

"接着来！"廉伯请大家坐下，"早得很呢！"

卫生处处长想去睡觉，以重卫生，可是也想报复，局长那几张卫生牌顶得他出不来气。什么早睡晚睡，难道卫生处长就不是人，就不许用些感情？他自己说服了自己。

秘书长一劲儿谦虚，纯粹为谦虚而谦虚，不愿挑头儿继续作战，也不便主张散局，而只说自己打得不好。

只等局长的命令。"好吧，再来；廉伯还没打呢！"

大家都迟迟地坐下，心里颇急切。廉仲不敢坐实在了，眼睛瞪着哥哥，心中直跳。一边瞪着哥哥，一边鼓逗骰子，他希望廉伯还让给他——哪怕是再让一圈呢。廉伯决定下场，廉仲像被强迫爬起来的骆驼，极慢极慢地把自己收拾起来。连一句"五家来，做梦"都没人说一声！他的脸烧起来，别人也没注意。他恨这群人，特别恨他的哥哥。可是他舍不得走开。打不着牌，看看也多少过点瘾。他坐在廉伯旁边。看了两把，他的茄子色慢慢地降下去，只留下两小帖红而圆的膏药在颧骨上，很傻而有点美。

从第九圈上起，大家的语声和牌声比以前加高了一倍。礼貌、文化、身份、教育，都似乎不再与他们相干，或者向来就没和他们发生过关系。越到夜静人稀，他们越粗暴，把细心全放在牌张的调动上。他们用最粗暴的语气索要一个最小的筹码。他们的脸上失去那层温和的笑意，眼中射出些贼光，着别人的手而掩饰自己的心情变化。他们的唇被香烟烧焦，鼻上结着冷汗珠，身上放射着湿潮的臭气。

西间里，太太们的声音并不比东间里的小，而且非常尖锐。可是她们打得慢一点，东间的第九圈开始，她们的八圈还没有完。毛病是在廉伯太太。显然的，局长太太们不大喜欢和她打，她自己也似乎不十分热心地来。可是没有她便成不上局，大家无法，她也无法。她打得慢，算和慢，每打一张她还得那么抱歉地、无聊地、无可奈何地笑一笑，大家只看她的张子，不看她的笑；她发的张子老是很臭：吃上的不感激她，吃不上的责难她。她不敢发脾气，也不大会发脾气，她只觉得很难受，而且心中嘀嘀咕咕，唯恐丈夫过来检查她——她打得不好便是给他丢人。那三家儿都是牌油子。廉伯太太对于她们的牌法如何倒不大关心，她羡慕她们因会打牌而能博得丈夫们的欢心。局长太太是二太太，可是打起牌来就有了身份，而公然地轻看廉伯太太。

八圈完了，廉伯太太缓了一口气，可是不敢明说她不愿继续受罪。刘妈进来伺候茶水，她忽然想起来，胖胖地一笑，"刘妈，二爷呢？"

局长太太们知道廉仲厉害，可是不反对他代替嫂子；要玩就玩个痛快，在赌钱的时节她们有点富于男性。廉仲一坐下，仿佛带来一股春风，大家都高兴了许多。大家都长了精神，可也都更难看了，没人再管脸上花到什么程度；最美的局长二太太的脸上也黄一块白一块的，有点像连阴天时的壁纸。屋中潮漉漉的有些臭味。

廉伯太太心中舒服了许多，但还不能马上躲开。她知道她的责任是什么，一种极难堪、极不自然，而且不被人钦佩与感激的责任。她坐在卫生处长太太旁边，手放在膝上，向桌子角儿微笑。她觉到她什么也不是，只是廉伯太太，这四个字把她捆在那里。

廉仲可是非常的得意。"赌"是他的天才所在，提到打牌，推牌九，下棋，抽签子，他都不但精通，而且手里有花活。别的，他无论怎样学也学不会；赌，一看就明白。这个，使他在家里永远得不着好气，可是在外边很有人看得起他，看他是把手儿。他恨陈老先生和廉伯，特别是在陈老先生说"都是你母亲惯坏了你"的时候。他爱母亲，设若母亲现在还活着，他绝不会受他们这么大的欺侮，他老这样想。母亲是死了，他只能跟嫂子亲近，老嫂比母，他对嫂子十分的敬爱。因此，陈老先生更不待见他，陈家的男子都是轻看妇女的，只有廉仲是个例外，没出息。

他每打一张俏皮的牌，必看嫂子一眼，好似小儿耍俏而要求大人夸奖那样。有时候他还请嫂子过来看看他的牌，虽然他明知道嫂子是不很懂得牌经的。这样做，他心中舒服，嫂子的笑容明白地表示出她尊重二爷的技巧与本领，他在嫂子眼中是"二爷"，不是陈家的"吃累"①。

三

快天亮了。凉风儿在还看不出一定颜色的云下轻快地吹着，吹散了院中的桂香，带来远处的犬声。风儿虽然清凉，空中可有些潮湿，草叶上挂满还没有放光的珠子。墙根下处处虫声，急促而悲哀。陈家的牌局已完，大家都用喷过香水的热毛巾擦脸上的油腻，跟着又点上香烟，烫那已经麻木了的舌尖，好似为赶一赶内部的酸闷。大家还舍不得离开牌桌。可是嘴中已不再谈玩牌的经过，而信口地谈着闲事，谈得而且很客气，仿佛把礼貌与文化又恢复了许多；廉伯太太的身份在天亮时节突然提高，大家都想起她的小孩，而殷勤地探问。陈福和刘妈都红着眼睛往屋里端鸡汤挂面，大家客气了一番，然后闭着眼往口中吞吸，嘴在运动，头可是发沉，大家停止了说话。第二把热毛巾递上来，大家才把脸上的筋肉活动开，咬着牙往回堵送哈欠。

"局长累了吧？"廉伯用极大的力量甩开心中的迷糊。

"哪！哪累！"局长用热手巾捂着脖梗。

"陈太太，真该歇歇了，我们太不客气了！"卫生处长的手心有点发热，渺茫地计划着应回家吃点什么药。

廉伯太太没说出什么来，笑了笑。

局长立起来，大家开始活动，都预备着说"谢谢"。局长说

---

① 吃累：指家庭负担重。泛指负担。

了；紧跟着一串珠似的"谢谢"。陈福赶紧往外跑，门外的汽车喇叭响成一阵，三条狼狗打着欢儿咬，全街的野狗家狗一致响应。大家仍然很客气，过一道门让一次，话很多而且声音洪亮。主人一定叫陈福去找毛衣，一定说天气很凉；客人们一定说不凉，可是都微微有点发抖。毛衣始终没拿来，汽车的门梆梆关好，又是一阵喇叭，大家手中的红香烟头儿上下摆动，"谢谢！""慢待。"嘟嘟地响成一片。陈福扯开嗓子喊狗。大门雷似的关好，上了闩。院中扯着几个长而无力的哈欠，一阵桂花香，天上剩了不几个星星。

草叶上的水珠刚刚发白，陈老先生起来了。早睡早起，勤俭兴家，他是遵行古道的。四外很安静，只有他自己的声音传达到远处，他摔门、咳嗽、骂狗、念诗……四外越安静，他越爱听自己的声音，他是警世的晨钟。

陈老先生的诗念得差不多，大成——因为晚饭吃得不甚合适——起来了，起来就嚷肚子饿。老先生最关心孩子，高声喊陈寿，想法儿先治大成的饿。陈寿已经一夜没睡，但是听见老主人喊他，他不敢再多迟延一秒钟。熬了一夜，可是得了"头儿钱"①呢；他晓得这句是在老主人的嘴边上等着他，他不必找不自在。他晕头打脑地给小主人预备吃食，而且假装不困，走得很快，也很迷糊。

听着孙子不再叫唤了，老先生才安心继续读诗。天下最好听的莫过于孩子哭笑与读书声，陈家老有这两样，老先生不由得心中高兴。

---

① 头儿钱：在赌博中抽头得到的钱。

陈寿喂完小主人，还不敢去睡，在老主人的屋外脚不出声地来回走；他怕一躺下便不容易再睁开眼。听着老主人的诗声落下一个调门来，他把香片茶、点心端进去。出来，就手儿喂了狗，然后轻轻跑到自己屋中，闭上了眼。

陈老先生吃过点心，到院中看花草。他并不爱花，可是每遇到它们，他不能不看，而且在自己家中是早晚必找上它们去看一会儿，因为诗中常常描写花草霜露，他可以不爱花，而不能表示自己不懂得诗。秋天的朝阳把多露的叶子照得带着金珠，他觉得应当作诗，泄一泄心中的牢骚。可是他心中，在事实上，是很舒服、快活，而且一心惦记着那个新买过来的铺子。诗无从作起。牢骚可不能去掉，不管有诗没有。没有牢骚根本算不了个儒生、诗人、名士。是的，他觉得他的六十多岁是虚度，满腹文章，未曾施展过一点。"不才明主弃！"想不起来全句。老杜、香山、东坡……都做过官；饶做过官，还那么牢骚抑郁，况且陈老先生，惭愧、空虚。他想起那个买卖。儿子孝敬给他的产业，实在的，须用心经营的，经之营之……他决定到铺子去看看。他看不起做买卖，可是不能不替儿子照管一下，再说呢，"道"在什么地方也存在着。子贡也是贤人！书需活念，不能当书痴。他开始换衣服。刚换好了鞋，廉伯自用的侦探兼陈家的门房冯有才进来请示，"老先生，"冯有才——四十多岁，嘴像鲇鱼似的——低声地说，"那个，他们送来，那什么，两个封儿。"

"为什么来告诉我？"老先生的眼睛瞪得很大。

"不是那个，大先生还睡觉哪吗，"鲇鱼嘴试着步儿笑，"我不好，不敢去惊动他，所以——"

陈老先生不好意思去思索，又得出个妥当的主意，"他们天亮才散，我晓得！"缓了口气，"你先收下好啦，回头交给大爷，我不管，我不管！"走过去，把那本诗拿在手中，没看冯有才。

冯有才像从渔网的孔中漏了出去，脚不擦地地走了。老先生又把那本诗放下，看了一眼，"凉风起天末，君子意如何？！""君子——意——如——何——"老先生心中茫然、惭愧，没补上过知县，连个封儿都不敢接；冯有才，混蛋，必定笑我呢！送封儿是自古有之，可是应当什么时候送呢？是不是应当直接地说来送封儿，如邮差那样喊"送信"？说不清，惭愧！文章经济，自己到底缺乏经验，空虚——"意如何！"对着镜子看了看，"养拙干戈际，全生麋鹿群！"细看看镜中的老眼有没有泪珠，没有；古人的性情，有不可及者！

老先生换好衣服，正想到铺子去看看，冯有才又进来了，"老先生，那什么，我刚才忘记回了：钱会长派人来送口信，请您今天过去谈谈。"

"什么时候？"

"越早越好。"

老先生的大眼睛闭了闭，冯有才退出去。老先生翻眼回味着刚才那一闭眼的神威，开始觉到生命并不空虚，一闭眼也有作用；假如自己是个"重臣"，这一闭眼应当有多么大的价值？可惜只用在冯有才那混蛋的身上；白费！到底生命还是不充实，儒者三月无君……

他决定先去访钱会长。没坐车，为是活动活动腿脚。微风吹斜了长须，触着一些阳光，须梢闪起金花。他端起架子，渐渐地忘记是自己的身体在街上走，而是一个极大极素美的镜框子，被一股什么精神与道气催动着，在街上为众人示范——镜框子当中是个活圣贤。走着走着，他觉得有点不是味儿：知道那两封儿里是支票呢，还是现款呢？交给冯有才那个混蛋收着……不能，也许不能……可是，钱若是不少，谁保得住他不携款潜逃！世道人心！他想回去，可是不好意思，身份、礼教，都不准他回去。然而这绝不是多虑，应当回去！自己越有修养，别人当然越不可靠，不是过虑。回去不呢？没办法！

四

花厅里坐着两位，钱会长和武将军。钱会长从前做过教育次长和盐运使，现在却愿意人家称呼他"会长"，国学会的会长。武将军是个退职的武人，自从退隐以后，一点也不像个武人，肥头大耳的倒像个富商，近来很喜欢读书。

陈老先生和他们并非旧交，还是自从儿子升了侦探长以后才与他们来往。他对钱子美钱会长有相当的敬意，一来因为会长的身份，二来因为会长对于经学确是有研究，三来因为会长沉默寡言而又善于理财——文章经济。对武将军，陈老先生很大度地当个朋友待，完全因为武将军什么也不知道而好向老先生请教。

三人打过招呼，钱会长一劲儿咕噜着水烟，两只小眼专看着水烟袋，一声不出。武将军倒想说话，而不知说什么好，在文人面前他老有点不自然。陈老先生也不便开口，以保持自己的尊严。

坐了有十分钟，钱会长的脚前一堆一堆的烟灰已经像个义冢的小模型。他放下了烟袋，用右手无名指的长指甲轻轻刮了刮头。小眼睛从心里透出点笑意，像埋在深处的种子顶出个小小的春芽。用左手小指的指甲剔动右手的无名指，小眼睛看着两片指甲的接触，笑了笑，"陈老先生，武将军要读《春秋》，怎样？我以为先读《尚书》，更根本一些，自然《春秋》也好，也好！"

"一以贯之，《十三经》本是个圆圈，"陈老先生手扶在膝上，看着自己的心，听着自己的声音，"从哪里始，于何处止，全无不可！子美翁？"

武将军看着两位老先生，觉得他们的话非常有意思，可是又不甚明白。他搭不上嘴，只好用心地听着，心中告诉自己："这有意思，很深！"

"是的，是的！"会长又拿起水烟袋，揉着点烟丝，暂时不往烟筒上放，想了半天，"宏道翁，近来以甲骨文证《尚书》者，有无是处。前天——"

"那——"

会长点头相让。陈老先生觉得差点沉稳，也不好不接下去，"那，离经叛道而已。经所以传道，传道！见道有深浅，注释乃有不同，而无伤于经；以经为器，支解割裂，甲骨云乎哉！哈哈哈哈！"

"卓见！"咕噜咕噜，"前天，一个少年来见我，提到此事，我也是这么说，不谋而合。"

武将军等着听个结果，到底他应当读《春秋》还是《书经》，两位老先生全不言语了，好像刚斗过一阵的俩老鸡，休息一会儿，再斗。

陈老先生非常的得意，居然战胜了钱会长。自己的地位、经验，远不及钱子美，可是说到学问，自己并不弱，一点不弱。可见学问与经验也许不必互相关联？或者所谓学问全在嘴上，学问越大心中越空？他不敢决定，得意的劲儿渐次消散，他希望钱会长，哪怕是武将军呢，说些别的。

武将军忽然想起来，"会长，娘们是南方的好，还是北方的好？"

陈老先生的耳朵似乎被什么猛地刺了一下。

武将军傻笑，脖子缩到一块，许多层肉褶。

钱会长的嘴在水烟袋上，小眼睛挤咕①着，嘻嘻地笑，"武将军，我们谈道，你谈妇人，善于报复！"

武将军反而扬起脸来，"不瞎吵，我真想知道哇。你们比我年纪大，经验多，娘们，谁不爱娘们？"

"这倒成了问题！"会长笑出了声。

陈老先生没言语，看着钱子美。他真不爱听这路话，可是不敢得罪他们；地位的优越，没办法。

"陈老先生？"武将军将错就错，闹哄起来。

"武将军天真，天真！食色性也，不过——"陈老先生假装一笑。

"等着，武将军，等多咱②咱们喝几盅的时候，我告诉你；你得先背熟了《春秋》！"会长大笑起来，可依然没有多少声音，像狗喘那样。

陈老先生陪着笑起来。讲什么他也不弱于会长，他心里说，学问、手段……不过，他也的确觉到他是跟会长学了一招儿。文人所以能驾驭武人者在此，手段。

---

①　挤咕：挤眼作暗示。
②　多咱：什么时候。

可是他自己知道，他笑得很不自然。他也想道：假若他不在这里，或者钱会长和武将军就会谈起妇女来。他得把话扯到别处去，不要大家愣着，越愣着越会使会长感到不安。

"那个，子美翁，有事商量吗？我还有点别的……"

"可就是。"钱会长想起来，"别人都起不了这么早，所以我只约了你们二位来。水灾的事，马上需要巨款，咱先凑一些发出去，刻不容缓。以后再和大家商议。"

"很好！"武将军把话都听明白，而且非常愿意拿钱办善事，"会长分派吧，该拿多少！"

"昨天晚上遇见吟老，他拿一千。大家量力而为吧。"钱会长慢慢地说。

"那么，算我两千吧。"武将军把腿伸出好远，闭上眼养神，仿佛没了他的事。

陈老先生为了难。当仁不让，不能当场丢人。可是书生，没做过官的书生，哪能和盐运使与将军比呢。不错，他现在有些财产，可是他没觉到富裕，他总以为自己还是个穷读书的；因为感觉到自己穷，才能作出诗来。再说呢，那点财产都是儿子挣来的，不容易；老子随便挥霍——即使是为行善——岂不是慷他人之慨？父慈子孝，这是两方面的。为儿子才拉拢这些人！可是没拉拢出来什么，而先倒出一笔钱去，儿子的，怎对得起儿子？自然，也许出一笔钱，引起会长的敬意，对儿子不无好处，但是希望与拿现钱是两回事。引起他们的敬意，就不能少拿，而且还得快说，会长在那儿等着呢！乐天下之乐，忧天下之忧，常这么说；可谁叫自己连个知县也没补上过呢！陈老先生的难堪甚于顾虑，他恨自己。他捋了把胡子，手微有一点颤。

"寒士，不过呢，当仁不让，我也拿吟老那个数儿吧。唯赈无量不及破产！哈哈！"他自己听得出"哈哈"中有点颤音。

他痛快了些，像把苦药吞下去那样，不感觉舒服，而是减少了迟疑与苦闷。

武将军两千，陈老先生一千，不算很小的一个数儿。可是会长连头也没抬，依然咕噜着他的水烟。陈老先生一方面羡慕会长的气度，一方面想知道到底会长拿多少呢。

"为算算钱数，会长，会长拿多少？"

会长似乎没有听见。待了半天，仍然没抬头，"我昨天就汇出去了，五千；你们诸公的几千，今天晌午可以汇了走；大家还方便吧？若是不方便的话，我先打个电报去报告个数目，一半天①再汇款。"

"容我们一半天的工夫也好。"陈老先生用眼睛问武将军，武将军点点头。

大家又没的可说了。

武将军又忽然想起来，"宏老，走，上我那儿吃饭去！会长去不去？"

"我不陪了，还得找几位朋友去，急赈！"会长立起来，"不忙，天还早。"

陈老先生愿意离开这里，可是不十分热心到武宅去吃饭。他可没思索便答应了武将军，他知道自己心中是有点乱，有个地方去也好。他惭愧，为一千块钱而心中发乱；毛病都在他没做过盐运使与军长；他不能不原谅自己。到底心中还是发乱。

坐上将军的汽车，一会儿就到了武宅。

---

① 一半天：最近一两天，泛指较短的时间。

武将军的书房很高很大，好像个风雨操场似的，可是墙上挂满了字画，到处是桌椅，桌上挤满了摆设。字画和摆设都是很贵买来的，而几乎全是假古董。懂眼的人不好意思当着他的面说是假的，可是即使说了，将军也不在乎；遇到阴天下雨没事可做的时候，他不看那些东西，而一件件地算价钱，加到一块统计若干，而后分类，字画值多钱，铜器值若干，玉器……来回一算，他可以很高兴地过一早晨，或一后半天。

　　陈老先生不便说那些东西"都"是假的，也不便说"都"是真的，他指出几件不地道，而嘱咐将军："以后再买东西，找我来；或是讲明了，付过了钱哪时要退就可以退。"他可惜那些钱。

　　"正好，我就去请你，买不买的，说会子话儿！"武将军马上想起话来。这所房子值五万；家里现在只剩了四个娘们，原先本是九个来着，裁去了五个，保养身体，修道。他有朝一日再掌兵权也不再多杀人，太缺德……

　　陈老先生搭不上话，可是这么想：假若自己是宰相，还能不和将军们来往么？自己太偏狭，因为没做过官；一个儒者，书生的全部经验是由做官而来。他把心放开了些，慢慢地觉到武将军也有可爱之处，就拿将军的大方说，会长刚一提赈灾，他就认两千，无论怎说，这是有益于人民的……至少他不能得罪了将军，儿子的前途——文王的大德，武王的功绩，相辅而成，相辅而成！

　　仆人拿进一封信。武将军接过来，随手放在福建漆的小桌上。仆人还等着。将军看了信封一眼，"怎回事？"

　　"要将军的片子，要紧的信！"

　　"找张名片去，请王先生来！"王先生是将军的秘书。

　　"王先生吃饭去了，大概得待一会儿……"

将军撕开了信封。抽出信纸，顺手儿递给了陈老先生，"老先生给看一眼，就是不喜欢念信！那谁，抽屉里有名片。"

陈老先生从袋中摸出大眼镜，极有气势地看信：

　　　　武将军仁兄阁下敬启者恭维

　　　　起居纳福金体康宁为盼舍侄之事前曾面托是幸今
闻钱子美

　　　　次长与

　　　　将军仁兄交情甚厚次长与秦军长交情亦甚厚如蒙

　　　　鼎助与次长书通一声则薄酬六千二位平分可也次
长常至军

　　　　长家中顺便一说定奏成功无任感激心照不宣祝

　　　　钧安

　　　　　　　　　　　　　　　如小弟马应龙顿首

陈老先生的胡子挡不住他的笑了。文人的身份，正如文人的笑的资料，最显然的是来自文字。陈老先生永远忘不了这封信。

"怎回事？"武将军问。

老先生为了难；这样的信能高声朗诵地给将军念一过吗？他们俩并没有多大交情；他想用自己的话翻译给将军，可是六千元等语是没法翻得很典雅的；况且太文雅了，将军是否能听得明白，也是个问题。他用白话儿告诉了将军，深恐将军感到不安；将军听明白了，只说了声："就是别拜把子，麻烦！"态度非常的自然。

陈老先生明白了许多的事。

五

廉伯太太正在灯下给傻小子织毛袜子，嘴张着点，时时低声地数数针数。廉伯进来。她看了丈夫一眼，似笑非笑地低下头去照旧做活。廉伯心中觉得不合适，仿佛不大认识她了。结婚时的她忽然极清楚浮现在心中，而面前的她倒似乎渺茫不真了。他无聊地、慢慢地，坐在椅子上。不肯承认已经厌恶了太太，可也无从再爱她。她现在只是一堆肉，一堆讨厌的肉，对她没有可说的，没有可做的。

"孩子们睡了？"他不愿呆呆地坐着。

"刚睡。"她用编物针向西指了指，孩子们是由刘妈带着在西套间睡。说完，她继续地编手中的小袜子，似用着心，又似打着玩，嘴唇轻动，记着针数，有点傻气。

廉伯点上支香烟，觉到自己正像个烟筒，细长，空空的，只会冒着点烟。吸到半支上，他受不住了，想出去，他有地方去。可是他没动，已经忙了一天，不愿再出去。他试着找她的美点，刚找到便又不见了。不想再看。说点什么，完全拿她当个"太太"看，谈些家长里短。她一声不出，连咳嗽都是在嗓子里微微一响，恐怕使他听见似的。

"嗨！"他叫了声，低，可是非常的硬，"哑巴！"

"哟！"她将针线按在心口上，"你吓我一跳！"

廉伯的气不由得撞上来，把烟卷用力地摔在地上，迸起一些火花，"别扭！"

"怎啦？"她慌忙把东西放下，要立起来。

他没言语，可是见她害了怕，心中痛快了些，用脚把地上的烟踩灭。

她呆呆地看着他，像被惊醒的鸡似的，不知怎样才好。

"说点什么，"他半恼半笑地说，"老编那个鸡巴东西！离冬天还远着呢，忙什么！"

她找回点笑容来，"说冷可就也快；说吧。"

他本来没的可说，临时也想不出。这要是搁在新婚的时候，本来无须再说什么，有许多的事可以代替说话。现在，他必得说些什么，他与她只是一种关系，别的都死了。只剩下这点关系；假若他不愿断绝这点关系的话，他得天天回来，而且得设法找话对她说！

"二爷呢？"他随便把兄弟拾了起来。

"没回来吧；我不知道。"她觉出还有多说点的必要，"没回来吃饭，横是又凑上了。"

"得给他定亲了，省得老不着家。"廉伯痛快了些，躺在床上，手枕在脑后，"你那次说的是谁来着？"

"张家的三姑娘，长得仙女似的！"

"啊，美不美没多大关系。"

她心中有点刺得慌。她娘家没有陈家阔，而自己在做姑娘的时候也很俊。

廉伯没注意她。深感觉到廉仲婚事的困难。弟弟自己没本事，全仗着哥哥，而哥哥的地位还没达到理想的高度。说亲就很难：高不成，低不就。可是即使哥哥的地位再高起许多，还不是弟弟跟着白占便宜？廉伯心中有点不自在：以陈家全体而言，弟弟应当娶个有身份的女子，以弟弟而言，痴人有个傻造化，苦了哥哥！慢慢再说吧！

把弟弟的婚事这么放下，紧跟着想起自己的事。一想起来，立刻觉得屋中有点闷气，他想出去。可是……

"说，把小凤接来好不好？你也好有个伴儿。"

廉伯太太还是笑着，一种代替哭的笑，"随便。"

"别随便，你说愿意。"廉伯坐起来，"不都为我，你也好有个帮手；她不坏。"

她没话可说，转来转去还是把心中的难过笑了出来。

"说话呀，"他紧了一板，"愿意就完了，省事！"

"那么不等二弟先结婚啦？"

他觉出她的厉害。她不哭不闹，而拿弟弟来支应，厉害！设若她吵闹，好办；父亲一定向着儿子，父亲不能劝告儿子纳妾，可是一定希望再有个孙子，大成有点傻，而太太不易再生养。不等弟弟先结婚了？多么冠冕堂皇！弟弟算什么东西！十几年的夫妇，跟我掏蔫坏①！他立起来，找帽子，不能再在这屋里多停一分钟。

"上哪儿？这早晚！"

没有回答。

六

微微的月光下，那个小门像图画上的，门楼上有些树影。轻

---

① 掏蔫坏：不声不响地动坏心思、使坏。

轻地拍门，他口中有点发干，恨不能一步迈进屋里去。小凤的母亲来开，他希望的是小凤自己。老妈妈问了他一句什么，他只哼了一声，一直奔了北屋去。屋中很小，很干净，还摆着盆桂花。她从东里间出来，"你，哟？"

老妈妈没敢跟进来，到厨房去泡茶。他想搂住小凤。可是看了她一眼，心中凉了些，闻到桂花的香味。她没打扮着，脸黄黄的，眼圈有点发红，好似忽然老了好几岁。廉伯坐在椅上，想不起说什么好。

"我去擦把脸，就来！"她微微一笑，又进了东里间。

老妈妈拿进茶来，又闲扯了几句，廉伯没心听。老妈妈的白发在电灯下显着很松很多，蓬散开个白的光圈。他呆呆地看着这团白光，心中空虚。

不大一会儿，小凤回来了。脸上擦了点粉，换了件衣裳，年轻了些，淡绿的长袍，印着些小碎花。廉伯爱这件袍儿，可是刚才的红眼圈与黄脸仍然在心中，他觉得是受了骗。同时，他又舍不得走，她到底还有点吸力。无论如何，他不能马上又折回家去，他不能输给太太。老妈妈又躲出去。

小凤就是没擦粉，也不算难看；擦了粉，也不妖媚。高高的细条身子，长脸，没有多少血，白净。鼻眼都很清秀，牙非常的光白好看。她不健康，不妖艳，但是可爱。她身上有点什么天然带来的韵味，像春雾，像秋水，淡淡的笼罩着全身，没有什么特别的美点，而处处轻巧自然，一举一动都温柔秀气；衣服在她身上像遮月的薄云，明洁飘洒。她不爱笑，但偶尔一笑，露出一些好看的牙，是她最美的时候，可是仅仅那么一会儿，转眼即逝，使人追味，如同看着花草，忽然一个白蝶飞来，又飘然飞过了墙头。

"怎这么晚？"她递给他一支烟，扔给他一盒洋火。

"忙！"廉伯舒服了许多。看着蓝烟往上升，他定了定神，为什么单单爱这个贫血的女人？奇怪，自从有了这个女人，把寻花问柳的事完全当作应酬，心上只有她一个人，为什么从烟中透过一点浓而不厌的桂香，对，她的味儿长远！

"眼圈又红了，为什么？"

"没什么，"她笑得很小，只在眼角与鼻翅上轻轻一逗，可是表现出许多心事，"有点头疼，吃完饭也没洗脸。"

"又吵了架？一定！"

"不愿意告诉你，弟弟又回来了！"她皱了一下眉。

"他在哪儿呢？"他喝了一大口茶，很关切的样子。

"走了，妈妈和我拿你吓噱他来着。"

"别遇上我，有他个苦子吃！"廉伯说得极大气。

"又把妈妈的钱……"她仿佛后悔了，轻轻叹了口气。

"我还得把他赶跑！"廉伯很坚决，自信有这个把握。

"也别太急了，他——"

"他还能怎样了陈廉伯？"

"不是，我没那么想；他也有好处。"

"他？"

"要不是他，咱俩还到不了一块，不是吗？"

陈廉伯哈哈地笑起来，"没见过这样的红娘！"

"我简直没办法。"她又皱上了眉，"妈妈就有这么一个儿子，恨他，可是到底还疼他，做妈妈的大概都这样。只苦了我，向着妈妈不好，向着弟弟不好！"

"算了吧，说点别的，反正我有法儿治他！"廉伯其实很愿听她这么诉苦，这使他感到他的势力与身份，至少也比在家里跟夫人对愣着强；他想起夫人来，"我说，今儿个我可不回家了。"

"你们也又吵了嘴，为我？"她要笑，没能笑出来。

"为你；可并没吵架。我有我的自由，我爱上这儿来别人管不着我！不过，我不愿意这么着；你是我的人，我得把你接到家中去；这么着别扭！"

"我看还是这么着好。"她低着头说。

"什么？"他看准了她的眼问。

她的眼光极软，可是也对准他的，"还是这么着好。"

"怎么？"他的嘴唇并得很紧。

"你还不知道？"她还看着他，似乎没理会到他的要怒的神气。

"我不知道！"他笑了，笑得很冷，"我知道女人们别扭。吃着男人，喝着男人，吃饱喝足了成心气男人。她不愿意你去，你不愿意见她，我晓得。可是你们也要晓得，我的话才算话！"他挺了挺他的水蛇腰。

她没再说什么。

因为没有光明的将来，所以她不愿想那黑暗的过去。她只求混过今天。可是躺在陈廉伯的旁边，她睡不着，过去的图画一片片地来去，她没法赶走它们。它们引逗她的泪，可是只有哭仿佛是件容易做的事。

她并不叫"小凤"，宋凤贞才是她；"小凤"是廉伯送给她的，为是听着像个"外家"。她是师范毕业生，在小学校里教书，养活她的母亲。她不肯出嫁，因为弟弟龙云不肯负起养活老母的

118

责任。妈妈为他们姐弟吃过很大的苦处，龙云既不肯为老人想一想，凤贞仿佛一点不能推脱奉养妈妈的义务，或者是一种权利，假如把"孝"字想到了的话。为这个，她把出嫁的许多机会让过去。

她在小学里很有人缘，她有种引人爱的态度与心路，所以大家也就喜欢她。校长是位四十多岁的老姑娘，已办了十几年的学，非常的糊涂，非常的任性，而且有一头假头发。她有钱，要办学，没人敢拦着她。连她也没挑出凤贞什么毛病来，可是她的弟弟说凤贞不好，所以她也以为凤贞可恶。凤贞怕失业，她到校长那里去说：校长的弟弟常常跟随着她，而且给她写信，她不肯搭理他。校长常常辞退教员，多半是因为教员有了爱人。校长自己是老姑娘，不许手下的教员讲恋爱；因为这个，社会上对于校长是十二分尊敬的；大家好像是这样想：假若所有的校长都能这样，国家即使再弱上十倍，也会睡醒一觉就梦似的强起来。凤贞晓得这个，所以觉得跟校长说明一声，校长必会管教她的兄弟。

可是校长很简单地告诉凤贞："不准诬赖好人，也不准再勾引男子，再有这种事，哼……"

凤贞的泪全咽在肚子里。打算辞职，可是得等找到了别的事，不敢冒险。

慢慢地，这件事被大家知道了，都为凤贞不平。校长听到了一些，她心中更冒了火。有一天朝会的时候，她教训了大家一顿，话很不好听，有个暴性子的大学生喊了句："管教管教你弟弟好不好！"校长哈哈地笑起来，"不用管教我弟弟，我得先管教教员！"她从袋中摸出个纸条来，"看！收了我弟弟五百块钱，反说我兄弟不好。宋凤贞！我待你不错，这就是你待朋友的法儿，是不是？你给我滚！"

凤贞只剩了哆嗦。学生们马上转变过来，有的向她呸呸地啐。她不晓得怎样走回了家。到了家中，她还不敢哭；她知道那五百块钱是被弟弟使了，不能告诉妈妈；她失了业，也不能告诉妈妈。她只说不太舒服，请了两天假；她希望能快快地在别处找个事。

找了几个朋友，托给找事，人家都不大高兴理她。

龙云回来了，很恳切地告诉姐姐："姐，我知道你能原谅我。我有我的事业，我需要钱。我的手段也许不好，我的目的没有错儿。只有你能帮助我，正像只有你能养着母亲。为帮助母亲与我，姐，你需舍掉你自己，好像你根本没有生在世间过似的。校长弟弟的五百元，你得替我还上，但是我不希望你跟他去。侦探长在我的背后，你能拿住了侦探长，侦探长就拿不住了我，明白，姐？你得到他，他就会还那五百元的账，他就会给你找到事，他就会替你养活着母亲。得到他，替我遮掩着，假如不能替我探听什么。我得走了，他就在我背后呢！再见，姐，原谅我不能听听你的意见！记住，姐姐，你好像根本没有生在世间过！"

她明白弟弟的话。明白了别人，为别人做点什么，只有舍去自己。

弟弟的话都应验了，除了一句——他就会给你找到事。他没给凤贞找事，他要她陪着睡。凤贞没再出过街门一次，好似根本没有生在世间过。对于弟弟，她只能遮掩，说他不孝、糊涂、无赖；为弟弟探听，她不会做，也不想做，她只求混过今天，不希望什么。

七

陈老先生明白了许多的事。有本领的人使别人多懂些事，没有本事的人跟着别人学，惭愧！自己跟着别人学！但是不能不学，一事不知，君子之耻，活到老学到老！谁叫自己没补上知县呢！做官方能知道一切。自己的祖父做过道台，自己的父亲可是只做到了"坊里德表"，连个功名也没得到！父亲在族谱上不算个数，自己也差不多；可是自己的儿子……不，不能全靠着儿子，自己应当老当益壮，假若功名无望，至少得帮助儿子成全了伟大事业。自己不能做官，还不会去结交官员吗？打算帮助儿子非此不可！他看出来，做官的永远有利益，盐运使，将军，退了职还有大宗的入款。官和官声气相通，老相互帮忙。盟兄弟、亲戚、朋友，打成一片；新的官是旧官的枝叶；即使平地云雷，一步登天，还是得找着旧官宦人家求婚结友；一人做官，福及三代。他明白了这个。想到了二儿子。平日，看二儿子是个废物，现在变成了宝贝。廉伯可惜已经结了婚，廉仲大有希望。比如说武将军有个小妹或女儿，给了廉仲？即使廉仲没出息到底，可是武将军又比廉仲高明着多少？他打定了主意，廉仲必须娶个值钱的女子，哪怕丑一点呢，岁数大一点呢，都没关系。廉伯只是个侦探长，那么，丑与老便是折冲时的交换条件：陈家地位低些，可是你们的姑娘不俊秀呢！惭愧，陈家得向人家交换条件，无法，谁叫陈宏道怀才不遇呢！谈笑有鸿儒，往来无白丁，何等气概！老先生心里笑了笑。

他马上托付了武将军，武将军不客气地问老先生有多少财产。老先生不愿意说，又不能不说，而且还得夸张着点儿说。由君子忧道不忧贫的道理说，他似乎应当这样地回答——方宅十余亩，草屋八九间。即使这是瞒心昧己的话，听着到底有些诗味。可是他现在不是在谈道，而是谈实际问题，实际问题永远不能做写诗的材料。他得多说，免得叫武将军看他不起，"诗书门第，不过呢，也还有个十几万；先祖做过道台……"想给儿子开脱罪名。

"廉伯大概也抓弄不少？官不在大，缺得合适。"武将军很亲热地说。

"那个，还好，还好！"老先生既不肯像武人那样口直心快，又不愿说倒了行市①。

"好吧，老先生，交给我了，等着我的信儿吧！"武将军答应了。

老先生吐了一口气，觉得自己并非缺乏实际的才干，只可惜官运不通；喜完不免又自怜，胡子嘴儿微微地动着，没念出声儿来："耽酒须微禄，狂歌托圣朝……"

"哼！"武将军用力拍了大腿一下，"真该揍，怎就忘了呢！宝斋不是有个老妹子！"他看着陈老先生，仿佛老先生一定应该知道宝斋似的。

"哪个宝斋？"老先生没希望事来得这样快，他渺茫地有点害怕了。

"不就是孟宝斋，顶好的人！那年在南口打个大胜仗，升了旅长。后来邱军长倒戈，把他也连累上，撤了差，手中多

---

① 倒了行市：指降低身份，颠倒尊卑。

也没有，有个二十来万，顶好的人。我想想看，他——也就四十一二，老妹子过不去二十五六，'老'妹子。合适，就这么办了，我明天就去找他，顶熟的朋友。还真就是合适！"

陈老先生心中有点慌，事情太顺当了恐怕出毛病！孟宝斋究竟是何等样的人呢？婚姻大事，不是随便闹着玩的。可是，武将军的善意是不好不接受的。怎能刚求了人家又撤回手来呢！但是，跟个旅长作亲——难道儿子不是侦探长？儿孙自有儿孙福，廉仲有命呢，跟再阔一点的人联姻，也无不可；命不济呢，娶个娥皇似的贤女，也没用。父亲只能尽心焉而已，其余的……再说呢，武将军也不一定就马到成功，试试总没什么不可以的。他点了头。

辞别了武将军，他可是又高兴起来，即使是试试，总得算是个胜利；假使武将军看不起陈家的话，他能这样热心给做媒么？这回不成，来日方长，陈家算是已打入了另一个圈儿，老先生的力量。廉仲也不坏，有点傻造化；希望以后能多给他点好脸子看！

把二儿子的事放下，想起那一千块钱来。告诉武将军自己有十来万，未免，未免，不过，一时的手段；君子知权达变。虽然没有十来万，一千块钱还不成问题。可是，会长与将军的捐款并不必自己掏腰包，一个买卖就回来三四千——那封信！为什么自己应当白白拿出一千呢？况且，焉知道他们的捐款本身不是一种买卖呢！做官的真会理财，文章经济。大概廉伯也有些这种本领，一清早来送封儿，不算什么不体面的事；自己不要，不过是便宜了别人；人不应太迂阔了。这一千块钱怎能不叫儿子知道，而且不白白拿出去呢？陈老先生极用心地想，心中似乎充实了许多：

做了一辈子书生，现在才明白官场中的情形，才有实际的问题等着解决。儿子尽孝是种光荣，但究竟是空虚的，虽然不必受之有愧，可是并显不出为父亲的真本事。这回这一千元，不能由儿子拿，老先生要露露手段，儿子的孝心是儿子的，父亲的本事是父亲的，至少这两回事——廉仲的婚事和一千元捐款——要由父亲负责，也叫他们年轻的看一看，也证实一下自己并不是酸秀才。

街上仿佛比往日光亮着许多，飞尘在秋晴中都显着特别的干爽，高高地浮动着些细小金星。蓝天上飘着极高极薄的白云，将要同化在蓝色里，鹰翅下悬着白白的长丝。老先生觉得有点疲乏，可是非常高兴，头上出了些汗珠，依然扯着方步。来往的青年男女都换上初秋的新衣，独行的眼睛不很老实，同行的手拉着手，或并着肩低语。老先生恶狠狠地瞪着他们，什么样子，男女无别，混账！老先生想到自己设若还能做官，必须斩除这些混账们。爱民以德，齐民以礼；不过，乱国重刑，非杀几个不可！国家将亡，必有妖孽，这种男女便是妖孽。只有读经崇礼，方足以治国平天下。

但是，自己恐怕没有什么机会做官了，顶好做个修身齐家的君子吧。"圣贤虽远诗书在，殊胜邻翁击磬声！"修身，自己生平守身如执玉；齐家，父慈子孝。俯仰无愧，耿耿此心！忘了街上的男女；我道不行，且独善其身吧。

他想到新铺子中看看，儿子既然孝敬给老人，老人应当在开市以前去看看，给他们出些主意，"为商为士亦奚异"，天降德于予，必有以用其才者。

聚元粮店正在预备开市，门匾还用黄纸封着，右上角破了一块，露出极亮的一块黑漆和一个鲜红的"民"字。铺子外卸着两辆大车，一群赤背的人往里边扛面袋，背上的汗湿透了披着的大布巾，头发与眉毛上都挂着一层白霜。肥骡子在车旁用嘴偎着料袋，尾巴不住地抡打秋蝇。面和汗味裹在一处，招来不少红头的绿蝇，带着闪光乱飞。铺子里面也很紧张，筐箩已摆好，都贴好红纸签，小伙计正按着标签往里倒各种粮食，糠飞满了屋中，把新油的绿柜盖上一层黄白色。各处都是新油饰的，大红大绿，像个乡下的新娘子，尽力打扮而怪难受的。面粉堆了一人多高，还往里扛，软软的，印着绿字，像一些发肿的枕头。最着眼的是悬龛里的关公，脸和前面的一双大红烛一样红，龛底下贴着一溜米色的挂钱和两三串元宝。

陈老先生立在门外，等着孙掌柜出来迎接。伙计们和扛面的都不搭理他，他的气要往上撞。"借光，别挡着道儿！"扛着两个面的，翻着眼瞪他。

"叫掌柜的出来！"陈老先生吼了一声。

"老东家！老东家！"一个大点儿的伙计认出来。

"老东家！老东家！"传递过去，大家忽然停止了工作，脸在汗与面粉的底下露出敬意。

老先生舒服了些，故意不睬不闻。抬头看匾角露出的红"民"字。

孙掌柜胖胖的由内柜扭出来，脸上的笑纹随着光线的强度增多，走到门口，脸上满是阳光也满是笑纹。山东绸的裤褂在日光下起闪，脚下的新千层布底白得使人忽然冷一下。

"请吧，请吧，老先生。"掌柜的笑向老东家放射，眼角瞭着面车，千层底躲着马尿，脑瓢儿指挥小徒弟去沏茶打手巾。一点不忙，而一切都做到了掌柜的身份。慢慢地向内柜走，都不说话，掌柜的胖笑脸向左向右，微微一抬，微微向后；老先生的眼随着胖笑脸看到了一切。

到了内柜，新油漆味，老关东烟味，后院的马粪味，前面浮进来的糠味，拌成一种很沉重而得体的臭味。老先生入了另一世界。这个味道使他忘了以前的自己，而想到一些比书生更充实更有作为的事儿。平日的感情是来自书中，平日的愿望是来自书中，空的，都是空的。现在他看着墙上斜挂着一溜蓝布皮的账簿，桌上的紫红的算盘，墙角放着的大钱柜，锁着放光的巨锁，贴着"招财进宝"……他觉得这是实在的、可捉摸的事业；这个事业未必比做官好，可是到底比向着书本发呆，或高吟"天生德于予"强得多。这是生命、作为、事业。即使不幸，儿子搁下差事，这里，这里！到底是有米有面有钱，经济！

他想起那一千块来。

"孙掌柜，比如说，闲谈，咱们要是能应下来一笔赈粮；今年各处闹灾，大概不久连这里也得收容不少灾民；办赈粮能赔钱不能？请记住，这可是慈善事儿！"

孙掌柜摸不清老东家的意思，只能在笑上努力，"赔不了，怎能赔呢？"

"闲谈；怎就不能赔呢？"

又笑了一顿，孙掌柜拿起长烟袋，划着了两棍火柴，都倒插在烟上，而后把老玉的烟嘴放在唇间。"办赈粮只有赚，弄不到手的事儿！"撇着嘴咽了口很厚很辣的烟，"怎么说呢，是这么着：赈粮自然免税，白运，啊！——"

"还怎着？"老先生闭上眼，气派很大。

"谁当然也不肯专办赈；白运，这里头就有伸缩了。"他等了等，看老东家没作声，才接着说，"赶到粮来了，发的时候还有分寸。"

"那可——"老先生睁开了眼。

"不必一定那么办，不必；假如咱们办，实入实出；占白运的便宜，不苦害难民，落个美名，正赶上开市，也好立个名誉。买卖是活的，看怎调动。"孙掌柜叼着烟袋，斜看着白千层底儿。

"买卖是活的。"在老先生耳中还响着，跟作文章一样，起承转合……

"老先生，有路子吗？"孙掌柜试着步儿问。

"什么路子？"

"办赈粮。"

"我想想看。"

"运动费可也不小。"

"有人，有人；我想想看。"老先生慢慢觉得孙掌柜并不完全讨厌。武将军与孙掌柜都不像想象的那么讨厌，自己大概是有点太板了；道足以正身，也足以杀灭生机，仿佛是要改一改，自己有了财，有了身份，传道岂不更容易；汤武都是皇帝，富有四海，仍不失为圣人。拿那一千，再拿一二千去运动也无所不可，假如能由此买卖兴隆起来，日进斗金……

他和孙掌柜详细地计议了一番。

临走，孙掌柜想起来，"老先生，内柜还短块匾，老先生给选两个好字眼，写一写；明天我亲自去取。"

"写什么呢？"老先生似乎很尊重掌柜的意见。

"老先生想吧，我一肚子俗字！"

老先生哈哈地笑起来，微风把长须吹斜了些，在阳光中飘着疏落落的金丝。

八

"大嫂！"廉仲在窗外叫，"大嫂！"

"进来，二弟。"廉伯太太从里间匆忙走出来，"哟，怎么啦？"

廉仲的脸上满是汗，脸蛋红得可怕，进到屋中，一下子坐在椅子上，好像要昏过去的样子。

"二弟，怎啦？不舒服吧？"她想去拿点糖水。

廉仲的头在椅背上摇了摇，好容易喘过气来。"大嫂！"叫了一声，他开始抽噎着哭起来，头捧在手里。

"二弟！二弟！说话！我是你的老嫂子！"

"我知道，"廉仲挣扎着说出话来，满眼是泪地看着嫂子，"我只能对你说，除了你，没人在这里拿我当作人。大嫂你给我个主意！"他净下了鼻子。

"慢慢说，二弟！"廉伯太太的泪也在眼圈里。

"父亲给我订了婚，你知道？"

她点了点头。

"他没跟我提过一个字；我自己无意中听到了，女的，那个女的，大嫂，公开地跟她家里的汽车夫一块睡，谁都知道！我不算人，我没本事，他们只图她的父亲是旅长，媒人是将军，不管我……王八……"

"父亲当然不知道她的……"

"知道也罢，不知道也罢，我不能受。可是，我不是来告诉你这个。你看，大嫂，"廉仲的泪渐渐干了，红着眼圈，"我知道我没本事，我傻，可是我到底是个人。我想跑，穷死，饿死，我认命，不再登陈家的门。这口饭难咽！"

"咱们一样，二弟！"廉伯太太低声地说。

"我很想玩他们一下，"他见嫂子这样同情，爽性把心中的话都抖搂出来，"我知道他们的劣迹，他们强迫买卖家给送礼——乾礼①。他们抄来'白面'用面粉顶换上去，他们包办赈粮……我都知道。我要是揭了他们的盖儿，枪毙，枪毙！"

"呕，二弟，别说了，怕人！你跑就跑得了，可别这么办哪！于你没好处，于他们没好处。我呢，你得为我想想吧！我一个妇道人家……"她的眼又向四下里望了，十分害怕的样子。

"是呀，所以我没这么办。我恨他们，我可不恨你，大嫂；孩子们也与我无仇无怨。我不糊涂。"廉仲笑了，好像觉得为嫂子而没那样办是极近人情的事，心中痛快了些，因为嫂子必定感激他，"我没那么办，可是我另想了主意。我本打算由昨天出去，就不登这个门了，我去赌钱，大嫂你知道我会赌？我是这么打好了主意：赌一晚上，赢个几百，我好远走高飞。"

"可是你输了。"廉伯太太低着头问。

"我输了！"廉仲闭上了眼。

"廉仲，你预备输，还是打算赢？"宋龙云问。

"赢！"廉仲的脸通红。

"不赌；两家都想赢还行。我等钱用。"

---

① 乾礼：指礼物折合成现钱。

那两家都笑了。

"没你缺一手。"廉仲用手指肚来回摸着一张牌。

"来也不打麻将，没那么大工夫。"龙云向黑的屋顶喷了一口烟。

"我什么也陪着，这二位非打牌不可，专为消磨这一晚上。坐下！"廉仲很急于开牌。

"好吧，八圈，多一圈不来？"

三家勉强地点头。"坐下！"一齐说。

"先等等，拍出钱来看看，我等钱用！"龙云不肯坐下。

三家掏出票子扔在桌上，龙云用手拨弄了一下，"这点钱？玩你们的吧！"

"根本无须用钱；筹码！输了的，明天早晨把款送到；赌多少的？"廉仲立起来，拉住龙云的臂。

"我等两千块用，假如你一家输，输过两千，我只要两千，多一个不要；明天早上清账！"

"坐下！你输了也是这样？"廉仲知道自己有把握。

"那还用说，打座！"

八圈完了，廉仲只和了个末把，胖手哆嗦着数筹码，他输了一千五。

"再来四圈？"他问。

"说明了八圈一散。"龙云在裤子上擦擦手上的汗，"明天早晨我同你一块去取钱，等用！"

"你们呢？"廉仲问那二家，眼中带着乞怜的神气。

"再来就再来，他一家赢，我不输不赢。"

"我也输，不多，再来就再来。"

"赢家说话！"廉仲还有勇气，他知道后半夜能转败为胜，必不得已，他可以耍花活；似乎必得耍花活！

"不能再续，只来四圈；打座！"龙云仿佛也打上瘾来。

廉仲的运气转过点来。

"等会儿！"龙云递给廉仲几个筹码，"说明白了，不带花招儿的！"

廉仲拧了下眉毛，没说什么。

打下一圈来，廉仲和了三把。都不小。

"抹好了牌，再由大家随便换几对儿，心明眼亮；谁也别掏坏，谁也别吃亏！"龙云用自己门前的好几对牌换过廉仲的几对来。

廉仲不敢说什么，瞪着大家的手。

可是第二圈，他还不错，虽然只和了一把，可是很大。他对着牌笑了笑。

"脱了你的肥袖小褂！"龙云指着廉仲的胖脸说。

"干什么？"廉仲的脸紧得很难看，用嘴唇干挤出这么三个字来。

"不带变戏法儿的，仙人摘豆，随便地换，哎？"

哗——廉仲把牌推了，"输钱小事，名誉要紧，太爷不玩啦！"

"你？你要打的；捡起来！"龙云冷笑着。

"不打犯法呀！"

"好啦，不打也行，这两圈不能算数，你净欠我一千五？"

"我一个子儿不欠你的！"廉仲立起来。

"什么？你以为还出得去吗？"龙云也立起来。

"绑票是怎着？我看见过！"廉仲想吓嚇吓嚇人。牌是不能再打了，抹不了自己的牌，换不了张，自己没有必赢的把握。凭气儿，他敌不住龙云。

"用不着废话，我输了还不是一样拿出钱？"

"我没钱！"廉仲说了实话。

"嗨，你们二位请吧，我和廉仲谈谈。"龙云向那两家说，"你不输不赢，你输不多；都算没事，明天见。"

那两家穿好长衣服，"再见。"

"坐下，"龙云和平了一些，"告诉我，怎回事。"

"没什么，想赢俩钱，做个路费，远走高飞。"廉仲无聊地、失望地，一笑。

"没想到输，即使输了，可以拿你哥哥唬事，侦探长。"

"他不是我哥哥！"廉仲可是想不起别的话来。他心中忽然很乱：回家要钱，绝对不敢。最后一次利用哥哥的势力，不行，龙云不是好惹的。再说呢，龙云是廉伯的对头，帮助谁也不好；廉伯拿住龙云至少是十年监禁，龙云得了手，廉伯也许吃不住。自己怎办呢？

"你干吗这么急着用钱？等两天行不行？"

"我有我的事，等钱用就是等钱用；想法拿钱好了，你！"龙云一点不让步。

"我告诉你了，没钱！"廉仲找不着别的话说。

"家里去拿。"

"你知道他们不能给我。"

"跟你嫂子要！"

"她哪有钱？"

"你怎知道她没钱？"

廉仲不言语了。

"我告诉你怎办，"龙云微微一笑，"到家对你嫂子明说，就说你输了钱，输给了我。我干吗用钱呢，你对嫂子这么讲：龙云打算弄俩钱，把妈妈姐姐都偷偷地带走了。你这么一说，必定有钱。明白不？"

"你真带她们走吗？"

"那你不用管。"

"好啦，我走吧？"廉仲立起来。

"等等！"龙云把廉仲拦住，"那儿不是张大椅子？你睡上一会儿，明天九点我放你走。我不用跟着你，你知道我是怎个人。你乖乖地把款送来，好；你一去不回头，也好；我不愿打死人，连你哥哥的命我都不想要。不过，赶到气儿上呢，我也许放一两枪玩！"龙云拍了拍后边的裤袋。

"大嫂，你知道我不能跟他们要钱？记得那年我为踢球挨那顿打？捆在树上！我想，他们想打我，现在大概还可以。"

"不必跟他们要，"廉伯太太很同情地说，"这么着吧，我给你凑几件首饰，你好歹的对付吧。"

"大嫂！我输了一千五呢！"

"二弟！"她咽了口气，"不是我说你，你的胆子可也太大了！一千五！"

"他们逼的我！我平常就没有赌过多大的要儿。父亲和哥哥逼的我！"

"输给谁了呢？"

"龙云！他……"廉仲的泪又转起来。只有嫂子疼他，怎肯瞪着眼骗她呢?

可是，不清这笔账是不行的，龙云不好惹。叫父兄知道了也了不得。只有骗嫂子这条路，一条极不光明而必须走的路!

"龙云，龙云，"他把耻辱、人情，全咽了下去，"等钱用，我也等钱用，所以越赌越大。"

"宋家都不是好人，就不应当跟他赌!"她说得不十分带气，可是露出不满意廉仲的意思。

"他说，拿到这笔钱就把母亲和姐姐偷偷地带走了!"每一个字都烫着他的喉。

"走不走吧，咱们哪儿弄这么多钱去呢?"大嫂缓和了些，"我虽然是过着这份日子，可是油盐酱醋都有定数，手里有也不过是三头五块的。"

"找点值钱的东西呢!"廉仲像坐在针上，只求快快地完结这一场。

"哪样我也不敢动呀!"大嫂愣了会儿，"我也豁出去了!别的不敢动，私货还不敢动吗?就是他跟我闹，他也不敢嚷嚷。再说呢，闹我也不怕!看他把我怎样了!他前两天交给我两包'白面'，横是值不少钱，我可不知道能清你这笔账不能?"

"哪儿呢?大嫂，快!"

九

已是初冬时节。廉伯带着两盆细瓣的白菊，去看小凤。菊已开足，长长的细瓣托着细铁丝，还颤颤欲堕。他嘱咐开车的不要太慌，那些白长瓣动了他的怜爱，用脚夹住盆边，唯恐摇动得太厉害了。车走得很稳，花依然颤摇，他呆呆地看着那些玉丝，心中忽然有点难过。太阳已压山了。

到了小凤门前，他就自搬起一盆花，叫车夫好好地搬着那一盆。门没关着，一直地进去；把花放在阶前，他告诉车夫九点钟来接。

"怎么这么早？"小凤已立在阶上，"妈，快来看这两盆花，太好了！"

廉伯立在花前，手叉着腰儿端详端详小凤，又看看花，"帘卷西风，人比黄菊瘦！大概有这么一套吧！"他笑了。

"还真亏你记得这么一套！"小凤看着花。

"哎，今天怎么直挑我的毛病？"他笑着问，"一进门就嫌我来得早，这又亏得我……"

"我是想你忙，来不了这么早，才问。"

"啊，反正你有的说；进来吧。"

桌上放着本展开的书，页上放着个很秀美的书签儿。他顺手拿起书来，"喝，你还研究侦探学？"

小凤笑了；他仿佛初次看见她笑似的，似乎没看见她这么美过，"无聊，看着玩。你横是把这个都能背过来？"

"我？就没念过！"还看着她的脸，好似追逐着那点已逝去的笑。

"没念过？"

"书是书，事是事：事是地位与威权。自要你镇得住就行。好，要是做事都得拉着图书馆，才是笑话！你看我，做什么也行，一本书不用念。"

"念念可也不吃亏？"

"谁管；先弄点饭吃吃。哟，忘了，我把车夫打发了。这么着吧，咱们出去吃？"

"不用，我们有刚包好了的饺子，足够三个人吃的。我叫妈妈去给你打点酒，什么酒？"

"嗯——一瓶佛手露。可又得叫妈妈跑一趟？"

"出口儿就是。佛手露、青酱肉、醉蟹、白梨果子酒，好不好？"

"小饮赏菊？好！"廉伯非常的高兴。

吃过饭，廉伯微微有些酒意，话来得很方便。

"凤，"他拉住她的手，"我告诉你，我有代理公安局局长的希望，就在这两天！"

"是吗，那可好。"

"别对人说！"

"我永远不出门，对谁去说？跟妈说，妈也不懂。"

"龙云没来？"

"多少日子了。"

"谁也不知道，我预备好了！"廉伯向镜子里看了看自己。"这两天，"他回过头来，放低了声音，"城里要出点乱子，局长还不知道呢！我知道，可是不管。等事情闹起来，局长没办法，我出头，我知底，一伸手事就完。可是我得看准了，他决定辞职，不到他辞职我不露面。我抓着老根；也得先看准了，是不是由我代理；不是我，我还是不下手！"

"那么城里乱起来呢？"她皱了皱眉。

"乱世造英雄，凤！"廉伯非常郑重了，"小孩刺破手指，妈妈就心疼半天，妈妈是妇人。大丈夫拿事当作一件事看，当作一局棋看；历史是伟人的历史！你放心，无论怎乱，也乱不到你这儿来。遇必要的时候，我派个暗探来。"他的严重劲儿又灭去了许多，"放心了吧？"

她点点头，没说出什么来。

"没危险，"廉伯点上支烟，烟和话一齐吐出来，"没人注意我；我还不够个角儿，"他冷笑了一下，"内行人才能晓得我是他们这群东西的灵魂；没我，他们这个长那个员的连一天也做不了。所以，事情万一不好收拾呢，外间不会责备我；若是都顺顺当当照我所计划的走呢，局里的人没有敢向我摇头的。嗯？"他听了听，外面有辆汽车停住了，"我叫他九点来，钟慢了吧？"他指着桌上的小八音盒。

"不慢，是刚八点。"

院里有人叫："陈老爷！"

"谁？"廉伯问。

"局长请！"

"老朱吗？进来！"廉伯开开门，灯光射在白菊上。

"局长说请快过去呢，几位处长已都到了。"

凤贞在后面拉了他一下，"去得吗？"

他退回来，"没事，也许他们扫听着点风声，可是万不会知底；我去，要是有工夫的话，我还回来；过十一点不用等。"他匆匆地走出去。

汽车刚走，又有人拍门，拍得很急。凤贞心里一惊。"妈！叫门！"她开了屋门等着看是谁。

龙云三步改作一步地走进来。

"妈，姐，穿衣裳，走！"

"上哪儿？"凤贞问。

妈妈只顾看儿子，没听清他说什么。

"姐，九点的火车还赶得上，你同妈妈走吧。这儿有三百块钱，姐你拿着；到了上海我再给你寄钱去，直到你找到事做为止；在南方你不会没事做了。"

"他呢？"凤贞问。

"谁？"

"陈！"

"管他干什么，一半天他不会再上这儿来。"

"没危险？"

"妇女到底是妇女，你好像很关心他？"龙云笑了。

"他待我不错！"凤贞低着头说。

"他待他自己更不错！快呀，火车可不等人！"

"就空着手走吗？"妈妈似乎听明白了点。

"我给看着这些东西，什么也丢不了，妈！"他显然是说着玩呢。

"哎，你可好好地看着！"

凤贞落了泪。

"姐，你会为他落泪，真羞！"龙云像逗着她玩似的说。

"一个女人对一个男的，"她慢慢地说，"一个同居的男的，若是不想杀他，就多少有点爱他！"

"谁管你这一套，你不是根本就没生在世间过吗？走啊，快！"

十

陈老先生很得意。二儿子的亲事算是定规了，武将军的秘书王先生给合的婚，上等婚。老先生并不深信这种合婚择日的把戏，可是既然是上等婚，便更觉出自己对儿辈是何等的尽心。

第二件可喜的事是赈粮由聚元粮店承办，利益是他与钱会长平分。他自己并不像钱会长那样爱财，他是为儿孙创下点事业。

第三件事虽然没有多少实际上的利益，可是精神上使他高兴痛快。钱会长约他在国学会讲四次经，他的题目是"正心修身"，已经讲了两次。听讲的人不能算少，多数都是坐汽车的。老先生知道自己的相貌、声音，已足惊人；况且又句句出经入史，即使没有人来听，说给自己听也是痛快的。讲过两次以后，他再在街上闲步的时节，总觉得汽车里的人对他都特别注意似的。已讲过的稿子不但在本地的报纸登出来，并且接到两份由湖北寄来的报纸，转载着这两篇文字。这使老先生特别的高兴：自己的话与力气并没白费，必定有许多许多人由此而潜心读经，说不定再加以努力也许成为普遍的一种风气，而恢复了固有的道德，光大了古代的文化；那么，老先生可以无愧此生矣！立德立功立言，老先生虽未能效忠庙廊，可是德与言已足不朽；他想象着听众眼中看他必如"每为后生谈旧事，始知老子是陈人"，那样的可敬可爱的老儒生、诗客。他开始觉到了生命，肉体的、精神的，形容不出的一点像"西风白发三千丈"的什么东西！

"廉仲怎么老不在家？"老先生在院中看菊，问了廉伯太太——拉着小妞儿正在檐前立着——这么一句。

"他大概晚上去学英文，回来就不早了。"她眼望着远处，扯了个谎。

"学英文干吗？中文还写不通！小孩子！"看了孙女一眼，"不要把指头放在嘴里！"顺势也瞪了儿媳一下。

"大嫂！"廉仲忽然跑进来，以为父亲没在家，一直奔了嫂子去，及至看见父亲，他立住不敢动了，"爸爸！"

老先生上下打量了廉仲一番，慢慢地，细细地，厉害地，把廉仲的心看得乱跳。看够多时，老先生往前挪了一步，廉仲低下头去。

"你上哪儿啦？天天连来看看我也不来，好像我不是你的父亲！父亲有什么对不起你的地方，说！事情是我给你找的，凭你也一月拿六十元钱？婚姻是我给说定的，你并不配娶那么好的媳妇！白天不来省问，也还可以，你得去办公；晚上怎么也不来？我还没死！进门就叫大嫂，眼里就根本没有父亲！你还不如大成呢，他知道先叫爷爷！你并不是小孩子了；眼看就成婚生子；看看你自己，哪点儿像呢！"老先生发气之间，找不到文话与诗句，只用了白话，心中更气了。

"妈，妈！"小女孩轻轻地叫，连扯妈妈的袖子，"咱们上屋里去！"

廉伯太太轻轻揉了小妞子一下，没敢动。

"父亲，"廉仲还低着头，"哥哥下了监啦！您看看去！"

"什么？"

"我哥哥昨儿晚上在宋家叫局里捉了去，下了监！"

"没有的事！"

"他昨天可是一夜没回来！"廉伯太太着了急。

"冯有才呢？一问他就明白了。"老先生还不相信廉仲的话。

"冯有才也拿下去了！"

"你说公安局拿的？"老先生开始有点着急了，"自家拿自家的人？为什么呢？"

"我说不清，"廉仲大着胆看了老先生一眼，"很复杂！"

"都叫你说清了，敢情好了，糊涂！"

"爷爷就去看看吧！"廉伯太太的脸色白了。

"我知道他在哪儿呢？"老先生的声音很大。他只能向家里的人发怒，因为心中一时没有主意。

"您见见局长去吧；您要不去，我去！"廉伯太太是真着急。

"妇道人家上哪儿去？"老先生的火儿逼了上来，"我去！我去！有事弟子服其劳，废物！"他指着廉仲骂。

"叫辆汽车吧？"廉仲为了嫂子，忍受着骂。

"你叫去呀！"老先生去拿帽子与名片。

车来了，廉仲送父亲上去；廉伯太太也跟到门口。叔嫂见车开走，慢慢地往里走。

"怎回事呢？二弟！"

"我真不知道！"廉仲敢自由地说话了，"是这么回事，大嫂，自从那天我拿走那两包东西，始终我没离开这儿，我舍不得这些朋友，也舍不得这块地方。我自幼生在这儿！把那两包东西给了龙云，他给了我一百块钱。我就白天还去做事，晚上住在个小旅馆里。每一想起婚事，我就要走；可是过一会儿，又忘了。好在呢，我知道父亲睡得早，晚上不会查看我。廉伯呢，一向就不注意我，当然也不会问。我倒好几次要来看你，大嫂，我知道你一定不放心。可是我真懒得再登这个门，一看见这个街门，我就连条狗也不如了，仿佛是。我就这么对付过这些日子，说不上痛快，也说不上不痛快，马马虎虎。昨天晚上我一个人无聊瞎走，走到宋家门口，也就是九点多钟吧。哥哥的汽车在门口放着呢。门是路北的，车靠南墙放着。院里可连个灯亮也没有。车夫在车里睡着了，我推醒了他，问大爷什么时候来的。他说早来了，他这是刚把车开回来接侦探长，等了大概有二十分钟了，不见动静。所以他打了个盹儿。"

把小女孩交给了刘妈，他们叔嫂坐在了台阶上，阳光挺暖和。廉仲接着说："我推了推门，推不开。拍了拍，没人答应。奇怪！又等了会儿，还是没有动静。我跟开车的商议，怎么办。他说，里边一定是睡了觉，或是都出去听戏去了。我不敢信，可也不敢再打门。车夫决定在那儿等着。"

"你那天不是说，龙云要偷偷把她们送走吗？"廉伯太太想起来。

"是呀，我也疑了心；莫非龙云把她们送走，然后把哥哥诓进去……"廉仲不愿说下去，他觉得既不应当这么关心哥哥，也不应当来惊吓嫂子。可是这的确是他当时的感情，哥哥到底是哥哥，不管怎样恨他，"我决定进去，哪怕是跳墙呢！我正在打主意，远远地来了几个人，走在胡同的电灯底下，我看最先的一个像老朱，公安局的队长。他们一定是来找哥哥，我想；我可就藏在汽车后面，不愿叫他们或哥哥看见我。他们走到车前，就和开车的说开了话。他们问他等谁呢，他笑着说，还能等别人吗？呕，他还不知道，老朱说。你大概是把陈送到这儿，找地方吃饭去了，刚才又回来？我没听见车夫说什么，大概他是点了点头。好了，老朱又说了，就用你的车吧。小凤也得上局里去！说着，他们就推门了。推不开。他们似乎急了，老朱上了墙，墙里边有棵不大的树。一会儿他从里面把门开开，大家都进去。我趁势就跑出老远去，躲在黑影里等着。好大半天，他们才出来，并没有她。汽车开了。我绕着道儿去找龙云。什么地方也找不着他，我一直找到夜里两点，我知道事情是坏了，'小凤也得上局里去！'也得去！这不是说哥哥已经去了吗？他要是保护不了小凤，必定是他已顾不了自己！可是我不敢家来，我到底没得到确信。今天早晨，我给侦探队打电，找冯有才，他没在那儿。刚才我一到家，他也没在门房，我晓得他也完了。打完电，我更疑心了，可是究竟没个水落石出。我不敢向公安局去打听，我又不能不打听，乱碰吧，我找了聚元的孙掌柜去，他，昨天晚上也被人抓了去，便衣巡警把着门，铺子可是还开着，大概是为免得叫大家大惊小怪，同时又禁止伙计们出来。我假装问问米价，大伙计还精明，偷偷告诉了我一句：汽车装了走，昨晚上！"

"二弟，"廉伯太太脸上已没一点血色，出了冷汗，"二弟！你哥哥。"她哭起来。

"大嫂，别哭！咱们等爸爸回来就知道了。大概没多大关系！"

"他活不了，我知道，那两包白面！"她哭着说。

"不至于！大嫂！咱们快快想主意！"

傻小子大成拿着块点心跑来了，"胖叔！你又欺侮妈哪？回来告诉爷爷，叫爷爷揍你！"

十一

要在平常日子，以陈老先生的服装气度，满可以把汽车开进公安局的里边去；这天门前加了岗，都持枪，上着刺刀；车一到就被拦住了。老先生要见局长，掏出片子来，巡警当时说局长今天不见客。老先生才知道事情是非常严重了，不敢发作，立刻坐上车去找钱会长。他知道了事情是很严重，可是想不出儿子犯了什么罪；儿子没有什么不好的地方。大概是在局里得罪了人，那么，有人出来调停一下也就完了。设若仍然不行呢，花上点钱，送上些礼，疏通疏通总该一天云雾散了。这么一想，他心中宽了些。

见着钱会长，他略把他所知道的说了一遍："子美翁你知道，廉伯是个孝子；未有孝悌而好犯上者也。他不会做出什么不体面的事来。我自己，你先生也晓得，在今日像我们这样的家庭有几个？恐怕只是廉伯于无意中开罪于人，那么我想请子美翁给调解一下，大概也就没什么了。"

"大概没多大关系，官场中彼此倾轧是常有的事，"钱会长一边咕噜着水烟，"我打听打听看。"

"会长若是能陪我到趟公安局才好，因为我到底还不知其详，最好能见见局长，再见见廉伯，然后再详为计划。"

"我想想看，"会长一劲儿点头，"事情倒不要这么急，想想看，总该有办法的。"

陈老先生心中凉了些，"子美翁看能不能代我设法去见公安局长，我独自去，武将军能不能——"

"是的，武将军对地面的官员比我还接近，是的，找找他看！"

希望着武将军能代为出力，陈老先生忽略了钱会长的冷淡。

见着武将军，他完全用白话讲明来意，怕将军听不明白。武将军很痛快地答应与他一同去见局长。

在公安局门口，武将军递进自己的片子，马上被请进去，陈老先生在后面跟着。

局长很亲热地和将军握手，及至看见了陈老先生，他皱了一下眉，点了点头。

"刚才老先生来过，局长大概很忙，没见着，所以我同他来了。"武将军一气说完。

"啊，是的，"局长对将军说，没看老先生一眼，"对不起，适才有点紧要的公事。"

"廉伯昨晚没回去，"陈老先生往下用力地压着气，"听说被扣起来，我很不放心。"

"呕，是的，"局长还对着武将军说，"不过一种手续，没多大关系。"

"请问局长，他犯了什么法呢？"老先生的腰挺起来，语气也很冷硬。

"不便于说，老先生，"局长冷笑了一下，脸对着老先生，"公事，公事，朋友也有难尽力的地方！"

"局长高见。"陈老先生晓得事情是很难办了。可是他想不出廉伯能做出什么不规矩的事。一定这是局长的阴谋，他再也压不住气，"局长晓得廉伯是个孝子，老夫是个书生，绝不会办出不法的事来。局长也有父母，也有儿女，我不敢强迫长官泄露机要，我只以爱子的一片真心来格外求情，请局长告诉我到底是怎回事！士可杀不可辱，这条老命可以不要，不能忍受……"

"哎哎，老先生说远了！"局长笑得缓和了些，"老先生既不能整天跟着他，他做的事你哪能都知道？"

"我见见廉伯呢？"老先生问。

"真对不起！"局长的头低下去，马上抬起来。

"局长，"武将军插了嘴，"告诉老先生一点，一点，他是真急。"

"当然着急，连我都替他着急，"局长微笑了下，"不过爱莫能助！"

"廉伯是不是有极大的危险？"老先生的脑门上见了汗。

"大概，或者，不至于；案子正在检理，一时自然不能完结。我呢，凡是我能尽力帮忙的地方无不尽力，无不尽力！"局长立起来。

"等一等，局长，"陈老先生也立起来，脸上煞白，两腮咬紧，胡子根儿立起来，"我最后请求你告诉我个大概，人都有个幸不幸，莫要赶尽杀绝。设若你错待了个孝子，你知道你将遗臭万年。我虽老朽，将与君周旋到底！"

"那么老先生一定要知道，好，请等一等！"局长用力按了两下铃。

进来一个警士，毕恭毕敬地立在桌前。

"把告侦探长的呈子取来，全份！"局长的脸也白了，可是还勉强地向武将军笑。

陈老先生坐下，手在膝上哆嗦。

不大会儿，警士把一堆呈子送在桌上。局长随便推送在武将军与老先生面前，将军没动手。陈老先生翻了翻最上边的几本，很快地翻过，已然得到几种案由：强迫商家送礼；霸占良家妇女；假公济私，借赈私运粮米；窃卖赃货……老先生不能往下看了，手扶在桌上，只剩了哆嗦。哆嗦了半天，他用尽力量抬起头来，脸上忽然瘦了一圈，极慢极低地说："局长，局长！谁没有错处呢！他不见得比人家坏，这些状子也未必都可靠。局长，他的命在你手里，你积德就完了！你闭一闭眼，我们全家永感大德！"

"能尽力处我无不尽力！武将军，改天再过去请安！"

武将军把老先生搀了出来。将军把他送到家中，他一句话也没说。那些罪案，他知道，多半都是真的。而且有的是他自己给儿子造成的。可是，他还不肯完全承认这是他们父子的过错，局长应负多一半责任；局长是可以把那些状子压下不问的。他的怨怒多于羞愧，心中和火烧着似的，可是说不出话来。他恨自己的势力小，不能马上把局长收拾了。他恨自己的命不好，命给他带来灾殃，不是他自己的毛病，天命！

到了家中，他越想越怕了。事不宜迟，他得去为儿子奔走。幸而他已交结了不少有势力的朋友。第一个被想到的是孟宝斋，新亲自然会帮忙。可是孟宝斋的大烟吃上没完，虽然答应给设法，而始终不动弹。老先生又去找别人，大家都劝他不要着急，也就是表示他们不愿出力。绕到晚上，老先生明白了世态炎凉还不都是街上的青年男女闹的！与他为道义之交的人们，听他讲经的人们，也丝毫没有古道。但是他没心细想这个，他身上疲乏，心中发乱。立在镜前，他已不认识自己了。他的眼陷下好深，眼下的肉袋成了些鲇皮，像一对很大的瘪臭虫。他愤恨，渺茫，心里发辣。什么都可以牺牲，只要保住儿子的命。儿媳妇在屋中放声地哭呢！她带着大成去探望廉伯，没有见到。听着她哭，老先生的泪止不住了，越想越难过，他也放了声。

他只想喝水，晚饭没有吃。早早地躺下，疲乏，可是合不上眼。想起什么都想到半截便忘了，迷乱，心中像老映着破碎不全的电影片。想得讨厌了，心中仍不愿休息，还希望在心的深处搜出一半个好主意。没有主意，他只能低声地叫，叫着廉伯的乳名。一直到夜中三点，他迷糊过去，不是睡，是像飘在云里那样惊心吊胆地闭着眼。时时仿佛看见儿子回来了，又仿佛听见儿媳妇啼哭，也看见自己死去的老伴儿……可是始终没有睁开眼，恍惚像风里的灯苗，似灭不灭，顾不得再为别人照个亮儿。

十二

太阳出来好久，老先生还半睡半醒地忍着，他不愿再见这无望的阳光。

忽然，儿媳妇与廉仲都大哭起来，老先生猛孤仃^①地爬起来。没顾得穿长衣，急忙地跑过来，儿媳妇已哭背过气去，他明白了。他咬上了牙，心中突然一热，咬着牙把撞上来的一口黏的咽回去。扶住门框，他吼了一声："廉仲，你嫂子！"他蹲在了地上，颤成一团。

廉仲和刘妈，把廉伯太太撅巴^②起来，她闭着眼只能抽气。

"爸，送信来了，去收尸！"廉仲的胖脸浮肿着，黄蜡似的流着两条泪。

"好！好！"老先生手把着门框想立起来，手一软，蹲得更低了些，"你去吧，用我的寿材好了；我还得大办丧事呢！哈，哈。"他坐在地上狂号起来。

陈老先生真的遍发讣闻，丧事办得很款式。来吊祭的可是没有几个人，连孟宅都没有人过来。武将军送来一个鲜花圈，钱

---

① 猛孤仃：猛然，突然。
② 撅巴：人昏厥时，按摩、活动肢体使苏醒。

会长送来一对挽联；廉伯的朋友没来一个。老先生随着棺材，一直送到墓地。临入土的时候，老先生拍了拍棺材，"廉伯，廉伯，我还健在，会替你教子成名！"说完他亲手燃着自己写的挽联：

> 孝子忠臣，风波于汝莫须有；
> 孤灯白发，经史传孙知奈何？

事隔了许久，事情的真相渐渐地透露出来，大家的意见也开始显出公平。廉伯的罪过是无可置辩的，可是要了他的命的罪名，是窃卖"白面"——搜检了来，而用面粉替换上去。然而这究竟是个"罪名"，骨子里面还是因为他想"顶"公安局长。又正赶上政府刚下了严禁白面的命令，于是局长得了手。设若没有这道命令，或是这道命令已经下了好多时候，不但廉伯的命可以保住，而且局长为使自己的地位稳固，还得至少叫廉伯兼一个差事。不能枪毙他，就得给他差事，局长只有这么两条路。他不敢撤廉伯的差，廉伯可以帮助局长，也可以随时倒戈，他手下有人，能扰乱地面。大家所以都这么说：廉伯与局长是半斤八两，不过廉伯的运气差一点，情屈命不屈。

有不少人同情于陈家：无论怎说，他是个孝子，可惜！这个增高了陈老先生的名望。那对挽联已经脍炙人口。就连公安局长也不敢再赶尽杀绝。聚元的孙掌柜不久就放了出来，陈家的财产也没受多少损失，"经史传孙知奈何？"多么气势！局长不敢结世仇，而托人送来五百元的教育费，陈老先生没有收下。

陈家的财产既没受多少损失，亲友们慢慢地又转回来。陈老先生在国学会未曾讲完的那两讲——正心修身——在廉伯死的六七个月后，又经会中敦聘续讲。老先生瘦了许多，腰也弯了一些，可是声音还很足壮。听讲的人是很多，多数是想看看被枪毙的孝子的老父亲是什么样儿。老先生上台后，戴上大花镜，手微颤着摸出讲稿，长须已有几根白的，可是神气还十分的好看。讲着讲着，他一手扶着桌子，一手放在头上，愣了半天，好像忘记了点什么。忽然他摘下眼镜，匆忙地下了台。大家莫名其妙，全立起来。

会中的职员把他拦住。他低声地、极不安地说："我回家去看看，不放心！我的大儿子，孝子，死了。廉仲——虽然不肖——可别再跑了！他想跑，我知道！不满意我给他定下的媳妇；自由结婚，该杀！我回家看看，待一会儿再来讲：我不但能讲，还以身作则！不用拦我，我也不放心大儿媳妇。她，死了丈夫，心志昏乱；常要自杀，胡闹！她老说她害了丈夫，什么拿走两包东西咧，乱七八糟！无法，无法！几时能'买襄山县云藏市，横笛江城月满楼'呢？"说完，他弯着点腰，扯开不十分正确的方步走去。

大家都争着往外跑，先跑出去的还看见了老先生的后影，肩头上飘着些长须。

旅　行

老舍把早饭吃完了，还不知道到底吃的是什么；要不是老辛往他（老舍）脑袋上浇了半罐子凉水，也许他在饭厅里就又睡起觉来！老辛是外交家，衣裳穿得讲究，脸上刮得油汪汪的发亮，嘴里说着一半英国话，一半中国话，和音乐有同样的抑扬顿挫。外交家总是喜欢占点便宜的，老辛也是如此：吃面包的时候擦双份儿黄油，而且是不等别人动手，先擦好五块面包放在自己的碟子里。老方——是个候补科学家——的举动和老舍老辛又不同了：眼睛盯着老辛擦剩下的那一小块黄油，嘴里慢慢地嚼着一点面包皮，想着黄油的成分和制造法，设若黄油里的水分是 1.07？设若搁上 0.67 的盐？……他还没想完，老辛很轻巧地用刀尖把那块黄油又插走了。

吃完早饭，老舍主张先去睡个觉，然后再说别的。老辛老方全不赞成，逼着他去收拾东西，好赶九点四十五的火车。老舍没法儿，只好揉眼睛，把零七八碎的都放在小箱子里，而且把昨天买的三个苹果——本来是一个人一个——全偷偷地放在自己的袋子里，预备到没人的地方自家享受。

东西收拾好，会了旅馆的账，三个人跑到车站，买了票，上了车；真巧，刚上了车，车就开了。车一开，老舍手按着袋子里的苹果，又闭上眼了，老辛老方点着了烟卷儿，开始辩论：老辛本着外交家的眼光，说昨天不该住在巴兹，应该一气儿由伦敦到不离死兔，然后由不离死兔回到巴兹来；这么办，至少也省几个先令，而且叫人家看着有旅行的经验。老方呢，哼儿哈儿地支应着老辛，不错眼珠儿地看着手表，计算火车的速度。

火车到了不离死兔，两个人把老舍推醒，就手儿把老舍袋子里的苹果全掏出去。老辛拿去两个大的，把那个小的赏给老方；老方顿时站在站台上想起牛顿看苹果的故事来了。

出了车站，老辛打算先找好旅店，把东西放下，然后再去逛。老方主张先到大学里去看一位化学教授，然后再找旅馆。两个人全有充分的理由，谁也不肯让谁，老辛越说先去找旅馆好，老方越说非先去见化学教授不可。越说越说不到一块儿，越说越不贴题，结果，老辛把老方叫作"科学牛"，老方骂老辛是"外交狗"，骂完还是没办法，两个人一齐向老舍说："你说！该怎么办！？说！"

老舍打了个哈欠，揉了揉眼睛，擦了擦鼻子，有气无力地说："附近就有旅馆，拍拍脑袋算一个，找着哪个就算哪个。找着了旅馆，放下东西，老方就赶紧去看大学教授。看完大学教授赶快回来，咱们就一块儿去逛。老方没回来以前，老辛可以到街上转个圈子，我呢，来个小盹儿，你们看怎么样？"

老辛老方全笑了，老辛取消了老方的"科学牛"，老方也撤回了"外交狗"，并且一齐夸奖老舍真聪明，差不多有成"睡仙"

的希望。

一拐过火车站，老方的眼睛快（因为戴着眼镜），看见一户人家的门上挂着："有屋子出租"，他没等和别人商量，一直走上前去。他还没走到那家的门口，一位没头发没牙的老太婆从窗子缝里把鼻子伸出多远，向他说："对不起！"

老方火儿啦！还没过去问她，怎么就拒绝呀！黄脸人就这么不值钱吗！老方向来不大爱生气的，也轻易不谈国事的；被老太婆这么一气，他可真恼啦！差不多非过去打她两个嘴巴才解气！老辛笑着过来了，"老方打算省钱不行呀！人家老太婆不肯要你这黄脸鬼！还是听我的去找旅馆！"

老方没言语，看了老辛一眼，跟着老辛去找旅馆。老舍在后面随着，一步一个哈欠，恨不能躺在街上就睡！

找着了旅馆，价钱贵一点，可是收中国人就算不错。老辛放下小箱就出去了，老方雇了一辆汽车去上大学，老舍躺在屋里就睡。

老辛老方都回来了，把老舍推醒了，商议到哪里去玩。老辛打算先到海岸去，老方想先到查得去看古洞里的玉笋钟乳和别的与科学有关的东西。老舍没主意，还是一劲儿说困。

"你看，"老辛说，"先到海岸去洗个澡，然后回来逛不离死兔附近的地方，逛完吃饭，吃完一睡——"

"对！"老舍听见这个"睡"字高兴多了。

"明天再到查得去不好么？"老辛接着说，眼睛一闪一闪地看着老方。

"海岸上有什么可看的！"老方发了言，"一片沙子，一片水，一群姑娘露着腿逗弄人，还有什么？"

"古洞有什么可看，"老辛提出抗议，"一片石头，一群人在黑洞里鬼头鬼脑地乱撞！"

"洞里的石笋最小的还要四千年才能结成，你懂得什么——"

老辛没等老方说完，就插嘴："海岸上的姑娘最老的也不过二十五岁，你懂得什么——"

"古洞里可以看地层的——"

"海岸上可以吸新鲜空气——"

"古洞里可以——"

"海岸上可以——"

两个人越说越乱，谁也不听谁的，谁也听不见谁的。嚷了一阵，两个全向着老舍来了，"你说，听你的！别再耽误工夫！"

老舍一看老辛的眼睛，心里说：要是不赞成上海岸，他非把我活埋了不可！又一看老方的神气：哼，不跟着他上古洞，今儿个晚上非叫他给解剖了不可！他揉了揉眼睛说："你们所争执的不过是时间先后的问题——"

"外交家所要争的就是'先后'！"老辛说。

"时间与空间——"

老舍没等老方把时间与空间的定义说出来，赶紧说："这么着，先到外面去看一看，有到海岸去的车呢，便先上海岸；有到查得的车呢，便先到古洞去。我没一定的主张，而且去不去不要紧；你们要是分头去也好，我一个人在这里睡一觉，比什么都平安！"

"你出来就为睡觉吗？"老辛问。

"睡多了于身体有害！"老方说。

"到底怎么办？"老舍问。

"出去看有车没有吧！"老辛拿定了主意。

"是火车还是汽车？"老方问。

"不拘。"老舍回答。

三个人先到了火车站，到海岸的车刚开走了，还有两次车，可都是下午四点以后的。于是又跑到汽车站，到查得的汽车票全卖完了，有一家还有几张票，一看是三个中国人成心不卖给他们。

"怎么办？"老方问。

老辛没言语。

"回去睡觉哇！"老舍笑了。

讨　论

日本兵到了，向来不肯和仆人讲话的阔人，也改变得谦卑和蔼了许多，逃命是何等重要的事，没有仆人的帮助，这命怎能逃得成。在这种情形之下，王老爷向李福说了话："李福，厅里的汽车还叫得来吗？"王老爷是财政厅厅长，因为时局不靖，好几天没到厅里去了；可是在最后到厅的那天，把半年的薪水预支了来。

"外边的车大概不能进租界了。"李福说。

"出去总可以吧？向汽车行叫一辆好了。"王老爷急于逃命，只得牺牲了公家的自用汽车。

"铺子已然全关了门。"李福说。

"但是，"王老爷思索了半天才说，"但是，无论如何，我们得离开这日租界；等会儿，大兵到了，想走也走不开了！"

李福没作声。

王老爷又思索了会儿，有些无聊，还叹了口气，"都是太太任性，非搬到日租界来不可；假如现在还在法界住，哪用着这个急！怎办？"

"老爷，日本兵不是要占全城吗？那么，各处就都变成日租界了，搬家不是白费——"

"不会搬到北平去呀？你——"王老爷没好意思骂出来。

"打下天津，就是北平，北平又怎那么可靠呢？"李福说，样子还很规矩，可是口气有点轻慢。

王老爷张了张嘴，没说什么。待了半天，"那么，咱们等死？在这儿坐着等死？"

"谁愿意大睁白眼地等死呢？"李福微微一笑，"有主意！"

"有主意还不快说，你笑什么？你——"王老爷又压住自己的脾气。

"庚子那年，我还小呢——"

"先别又提你那个庚子！"

"厅长，别忙呀！"李福忽然用了"厅长"的称呼，好像是故意地耍笑。

"庚子那年，八国联军占了北平，我爸爸就一点也不怕，他本是义和团，听说洋兵进了城，他'啪'的一下，不干了，去给日本兵当——当——"

"当向导。"

"对，向导！带着他们各处去抢好东西！"

"亡国奴！"王老爷说。

"亡国奴不亡国奴的，我这是好意，给老爷出个小主意，就凭老爷这点学问身份，到日本衙门去投效①，准行！你瞧，我爸

_____

① 投效：自请效力。

爸不过是个粗人，还能随机应变；你这一肚儿墨水，不比我爸爸强？反正老爷在前清也做官——我跟着老爷，快三十年了，是不是？——在袁总统的时候也做官——那时候老爷的官运比现在强，我记得——现在，你还做官；这可就该这么说了：反正是做官，为什么不可以做个日本官？老爷有官做呢，李福也跟着吃碗饱饭，是不是？"

"胡说！我不能卖国！"王老爷有点发怒了。

"老爷，你要这么说呢，李福也有个办法。"

王老爷点了点头，是叫李福往下说的意思。

"老爷既不做卖国贼；要做个忠臣，就不应当在家里坐着，应当到厅里去看着那颗印。《苏武牧羊》《托兆碰碑》《宁武关》，那都是忠臣，李福全听过。老爷愿意这么办，我破出这条狗命去陪着老爷！上行下效，有这么一句话没有？唱红脸的，还是唱白脸的，总得占一面，我听老爷的！"

"太太不叫我出去！"王老爷说，"我也没工夫听你这一套废话！"

李福退了两步，低头想了会儿，"要不然，老爷，这么办：庚子那年，八国联军刚进了齐化门，日本打前敌，老爷。我爸爸一听日本兵进了城，就给全胡同的人们出了主意。他叫他们在门口高悬日本旗；一块白布，当中用胭脂涂个大红蛋，很容易。挂上以后，果然日本兵把别的胡同全抢了，就是没抢我们那条——羊尾巴胡同。现在，咱们跑是不容易了。日本兵到了呢，不杀也得抢；不如挂上顺民旗，先挡一阵！"

"别说了，别说了！你要把我气死！亡国奴！"

李福看老爷生了气，怪扫兴地要往外走。

"李福！"太太由楼上下来，她已听见了他们的讨论，"李福，去找块白布，镜盒里有胭脂。"

王老爷看了太太一眼，刚要说话，只听"咣！"一声大炮。

"李福，去找块白布，快！"王老爷喊。

狗之晨

东方既明，宇宙正在微笑，玫瑰的光吻红了东边的云。大黑在窝里伸了伸腿，似乎想起一件事，啊，也许是刚才做的那个梦；谁知道，好吧，再睡。门外有点脚步声！耳朵竖起，像雨后的两枝慈姑叶；嘴，可是，还舍不得项下那片暖、柔、有味的毛。眼睛睁开半个。听出来了，又是那个巡警，因为脚步特别笨重，闻过他的皮鞋，马粪味很大；大黑把耳朵落下去，似乎以为巡警是没有什么趣味的东西。但是，脚步到底是脚步声，还得听听；啊，走远了。算了吧，再睡。把嘴更往深里顶了顶，稍微一睁眼，只能看见自己的毛。

刚要一迷糊，哪来的一声猫叫？头马上便抬起来。在墙头上呢，一定。可是并没看到；纳闷，是那个黑白花的呢，还是那个狸子皮的？想起那狸子皮的，心中似乎不大起劲；狸子皮的抓破过大黑的鼻子；不光荣的事，少想为妙。还是那个黑白花的吧，那天不是大黑几乎把黑白花的堵在墙角么？这么一想，喉咙立刻痒了一下，向空中叫了两声。

"安顿着，大黑！"屋中老太太这么喊。

大黑翻了翻眼珠，老太太总是不许大黑咬猫！可是不敢再作声，并且向屋子那边摇了摇尾巴。什么话呢，天天那盆热气腾腾的食是谁给大黑端来？老太太！即使她的意见不对也不能得罪她，什么话呢，大黑的灵魂是在她手里拿着呢。她不准大黑叫，大黑当然不再叫。假如不服从她，而她三天不给端那热腾腾的食来？大黑不敢再往下想了。

似乎受了刺激，再也睡不着；咬咬自己的尾巴，大概是有个狗蝇，讨厌的东西！窝里似乎不易找到尾巴，出去。在院里绕着圆圈找自己的尾巴，刚咬住，"不棱"，又被（谁？）夺了走，再绕着圈捉。有趣，不觉得嗓子里哼出些音调。

"大黑！"

老太太真爱管闲事啊！好吧，夹起尾巴，到门洞去看看。坐在门洞，顺着门缝往外看，喝，四眼已经出来遛早了！四眼是老朋友：那天要不幸亏是四眼，大黑一定要输给二青的！二青那小子，处处是大黑的仇敌：抢骨头，闹恋爱，处处他和大黑过不去！假如哪天他咬住大黑的耳朵？十分感激四眼！"四眼！"热情地叫着。四眼正在墙根找到包厢似的方便所在，刚要抬腿，"大黑，快来，到大院去跑一回？"

大黑焉有不同意之理，可是，门，门还关着呢！叫几声试试，也许老头就来开门。叫了几声，没用。再试试两爪，在门上抓了一回，门纹丝没动！

眼看着四眼独自向大院跑去！大黑真急了，向墙头叫了几声，虽然明知道自己没有上墙的本领。再向门外看看，四眼已经没影了。可是门外走着个叫花子，大黑借此为题，拼命地咬起来。大黑要是有个缺点，那就是好欺侮苦人。见汽车快躲，见穷人紧追，大黑几乎由习惯中形成这么两句格言。叫花子也没影了，大黑想象着狂咬一番，不如是好像不足以表示出自己的尊严，好在想象是不费什么实力的。

大概老头快来开门了，大黑猜摸着。这么一想，赶紧跑到后院去，以免大清早晨的就挨一顿骂。果然，刚到后院，就听见老头儿去开街门。大黑心中暗笑，觉得自己的智慧足以使生命十分有趣而平安。

等到老头又回到屋中，大黑轻轻地顺着墙根溜出去。出了街门，抖了抖身上的毛，向空中闻了闻，觉得精神十分焕发。然后又伸了个懒腰，就手儿在地上磨了磨脚指甲，后腿蹬起许多的土，沙沙地打在墙上，非常得意。在门前蹲坐起来，耳朵立着，坐着比站着身量高，加上两个竖立的耳朵，觉得自己很伟大而重要。

刚这么坐好，黄子由东边来了。黄子是这条胡同里的贵族，身量大，嘴是方的，叫的声音瓮声瓮气。大黑的耳朵渐渐往下落，心里嘀咕：还是坐着不动好呢，还是向黄子摆摆尾巴好呢，还是以进为退假装怒叫两声呢？他知道黄子的厉害，同时，又要顾及自己的尊严。他微微地回了回头，呕，没关系，坐在自己家门口还有什么危险？耳朵又微微地往上立，可是其余的地方都没敢动。

黄子过来了！在离大黑不远的一个墙角闻了闻，好像并没注意大黑。大黑心中同时对自己下了两道命令："跑！""别动！"

黄子又往前凑了凑，几乎是要挨着大黑了。大黑的胸部有些颤动。可是黄子还好似没看见大黑，昂然走过去。他远了，大黑开始觉得不是味道：为什么不趁着黄子没防备好而扑过去咬他一口？十分的可耻，那样的怕黄子。大黑越想越看不起自己。为发泄心中的怒气，开始向空中瞎叫。继而一想，万一把黄子叫回来呢？登时立起来，向东走去，这样便不会和黄子走个两碰头。

大黑不像黄子那样在道路当中卷起尾巴走，而是夹着尾巴顺墙根往前溜；这样，如遇上危险，至少屁股可以拿墙做后盾，减少后方的防务。在这里就可以看出大黑并不"大"；大黑的"大"和小花的"小"，都不许十分叫真的。可是他极重视这个"大"字，特别和他主人在一块的时候，主人一喊"大"黑，他便觉得自己至少有骆驼那么大，跟谁也敢拼一拼。就是主人不在眼前的时候，他也不敢承认自己是小。因为连不敢这么承认还不肯卷起尾巴走路呢；设若根本地自认渺小，那还敢出来走走吗？"大"字是他的主心骨。"大"字使他对小哈巴狗、瘦猫、叫花子，敢张口就咬；"大"字使他有时候对大狗——像黄子之类的——也敢露一露牙，和嗓子眼里细叫几声；而且主人在跟前的时候"大"字使他甚至于敢和黄子干一仗，虽明知必败，而不得不这样牺牲。狗的世界是不和平的，大黑专仗着这个"大"字去欺软怕硬地享受生命。

大黑的长相也不漂亮，而最足自馁的是没有黄子那样的一张方嘴。狗的女性们，把吻永远白送给方嘴；大黑的小尖嘴，猛看像个子粒不足的"老鸡头"，就是把舌头伸出多长，她们连向他笑一下都觉得有失尊严。这个，大黑在自思自叹的时候，不能不归罪于他的父母。虽然老太太常说，大黑的父亲是饭庄子的那个小驴似的老黑，他十分怀疑这个说法。况且谁是他的母亲？没人知道！大黑没有可靠的家谱作证，所以连和四眼谈话的时候，也不提家事；大黑十分伤心。更不敢照镜子；地上有汪水，他都躲开。对于大黑，顾影是不能引起自怜的。那条尾巴！细，软，毛儿不多，偏偏很长，就是卷起来也不威武，况且卷着还很费事；老得夹着！

大黑到了大院。四眼并没在那里。大黑赶紧往四下看看，好在二青什么的全没在那里，心里安定了些。由走改为小跑，觉得痛快。好像二青也算不了什么，而且有和二青再打一架的必要。再和二青打的时候，顶好是咬住他一个地方，死不撒嘴，这样必能制胜。打倒了二青，再联络四眼战败黄子，大黑便可以称雄了。

远处有吠声，好几个狗一同叫呢。细听，有她的声音！她，小花！大黑向她伸过多少回舌头，摇过多少回尾巴；可是她，她连正眼瞧大黑一眼也不瞧！不是她的过错；战败二青和黄子，她自然会爱大黑的。大黑决定去看看，谁和小花一块唱恋歌呢。快跑。别，跑太快了，和黄子碰个头，可不得了；谨慎一些好。四六步地跑。

看见了：小花，喝，围着七八个，哪个也比大黑个子大，声音高！无望！不便于过去。可是四眼也在那边呢；四眼敢，大黑为何不敢？可是，四眼也个子不小哇，至少四眼的尾巴卷得有个样儿。有点恨四眼，虽然是好朋友。

大黑叫开了。虽然不敢过去，可是在远处示威总比那一天到晚闷在家里的小哈巴狗强多了。那边还有个小板凳狗，安然地在家门口坐着，连叫也不敢叫；大黑的身份增高了很多，凡事就怕比较。

那群大狗打起来了。打得真厉害，啊，四眼倒在底下了。哎呀四眼；呕，活该；到底他已闻了小花一鼻子。大黑的嫉妒把友谊完全忘了。看，四眼又起来了，扑过小花去了，大黑的心差点跳出来了，自己耗着转了个圆圈。啊，好！小花极骄慢地躲开四眼。好，小花，大黑痛快极了。

　　那群大狗打过这边来了，大黑一边看着一边退步，心里说，别叫四眼看见，假如一被看见，他求我帮忙，可就不好办了。往后退，眼睛呆看着小花，她今天特别的骄傲，好看。大黑恨自己！退得离小板凳狗不远，唉，拿个小东西杀杀气吧！闻了小板凳一下，小板凳跳起来，善意地向大黑腿部一扑，似乎是要和大黑玩耍玩耍。大黑更生气了，谁和你个小东西玩呢？牙露出来，耳朵也立起来示威。小板凳真不知趣，轻轻抓了地几下，腰儿塌着，尾巴卷着直摆。大黑知道这个小东西是不怕他，嘴张开了，预备咬小东西的脖子。正在这个当儿，大狗们跑过来了。小板凳看着他们，小嘴儿嘛着巴巴地叫起来，毫无惧意。大黑转过身来，几乎碰着黄子的哥哥，比黄子还大，鼻子上一大道白，这白鼻梁看着就可怕！大黑深恐小板凳的吠声引起他们的注意，而把大黑给围在当中。可是他们只顾追着小花，一群野马似的跑了过去，似乎谁也没有看到大黑。大黑的耻辱算是到了家，他还不如小板凳硬气呢！

　　似乎得设法叫小板凳看出大黑是和那群大狗为伍的，好吧，向前赶了两步，轻轻地叫了两声，瞭了小板凳一眼，似乎是说，你看，我也是小花的情人；你，小板凳，只配在这儿坐着。

　　风也似的，小花在前，他们在后紧随，又回来了！躲是来不及了，大黑的左右都是方嘴——都大得出奇！他们全身没有一根毛能舒坦地贴着肉皮子，全离心离骨地立起来。他的腿好像抽出了骨头，只剩下些皮和筋，而还要立着！他的尖嘴向四围纵纵着，只露出一对大牙。他的尾巴似乎要挤进肚皮里去。他的腰躬着，可是这样缩短，还掩不住两旁的筋骨。小花，好像是故意地，挤了他一下。他一点也不觉得舒服，急忙往后退。后腿碰着四眼的头。四眼并没招呼他。

一阵风似的，他们又跑远了。大黑哆嗦着把牙收回嘴中去，把腰平伸了伸，开始往家跑。后面小板凳追上来，一劲巴巴地叫。大黑回头龇了龇牙：干吗呀，你！似乎是说。

回到家中，看了看盆里，老太太还没把食端来。倒在台阶上，舔着腿上的毛。

"一边去！好狗不挡道，单在台阶上趴着！"老太太喊。

翻了翻白眼，到墙根去卧着。心中安定了，开始设想，假如方才不害怕，他们也未必把我怎样了吧！后悔，小花挤了我一下，假使趁那个机会……决定不行，决定不行！那个小板凳！焉知小板凳不是个女性呢，竟自忘了看！谁和小板凳讲交情呢！

门外有人拍门。大黑立刻精神起来，等着老太太叫大黑。

"大黑！"

大黑立刻叫起来，往下扑着叫，觉得自己十二分的重要威严。老太太去看门，大黑跟着，拼命地叫。

送信的。大黑在老太太脚前扑着往外咬。邮差安然不动。老太太踢了大黑一腿，"怎这么讨厌，一边去！"

大黑不敢再叫，随着老太太进来，依旧卧在墙根。肚中发空，眼瞟着食盆，把一切都忘了，好像大黑的生命存在与否只看那个黑盆里冒热气不冒！

记懒人

    一间小屋，墙角长着些兔儿草，床上卧着懒人。他姓什么？或者因为懒得说，连他自己也记不清了。大家只呼他为"懒人"，他也懒得否认。

    在我的经验中，他是世上第一个懒人，因此我对他很注意，能上"无双谱"的总该是有价值的。

    幸而人人有个弱点，不然我便无法与他来往；他的弱点是喜欢喝一盅。虽然他并不因爱酒而有任何行动，可是我给他送酒去，他也不坚持到底地不张开嘴。更可喜的是三杯下去，他能暂时地破戒——和我说话。我还能舍不得几瓶酒么？所以我成了他的好友。自然我需把酒杯满上，送到他的唇边，他才肯饮。为引诱他讲话，我能不殷勤些？况且过了三杯，我只需把酒瓶放在他的手下，他自己便会斟满的。

    他的话有些，假如不都是，很奇怪可喜的，而且极其天真，因为他的脑子是懒于搜集任何书籍上的与旁人制造的话的。他没有常识，因此他不讨厌。他确是个宝贝，在这可厌的社会中。

据他说，他是自幼便很懒的。他不记得他的父亲是黄脸膛还是白净无须，他三岁的时候，他的父亲死去；他懒得问妈妈关于爸爸的事。他是妈妈的儿子，因为她也是懒得很有个模样儿。旁的妇女是孕后九或十个月就生产。懒人的妈妈怀了他一年半，因为懒得生产。他的生日，没人晓得；妈妈是第一个忘记了它，他自然想不起问。

　　他的妈妈后来也死了，他不记得怎样将她埋葬。可是，他还记得妈妈的面貌。妈妈，虽在懒人的心中，也难免被想念着；懒人借着酒力叹了一口十年未曾叹过的气；泪是终于懒得落的。

　　他入过学。懒得记忆一切，可是他不能忘记许多小四方块的字，因为学校里的人，自校长至学生，没有一个不像活猴儿，终日跳动；所以他不能不去看那些小四方块，以得些安慰。最可怕的记忆便是"学生"。他想不出为何他的懒妈将他送入学校去，或者因为他入了学，她可以多心静一些？苦痛往往逼迫着人去记忆。他记得"学生"——一群推他打他挤他踢他骂他笑他的活猴子。他是一块木头，被猴子们向四边推滚。他似乎也毕过业，但是懒得去领文凭。

　　"老子的心中到底有个'无为'萦绕着，我连个针尖大的理想也没有。"他已饮了半瓶白酒，闭着眼说。

　　"人类的纷争都是出于好事好动，假如人都变成桂树或梅花，世上当怎样的芬香静美？"我故意诱他说话。

　　他似乎没有听见，或是故意懒得听别人的意见。

　　我决定了下次再来，需带白兰地；普通的白酒还不够打开他的说话机关的。

白兰地果然有效，他居然坐起来了。往常他向我致敬只是闭着眼，稍微动一动眉毛。然后，我把酒递到他的唇边，酒过三杯，他开始讲话，可是始终是躺在床上不起来。酒喝足了，在我告辞之际，他才肯指一指酒瓶，意思是叫我将它挪开；有的时候他连指指酒瓶都觉得是多事。

白兰地得着了空前的胜利，他坐起来了！我的惊异就好似看见了死人复活。我要盘问他了。

"朋友，"我的声音有点发颤，大概因为是有惊有喜，"朋友，在过去的经验中，你可曾不懒过一天或一回没有呢？"

"天下有多少事能叫人不懒一整天呢？"他的舌头有点僵硬。我心中更喜欢了，被酒激硬的舌头是最喜欢运动的。

"那么，不懒过一回没有呢？"

他没当时回答我。我看得出，他是搜寻他的记忆呢。他的脸上有点很近于笑的表示——这不过是我的猜测，我没见过他怎样笑。过了好久，他点了点头，又喝下一杯酒，慢慢地说："有过一次。许久许久以前的事了。设若我今年是四十岁——没心留意自己的岁数——那必是我二十来岁的事了。"

他又停顿住了。我非常的怕他不再往下说，可是也不敢促迫他；我等着，听得见我自己的心跳。

"你说，什么事足以使懒人不懒一次？"他猛孤丁地问了我一句。

我一时找不到相当的答案；不知道是怎么想起来的，我这么答对了他："爱情，爱情能使人不懒。"

"你是个聪明人！"他说。

我也吞了一大口白兰地，我的心几乎要跳出来。

他的眼合成一道缝，好像看着心中正在构成着的一张图画，然后向自己念道："想起来了！"

我连大气也不敢出地等着。

"一株海棠树，"他大概是形容他心里那张画，"第一次见着她，便是在海棠树下。开满了花，像蓝天下的一大团雪，围着金黄的蜜蜂。我与她便躺在树下，脸朝着海棠花，时时有小鸟踏下些花片，像些雪花，落在我们的脸上，她，那时节，也就是十几岁吧，我或者比她大一些。她是妈妈的娘家的；不晓得怎样称呼她，懒得问。我们躺了多少时候？我不记得。只记得那是最快活的一天：听着蜂声，闭着眼用脸承接着花片，花荫下见不着阳光，可是春气吹拂着全身，安适而温暖。我们俩就像埋在春光中的一对爱人，最好能永远不动，直到宇宙崩毁的时候。她是我理想中的人儿。她和妈妈相似——爱情在静里享受。别的女子们，见了花便折，见了镜子就照，使人心慌意乱。她能领略花木样的恋爱；我是讨厌蜜蜂的，终日瞎忙。可是在那一天，蜜蜂确是不错，它们的嗡嗡使我半睡半醒，半死半生；在生死之间我得到完全的恬静与快乐。这个快乐是一睁开眼便会失去的。"

他停顿了一会儿，又喝了半杯酒。他的话来得流畅轻快了，"海棠花开残，她不见了。大概是回了家，大概是。临走的那一天，我与她在海棠树下——花开已残，一树的油绿叶儿，小绿海棠果顶着些黄须——彼此看着脸上的红潮起落，不知起落了多少次。我们都懒得说话。眼睛交谈了一切。"

"她不见了，"他说得更快了，"自然懒得去打听，更提不到去找她。想她的时候，我便在海棠树下静卧一天。第二年花开的时候，她没有来，花一点也不似去年那么美了，蜂声更讨厌。"

这回他是对着瓶口灌了一气。

"又看见她了，已长成了个大姑娘。但是，但是，"他的眼似乎不得力地眨了几下，微微有点发湿，"她变了。她一来到，我便觉出她太活泼了。她的话也很多，几乎不给我留个追想旧时她怎样静美的机会了。到了晚间，她偷偷地约我在海棠树下相见。我是日落后向不轻动一步的，可是我答应了她；爱情使人能不懒了，你是个聪明人。我不该赴约，可是我去了。她在树下等着我呢。'你还是这么懒？'这是她的第一句话，我没言语。'你记得前几年，咱们在这花下？'她又问，我点了点头——出于不得已。'唉！'她叹了一口气，'假如你也能不懒了；你看我！'我没说话。'其实你也可以不懒的；假如你真是懒得到家，为什么你来见我？你可以不懒！咱们——'她没往下说，我始终没开口，她落了泪，走开。我便在海棠下睡了一夜，懒得再动。她又走了。不久听说她出嫁了。不久，听说她被丈夫给虐待死了。懒是不利于爱情的。但是，她，她因不懒而丧了一朵花似的生命！假如我听她的话改为勤谨，也许能保全了她，可也许丧掉我的命。假如她始终不改懒的习惯，也许我们到现在还是同卧在海棠花下，虽然未必是活着，可是同卧在一处便是活着，永远地活着。只有成双作对才算爱，爱不会死！"

"到如今你还想念着她？"我问。

"哼，那就是那次破了懒戒的惩罚！一次不懒，终身受罪；我还不算个最懒的人。"他又卧在床上。

我将酒瓶挪开。他又说了话："假如我死去——虽然很懒得死——请把我埋在海棠花下，不必费事买棺材。我懒得理想，可是既提起这件事，我似乎应当永远卧在海棠花下——受着永远的惩罚！"

过了些日子，我果然将他埋葬了。在上边临时种了一株海棠；有海棠树的人家没有允许我埋人的。

不远千里而来

听说榆关失守，王先生马上想结婚。在何处举行婚礼好呢？天津和北平自然不是吉地，香港又嫌太远。况且还没找到爱人。最好是先找爱人。不过这也有地方的问题在内：在哪里找呢？在兵荒马乱的地方虽然容易找到女人，可是婚姻又非"拍拍脑袋算一个"的事。还是得到歌舞升平的地方去。于是王先生便离开北平；一点也不是怕日本鬼子。

王先生买不到车票；东西两站的人就像上帝刚在站台上把他们造好似的，谁也不认识别处，只有站台和火车是圣地，大家全钉在那里。由东站走，还是由西站走，王先生倒不在乎；他始终就没有定好目的地，上哪里去都是一样，只要躲开北平就好——谁要怕日本谁是牛，不过，万一真叫王先生受点险，谁去结婚？东站也好，西站也好，反正得走。买着票也走，买不着票也走，一走便是上吉。

王先生急中生智，到了行李房，要把自己打行李票：人而当行李，自然可以不必买车票了。行李房却偏偏不收带着腿的行李！无论怎说也不行；王先生只能骂行李房的人没理性，别无办法。

有志者事竟成，王先生并不是没志的废物点心。他由正阳门坐上电车，上了西直门。在那里一打听，原来西直门的车站是平绥路的。王先生很喜欢自己长了经验，而且深信了时势造英雄的话。假如不是亲身到了西直门，他怎能知道火车是有固定的路线，而不是随意溜达着玩的？可是，北方一带全不是吉地，这条路是走不得的。这未免使他有点不痛快。上哪儿去呢？不，还不是上哪里去的问题，而是哪里有火车坐呢？还是得上东站或西站，假如火车永远不开，也便罢了；只要它开，王先生就有走开的可能。买了些水果、点心、烧酒，决定到车站去长期等车，"小子，咱老王和你闭了眼啦，非走不可！就是坐烟筒也得走！"王先生对火车发了誓。

又回到东站，因为东站看着比西站体面些；预备做新郎的人，事事总得要个体面。等了五小时，连站台的门也没挤进去！王先生虽然着急，可是头脑依然清楚，"只要等着，必有办法；况且即使在等着的时节，日本兵动了手，到底离着车站近的比较的有逃开的希望。好比说吧，枪一响，开火车的还不马上开车就跑？那么，老王你也便能跳上车去一齐跑，根本无须买票。一跑，跑到天津，开车的一直把火车开到英租界大旅社的前面；跳下来，啪！进了旅馆；喝点咖啡，擦擦脸，车又开了，一开开到南京，或是上海；"今夜晚前后厅灯光明亮——"王先生唱开了二黄。

又等了三点钟，王先生把所知道的二黄戏全唱完，还是没有挤进站台的希望。人是越来越多，把王先生拿着的苹果居然挤碎了一个。可是人越多，王先生的心里越高兴，一来是因为人多胆大，就是等到半夜去，也不至于怕鬼。二来是人多了即使掉下炸弹来，也不能只炸死他一个；大家都炸得粉碎，就是往阴曹地府走着也不寂寞。三来是后来的越多，王先生便越减少些关切；自己要是着急，那后来的当怎么着呢，还不该急死？所以他越看后方万头攒动，他越觉得没有着急的必要。可是他不愿丢失了自己已得到的优越，有人想把他挤到后面去，王先生可是毫不客气地抵抗。他的胳臂肘始终没闲着，有往前挤的，他便是一肘，肋骨上是好地方；胸口上便差一点，因为胸口上肘得过猛便有吐血的危险，王先生还不愿那么霸道，国难期间使同胞吐了血，不好意思；肋骨上是好地方；王先生的肘都运用得很正确。

车开走了一列。王先生更精神了。有一列开走，他便多一些希望；下列还不该他走吗？即使下列还不行，第三列总该轮到他了，大有希望。忍耐是美德，王先生正体行这个美德，在车站睡上三夜两夜的也不算什么。

旁边一位先生把一口痰吐在王先生的鞋上。王先生并没介意，首要的原因是四围挤得太紧，打架是无从打起，于是连骂也都不必。照准了那位先生的衣襟回敬了一口，心中倒还满意。

天是黑了。问谁，都说没有夜车。可是明天白昼的车若不连夜等下去便是前功尽弃。好在等通夜的大有人在，王先生决定省一夜的旅馆费。况且四围还有女性呢，女人可以不走，男人要是退缩，岂不被女流耻笑！王先生极勇敢地下了决心。牺牲一切，奋斗到底！他自己喊着口号。

一夜无话，因为冻了个半死。苦处不小，可是为身为国还说不上不受点苦。自然人家有势力的人，可以免受这种苦，可是命是不一样的，有坐车的就得有拉车的；都是拉车的，没有坐车的，

175

拉谁？有势力的先跑，有钱的次跑，没钱没势的不跑等死。王先生究竟还不是等死之流，就得知足。受点苦还要抱怨么？火车分头二三等，人也是如此。就是别叫日本鬼子捉住，好，捉了去叫我拉火车，可受不了！一夜虽然无话，思想照常精密；况且有瓶烧酒，脑子更受了些诗意的刺激。

第二天早晨，据旁人说，今天不一定有车。王先生拿定主意，有车无车给它个死不动窝。焉知不是诈语！王先生的精明不是诈语所能欺得过的。一动也不动；一半也是因为腿有点发麻。

绝了粮，活该卖馒头的发点财，一毛钱两个。贵也得吃，该发财的就发财，该破财的就破财，胳臂拧不过大腿去，不用固执。买馒头。卖馒头的得踩着人头才能递给他馒头，也不容易；连不买馒头的也不容易，大家不容易，彼此彼此，共赴国难。卖馒头的发注小财，等日本人再抢去，也总得算报应，可也替他想不出好办法：自己要是有馒头卖，还许一毛钱一个呢？

一直等到四点，居然平浦特别快车可以开。王先生反觉得事情不应当这么顺利；才等了一天一夜！可是既然能走了，也就不便再等。

上哪儿去呢？

上海也并不妥当，古时候不是十九路军在上海打过法国鬼子吗？虽然打得鬼子跪下央告"中国爷爷"，可是到底飞机扔开花弹，炸死了不少稻香村的伙计，人肠子和腊肠一齐飞上了天！上海要是不可靠，南京便更不要提，南京没有租界地呀！江西有共产党：躲一枪，挨一刀，那才犯不上！

前边那位买济南府，二等。好吧，就是济南府好了。济南惨案不知道闹着没有？到了再说，看事情不好再往南跑，好主意。

176

买了二等票，可是得坐三等车，国难期间，车降一等。还不对，是这么着：不买票的——自然是有势力的——坐头等。买头等的坐二等。买二等的坐三等。买三等的拿着票地上走，假如他愿意运动运动的话；如若不愿意运动呢，可以拿着车票回去住两天，过两天再另买票来。王先生非常得意，因为神差鬼使买了二等票；坐三等无论怎说是比地上走强的。

车上已经挤死了两位；谁也不敢再坐下，只要一坐下就不用想再立起来，专等着坐化。王先生根本就没想坐下。他的地方也不错，正在车当中，车一歪，靠窗的人全把头碰在车板上，而他只把头碰在人们的身上。他前后的客人也安排得恰当——老天爷安排的，当然是——前面的那位身量很小，王先生的下巴正好放在那位的头上休息一下。后面的那位身体很胖，正好给王先生作个围椅，而且极有火力。王先生要净一净鼻子，手当然没法提上来，只需把前面客人的头当炮架子，用力一激，两筒火山的岩汁就会喷出，虽喷出不很远，可是落在人家的脊背上。王先生非常的满意。

车到了天津，没有一位敢下车活动活动的，而异口同声地骂："怎么还不开车？王八日的！"天津这个地名听着都可怕，何况身临其境，而且要停一点多钟。大家都不敢下车，连站台上都不敢偷看一眼；万一站台上有个日本小鬼，和你对了眼光，不死也得大病一场！由总站开老站，由老站开总站，你看这个麻烦劲！等雷呢！大家是没见着站长，若是见着，一人一句也得把他骂死了。《大公报》来——""新小说——"真有不怕死的，还敢在这儿卖东西；早晚是叫炸弹炸个粉碎！不知死的鬼！

等了一个多世纪，车居然会开了。大家仍然连大气不敢出，直等到天津的灯光完全不见了，才开始呼吸，好像是已离开了鬼门关，下一站便是天堂。到了沧州，大家的腿已变成了木头棍，可是心中增加了喜气。王先生的二黄又开了台。天亮以前到了德州，大家决定下去买烧鸡、火烧、鸡子、开水；命已保住，还能不给它点养料？

王先生不能落后，打着交手仗①，练着美国足球，耍着大洪拳，开开一条血路，直奔烧鸡而去。王先生奔过去，别人也奔过去，卖鸡的就是再长一双手也伺候不过来。杀声震耳，慷慨激昂，不吃烧鸡，何以为人？王先生"抢"了一只，不抢便永无到手之日。抢过来便啃，哎呀，美味，德州的烧鸡，特别在天还未亮之际，真有些野意！要不怎么说，国家也不应当永远平平安安的；国家平安到哪儿去找这种野意。守站的巡警与兵们急了，因为一个卖烧饼的小儿被大家给扯碎了，买了烧饼还饶着卖烧饼小儿一只手，或一个耳朵。卖烧饼小儿未免死得惨一些，可是从另一方面说，大家的热烈足证人心未死。巡警们急了，抢开了十三节钢鞭，大打而特打，打得大家心中痛快，头上发烧，口中微笑。巡警不打人，要巡警干什么？大家不挨打，谁挨打？难道日本人来挨打？打吧，反正烧鸡不到手，誓不退缩。前进；王先生是鸡已入肚一半，不便再去冲锋，虽然只挨了一鞭，不大过瘾，可是打要大家分挨，未便一人包办，于是得胜回车。

车是上不去了。车门就有五十多位把着。出来的时候是由内而外，比较的容易。现在是由外而内，就是把前层的挤退一步，里边便更堵得结实，不亚如铜墙铁壁，焉能挤得进去，况且手内

---

① 交手仗：肉搏战。

还拿着半只烧鸡，一伸手，咣，丢了一口鸡身，未入车而鸡先失去一口，大不上算。王先生有点着急。

到底是中华的人民、黄帝的子孙，凡事有个办法。听，有人宣言："来呀，把谁从车窗塞进去？一块钱！"王先生的脑子真快，应声而出："六毛，干不干？""八角大洋，少了不干！""来吧。"连半只烧鸡带王先生全进了窗门，很有趣味，可宝贵的经验，最好是头在内而脚仍悬在外边的时节，身如春燕，矫健轻灵。最后一个鲤鱼打挺，翩然而下，头碰了个大包。八毛钱付过，王先生含笑不言，专等开车。有四十多位没能上来，虽然可以在站台上饱食烧鸡，究竟不如王先生的既食且走，一群笨蛋！

太阳出来，济南就在眼前，十分高兴。过黄河铁桥，居然看见铁桥真是铁的。一展眼①到了济南站，急忙下车，越挤越忙，以便凑个热闹，不冤不乐。挤出火车，举目观看，确是济南，白牌上有大黑字为证；仍怕不准，又细看了一番，几面白牌均题同样地名，缓步上了天桥；既然不拥挤，故需安走勿慌，直到听见收票员高喊："妈的快走！"才想起向身上各处搜找车票。

出了车站，想起婚姻大事。可是家中还有个老婆，不免先写封平安家信，然后再去寻找爱人。一路上低吟："爱人在哪里？爱人在哪里？"亦自有腔有韵。

下了旅馆，写了平安家信，吃了汤面；想起看报。北平还未被炸，心中十分失望。睡了一觉，出去寻求爱人。

---

① 展眼：极短的时间。

抓　药

日本兵又上齐化门外去打靶。照例门脸上的警察又检查来往的中国人，因为警察们也是中国人，中国人对防备奸细比防备敌人更周到而勇敢些，也许是因为事实上容易而妥当些；巡警既不是军人，又不管办外交。

牛家二头的大小棉袄的纽子都没扣着，只用蓝布搭包松松地拢住，脖子下面的肉露着一大块，饶这么着，他还走得发燥呢。一来是走得猛，二来也是心里透着急。父亲的病一定是不轻；一块多钱，这剂药！家离齐化门还有小十里子呢。齐化门就在眼前了，出了城，抄小道走，也许在太阳压山以前能把"头煎"吃下去。他脚底下更加了劲，一手提着药包，一手攥着个书卷。

门脸上挤着好多人，巡警们在四外圈着。二头顾不得看热闹，照直朝城门洞走。

"上哪去？"

城洞里嗡嗡了半天。

二头顾不得看这是对谁喊的，照直往前走；哼，门洞里为什么这样静悄悄的？

"孙子！说他妈的你哪；回来！"

二头耳中听到这个，膀子也被人捉住了。

"爸爸等着吃药呢！"他瞧明白了，扯他的是个巡警，"我又没偷谁！"

"你爷爷吃药，也得等会儿！"巡警把二头推到那群人里。

那群人全解衣扣呢；二头不必费这道手，他的扣子本来没扣着。有了工夫细看到底是怎么回事：这群人分为三等，穿绸缎的站在一处，穿布衣服而身上没黑土的另成一组，像二头那样打扮的是第三组。第一组的虽然也都解开纽扣，可是巡警只在他们身上大概地摸一摸。摸完，"走！"二头心里说："这还不离，至多也就是耽误一顿饭的工夫；出了城咱会小跑。"轮到了第二组，不那么痛快了，小衣裳有不平正的地方要摸个二次了。摸着摸着，摸到了一个四十多岁的红鼻子。红鼻子不叫摸，"把你们的头叫来！"巡长过来了，"哟！三爷！没看见您，请吧；差事，没法子；请吧！"红鼻子连笑也没笑，"长着点眼力；这是怎说的！"抹了红鼻子一把，出了城。好大半天，轮到了二头们。"脱了，乡亲们，冻不死！"巡警笑着说。"就手儿您替拿拿虱子吧，劳驾！"一个像拉车的说。"别废话，脱了过过风！"巡警扒下了一位的棉袄，抖了两三下。棉袄的主人笑了，"没包涵，就是土多点！"巡警听了这句俏皮的话，把棉袄掷在土路上，"爽性再加点分量。"

剩不到几个人了，才轮到二头；在二头以后来到的都另集在一处等着呢。

"什么？"巡警指着二头的手问。

"药。"

"那个卷，我说的是。"

"一本书，在茅厕里捡的。"

"拿来。"

巡警看了看书皮，红的；把书交给了巡长。巡长看了看书皮，红的；看了看二头。巡长翻了两页，似乎不得要领，又充分地沾了唾沫，连着翻了十来页，愣了会儿，抬头看了看城门，又看了二头一眼，"把他带进去！"一个巡警走过来。

二头本能地往后退了一步，心里知道要坏，虽然不知道为什么。

"爸爸还等着吃药呢！书是在茅厕里捡的！"

"不老老实实的可是找揍，告诉你！"巡警扯住二头的脖领儿。

"爸爸等着吃药呢！"二头急是急，可是声儿不高，嗓子仿佛是不大受使了。

"揪着他走！"巡长的脸上白了些，好像二头身上有炸弹似的。

急是没用，不走也不行，二头的泪直在眼圈里转。

进入派出所。巡警和位胖的巡官嘀咕了几句。巡官接过那本书去，看了看。

胖胖的巡官倒挺和气，"姓什么呀？""呀"字拉得很长，好似唱文明戏呢。

"牛，牛二头。"二头抽了抽鼻子。

"啊，二头。在什么村住呀？"

"十里铺。"

"啊，十里铺；齐化门外头。"巡官点点头，似乎赞叹着自己的地理知识，"进城干什么来啦？""啦"字比"呀"还长一些。

"抓药，爸爸病了！"二头的泪要落下来。

"谁的爸爸呀？说清楚点。好在我不多心。来，我问你，好好地告诉我，不许撒谎。这本书是谁给你的呀？"

"在茅厕里捡的。"

"你要是不说实话，我可就要来厉害的了！"胖巡官显得更胖了些，或者是生气的表现，"年轻轻的，不要犯牛劲；你说了实话，没你的事，我们要的是给你这本书的人，明白不明白呀？"

"我起誓，真是捡来的！书，我不要了，放我走得了！"

"那你可走不了！"胖巡官又看了看那本书，而后似乎决定了不能放走二头。

"老爷，"二头真急了，"爸爸等着吃药呢！"

"城外就没有药铺，单得进城来抓药？有事故吗！"巡官要笑又不肯笑，非常满足自己的智慧。

"大夫嘱咐上怀德堂来抓，药材道地些。老爷，我说老爷，放了我吧；那本书不要了，还不行？！"

"可就是不行！"

当天晚上，二头被押解到公安局。

创造家汝殷和批评家青燕是仇人，虽然二人没见过面。汝殷以写小说什么的挣饭吃，青燕拿批评做职业。在杂志上报纸上老是汝殷前面走，青燕后面紧跟。无论汝殷写什么，青燕老给他当头一炮——意识不正确。汝殷的作品虽并不因此少卖，可是他觉得精神的胜利到底是青燕的。他不晓得，买他的书的人，当拿出几角钱的时候，是否笑得格外的体恤，而心中说："管他的意识正确不正确，先解解闷是真的！"他不希望这是实在的情形，可是："也许有真佩服我的？"老得是个自慰的商人，当他接到一些稿费或版税的时候，他总觉得青燕在哪儿窃笑他呢，"哈，又进了点钱？那是我的批评下的漏网之鱼！你等着，我还没跟你拉倒了呢！"他似乎听见那位批评者这么说。

可巧有一回，他们俩的相片登印在一家的刊物上，紧挨着。汝殷的想象更丰富了些。相片上的青燕是个大脑袋，长头发，龙睛鱼眼，哈巴狗鼻子；往好里说，颇像苏格拉底。这位苏格拉底常常无影无声地拜访汝殷来。

自然，汝殷也有时候恶意地想到，就"青燕"这个笔名看，大概不过是个蝴蝶鸳鸯派的小卒。如今改了门路，专说"意识不正确"。不必理他。可是消极的自慰终胜不过积极的进攻，意识不正确的炮弹还是在他的头上飞。

意识怎么就正确了呢？他从青燕的批评文字中找不到答案。青燕在这里不大像苏格拉底了。苏格拉底好问，也预备着答；他会转圈儿，可也有时候把自己转在里面。青燕只会在百米终点，揪住腿慢的揍嘴巴。汝殷不得不另想主意了。他细心地读了些从前被称为"意识正确"的作品——有的已经禁止售卖了。这使他很失望，因为那些作品只是些贫血的罗曼司。他知道他自己能作比这强得很的东西。

他开始写这样的小说。发表了一两篇之后，他天天等着青燕的批评，批评来了：意识不正确！

他细细把自己的与那些所谓"正宗"的作品比较了一下，他看出来，他的言语和他们的不同，他的是国语，他们的是外国话。他的故事也与他们不一样，他表现了观察到的光与影，热诚与卑污，理想与感情；他们的只是以"血""死"，为主要修辞的

184

喜剧。

可是，他还落个意识不正确！

他要开玩笑了，专为堵青燕的嘴。他照猫画虎地，也用外国化的文字，也编些有声而不近于真实的故事，寄给一些刊物。

奇怪的是，这些篇东西不久就都退回来了；有一篇附着编辑人的很客气的信："在言论不自由的时期，红黄蓝白黑这些字中总有着会使我们见不着明天的，你这次所用的字差不多都是这类的……"

汝殷笑得连嘴都闭不上了。原来如此！文字真是会骗人的东西的。写家，读者，批评者，检查者，都是一个庙里排出来的！

他也附带地明白了，为什么青燕只放意识不正确的炮，而不说别的，原来他是"怕"。这未免太公道了。他要戏弄青燕了。他自己花钱印了一小本集子，把曾经被拒绝的东西都收在里面。他送给青燕一本，准知道由某刊物的编辑部转投，是一定可以被接到的。这样，虽然花了几个钱，心中却很高兴，"我敢印这些东西，看他敢带着拥护的意思批评不敢！"

青燕到□□杂志社编辑部去，看看有什么"话"没有。他的桌上有三封信，一个纸包。把信看完，打开了纸包，一本红皮的书——汝殷著。他笑了。他很可怜汝殷。作家多少都有些可怜——闯过了编辑部的难关，而后还得挨批评者的雷。但是批评者不能，绝对不能，因为怜悯而丢掉自家的地位。故意的不公平是难堪的事，他晓得；可是真诚的公平是更难堪的：风气，不带刺儿的不算批评文字！青燕是个连苍蝇都不肯伤害的人。但是他拿批评为业，当刽子手的多半是为吃饭呀。他都明白，可是他得装糊涂。他晓得哪个刊物不喜欢哪个作家，他批评的时候把眼盯住这一点，这使他立得更稳固一些。也可以说，他是个没有理想的人；但是把情形都明白了，他是可以被原谅的。说真的，他并不是有心和汝殷作对。他不愿和任何人作对，但批评是批评。设若他找到了比"意识不正确"更新颖的词句，他早就不用它了；他并不跟这几个字有什么好感。不过，既得不到更新鲜而有力的，那也只好将就地用着这个，有什么法儿呢。

他很想见一见汝殷，谈一谈心，也许变成好友呢。是的，即使不去见他，也应当写封信去劝劝——趁早把这本小红皮书收回去，有危险。设若真打算干一下的话，吸着烟琢磨"之乎者也"是最没用的，那该另打主意。创作与批评，无论如何也到底逃不出去"之乎者也"。彼此捧场与彼此敌视都只是费些墨水与纸张，谁也不会给历史造出一两页新的来。文学史和批评史还是自家捧自家；没有它们，图书馆不见得就显出怎么空寂。

青燕鼻子朝上哼了一声，把书卷起来，拿在手中，离开了编辑部。

走到东四牌楼南边，他要出恭。把书放在土台上，好便于撩起棉袍。他正堵住厕所的门立着，外面又来了个人。他急于让位，撩着衣服，闭着气，就往外走。

走出老远，他才想起那本书。但是不愿再回去找寻。没有书，他也能批评，好在他记住了书名与作家。

二头已经被监了两天。他莫名其妙，那本书里到底有什么呢？只记得，红皮，薄薄的；他不认识字。他恨那本小书，更关心爸爸的病，这本浪书要把爸爸的命送了！他们审他；"在茅厕里捡的。"他还是这一句。他连书是人写的，都想象不到；干什么不好，单写书？他捡了它，冬天没事还去捡粪呢，书怎么不该捡呢？

"谁给你的？"他们接二连三地问。

二头活了二十年了，就没人给过他一本书；书和二头有什么关系呢？他不能造个谣言，说，张家的二狗，或李家的黑子给他的。他不肯那样脏心眼，诬赖好人。至于名字像个名字的，只有村里的会头孟占元。只有这个名字，似乎和"黄天霸""赵子龙"，有点相似，都像书上的。可是他不能把会头扳扯上。没有会头，到四月初往妙峰山进香的时候，谁能保村里的五虎棍①不叫大槐树的给压下去呢？！但是一想起爸爸的病，他就不能再想这些个了。他恨不能立刻化股青烟，由门缝逃出去！那本书！那本书！是不是"拍花子"②的迷魂药方子呢？

又过了一天！他想，爸爸一定是死了！药没抓来，儿子也不见了，这一急也把老头子急死过去！爸爸一定是死了，二头抱着脑袋落泪，慢慢地不由自主地哭出声来。

哭了一阵，他决定告诉巡警们，书是孟占元给他的，只有这三个字听着有书气，"二狗""黑子"，就连"七十儿"，都不像拿书给人的材料。

继而一想，不能这么办，屈心！那本书"是"捡来的。况且，既在城里捡的，怎能又是孟占元送给他的呢？不对茬儿！又没了办法，又想起父亲一定是死了。家里都穿上了孝衣，只是没有二头！真叫人急死！

到了晚，又来了个人——年轻轻的，衣服很整齐，可是上着

---

① 五虎棍：一种民俗舞蹈，分两派厮打。

② 拍花子：以迷幻药物进行人身拐骗。

脚镣。二头的好奇心使他暂时忘了着急。再说，看着这个文绉绉的人，上着脚镣，还似乎不大着急，自己心中不由得也舒展了些。

后来的先说了话："什么案子，老乡亲？"

"捡了一本书，我 × 书的祖宗！"二头吐了一口恶气。

"什么书？"青年的眼珠黑了些。

"红皮的！"二头只记得这个，"我不认识字！"

"呕！"青年点了点头。

都不言语了。待了好久，二头为是透着和气，问："你，你什么——案子？"

"我写了一本书。"少年笑了笑。

"啊，你写的那本浪书，你？"二头的心中不记得一个刚会写书的人，这个人既会写书，当然便是写那本红皮书的人了。他不能决定怎么办好。他想打这个写书的几个嘴巴，可是他知道这里巡警很多；已经遭了官司，不要再祸上添祸。不打他吧，心中又不能出气。"没事儿，手闲得很痒痒，写他妈的浪书！"他瞪着那个人，咬着牙。

"那是为你们写的呢。"青年淘气地一笑。

二头真压不住火了，"揍你个狗东西！"他可是还没肯动手。他不知道为什么有点怕这个少年，或者因为他的相貌、举动、年龄、打扮，与那双脚镣太不调和。这个少年，脸上没有多少血色，可是皮肤很细润。眼睛没什么精神，而嘴上老卷着点不很得人心的笑。身上不胖，细腿腕上绊着那些铁镣子！二头猜不透他是干什么的，所以有点怕。

少年自己微笑了半天，才看了二头一眼，"你不认识字？"

二头愣了会儿，本想不回答，可是到底哼了一声。

"在哪里捡的那本书？"

"茅厕里，怎着？"

"他们问你什么来着？"

"你管——"二头把下半句咽了回去，他很疑心，可又有点怕这个青年。

"告诉我，我会给你想好主意。"青年的笑郑重了些，可是心里说："给你写的浪书，你不认识，还能不救救你吗？"

"他们问，谁给我的，我说不上来。"

"好比说，我告诉他们，那是我落在茅房里的，岂不是没了你的事？"青年的笑又有些无聊了。

"那敢情好了！"二头三天没笑过了，头一次抿了嘴，"现在咱们就去？"

"现在不行，得等到明天他们问我的时候。"

"爸爸的病！还许死了呢！"

"先告诉我，在哪儿捡的？"

"东四牌楼南边，妈的这泡尿撒的！"二头忽然感觉到一种说不出来的难过。他想不出一句合适的话来形容它，只觉得心中一阵茫然，正像那年眼看着蝗虫把谷子吃光那个情景。

"你穿着这身衣服？拿着什么？"

"这身；手里拿着个药包。"二头说到这里，又想起爸爸。

青燕回到自己的屋中，觉得非常的不安坦，他还没忘下汝殷。在屋中走了几个来回，他笑了；还是得批评。只能写一小段，因为把书丢了。批评惯了，范围自然会扩张的，比如说书的装订与封面；批评家是可以自由发表审美的意见的："假如红色的书皮可以代表故事的内容，汝殷君这次的戏法又是使人失望的。他只会用了张红纸，厚而光滑的红纸，而内容，内容，还是没有什么正确的意识！"他写了下去。没想到会凑了七八百字，而且每句，在修辞上，都有些表现权威的力量。批评也得成为文艺呀。他很满意自己笔底下已有了相当的准确——所写的老比所想的严厉，文字给他的地位保了险。他觉得很对不起汝殷，可是只好对不起了。有朝一日，他会遇到汝殷，几句话就可以解释一切的。写家设若是拿幻拟的人物开心，批评者是拿写家开心的，没办法的事！他把稿子又删改了几个字，寄了出去。

过了两天，他的稿子登出来了。又过了两天，他听到汝殷被捕的消息。

青燕一点也不顾虑那篇批评，写家被捕不见得是因为意识正确。即使这回是如此，那也没多大的关系，除了几个读小说的学生爱管这种屁事，社会上有几个人晓得有这么种人——批评家？文字事业，大体地说，还不是瞎扯一大堆？他对于汝殷倒是真动了心。他想起一点什么意义。这个意义还没有完全清楚，他只能从反面形容。那就是说，它立在意识正确或不正确的对面。真的意义不和瞎扯立在一块。正如形容一个军人，不就是当了兵。他忽然想明白了，那个意义的正面是造一两页新历史，不是写几篇文章。他以前就这样想过，现在更相信了。可是，他想营救汝殷，虽然这不在那个"意义"之中。

又过了几天，二头才和汝殷说了"再见"。

二头回到家中，爸爸已然在两天前下葬了。二头起了誓，从此再不进城去抓药！

190

生　灭

　　"梅！"文低声地叫，已想好的话忽然全乱了；眼从梅的脸上移开，向小纯微笑。

　　小纯，八个月的小胖老虎，陪着爸笑了，鼻的左右笑出好几个肉坑。

　　文低下头去；天真地笑，此时，比刀还厉害。

　　小纯失去了爸的眼，往娘的胸部一撞，仰脸看娘。娘正面向窗出神，视线远些好能支持住泪。小纯无聊地啊啊了一阵，嘴中的粉色牙床露出些来。往常在灯下，文每每将一片棉花贴在那嫩团团的下巴上，往墙上照影；梅娇唤着：小老头，小老头；小纯啊啊着，莫名其妙地笑，有时咯咯地笑出声来。今晚，娘只用手松拢着他，看着窗；绿窗帘还没有放下来。

　　小纯又作出三四种声音，信意地编成短句，要唤出大人心中的爱。娘忍不住了，低下头猛地吻了小纯的短发几下，苦痛随着泪滴在发上。"不是胃病！"本想多说，可是苦痛随着这简短的爆发又封住了心，像船尾的水开而复合。没擦自己的眼；她轻轻把小纯的头发用手掌拭干。

文觉得自己是畜类。当初，什么样的快乐没应许过她？都是欺骗，欺骗！他自己痛苦；可是她的应该大着多少倍呢？他想着婚前的景象……那时候的她……不到二年……不能再想；再想下去，他就不能承认过去的真实，而且也得不到什么安慰。他不能完全抛弃了希望。只有希望能折减罪过，虽然在过去也常这么着，而并没多大用处。"没有小纯的时候，不也常常不爱吃东西？"他笑得没有半分力量。想起在怀上小纯以前的梅，那时她的苍白是偶尔的，像初开的杜鹃，过一会儿便红上来。现在……"别太胆小了，不能是那个。"他把纯抱过来，眼瞭着梅；梅的脸，二年的工夫，仿佛是另一个人了；和纯的乳光的脸蛋比起来，她确是个母亲样子了。她照镜子的时候该怎样难过呢？"乖，跟爸爸，给唱唱。"可是他没有唱，他找不到自己的声音。只是纯的凉而柔滑的脸，给他的唇一种舒适，心中也安静了些。

梅倒在床上，脸埋在枕里。

文颠动着小纯，在屋里转，任凭小纯揪他的耳朵，抓他的头发。他的眼没离开梅：那就是梅吗？和梅同过四年的学，连最初的相遇——在注册室外——他还记得很清楚。那时候的梅像个翠鸟似的。现在床上这一个人形，难道还是她？她想什么呢？生命就是这么无可捉摸的暗淡吗？腿一软似的，他坐在床沿上。惭愧而假笑的脸贴着小纯的胖腮，"妈不哭，小纯不哭。"小纯并没有哭，只是直躲爸的脸——晚上，胡子茬又硬起来——掏出口中的手指在爸的脸上画。

梅的头微微转起点来，"和点代乳粉试试，纯，来！"她慢慢坐起来，无意地看了腹部一眼；要打嗝，没打出来。

"胃不好，奶当然不好。"文极难堪地还往宽处想。他看罐上的说明。

"就快点吧，到吃的时候了；吃了好睡！"梅起急。

这不是往常夫妻间的小冲突的那种急，文看出来：这是一种不知怎好的暴躁，是一触即发的悲急。文原谅她，这不由她；可是在原谅中他觉到一点恐怖。他忙把粉调好。

小纯把头一口咽了。梅的心平下一点去，极轻妙而严重地去取第二匙。文看着她的手，还是那么白润，可是微微浮肿着，白润得不自然。纯辨明了滋味，把第二口白汁积在口中，想主意，而后照着喷牙练习那种喷法噗了一口，白汁顺嘴角往下流，鼻上也落了几小颗白星。文的喉中噎了一下，连个"乖"也没能叫出。

"宝纯纯！"梅在慌中镇定，把对一切苦恼的注意都移到纯的身上来，她又完全是母亲了，"来，吃，吃——"自己吧嗒着嘴，又轻轻给了他一匙。

纯的胖腿踢蹬起来，虽然没哭——他向来不爱哭——可是啊啊了一串，表示绝不吃这个新东西。

"算了吧，"男人性急，"啊——"可是没什么办法。

梅叹了口气，不完全承认失败，又不肯逼迫娃娃，把怀解开，"吃吧，没养分！"

小纯像蜜蜂回巢似的奔了乳头去，万忙中找了爸一眼。爸要钻进地里去。纯吃得非常香甜，用手指拨弄着那个空闲的乳头。梅不错眼珠地看着娃娃的腮，好似没有一点思想；甘心地、毫不迟疑地，愿把自己都给了纯。可是"没养分"！她呆呆地看着那对小腮，无限的空虚。文看着妻的胸。那曾经把他迷狂了的胸，因小纯而失了魅力，现在又变成纯的毒物——没有养分！他听着哺乳的微声，温善地宣布着大人的罪恶。他觉到自己的尊严逐渐地消失。小纯的眼渐渐闭上了，完全信靠大人，必须含着乳睡去。吃净了一边，换过方向来，他又睁开眼，湿润的双唇弯起一些半睡中的娇笑。文扭过头去。梅机械地拍着小腿，纯睡去了。

多么难堪的静寂。要再不说点什么，文的心似乎要炸了。伏在梅的耳旁，他轻轻地说："明天上孟老头那里看看去；吃剂药看。"他还希望那是胃病，胃病在这当儿是必要的，救命的！

梅点点头，"吃汤药，奶可就更不好了。"她必须为小纯而慎重，她自己倒算不了什么。

"告诉老孟，说明白了，有小孩吃奶。"文的希望是无穷的，仿佛对一个中医的信心能救济一切。

一夜，夫妻都没睡好；小纯一会儿一醒，他饿。两只小手伸着时，像受了惊似的往上抬，而后闭着眼咧咧几声；听到娘的哼唧又勉强睡去；一会儿又醒。梅强打精神哼唧着，轻轻地拍着他，有时微叹一声，一种困乏隐忍悔恨爱惜等混合成的叹息。文大气不出，睁着眼看着黑暗。他什么也不敢想，可是什么都想到了，越想越迷惘。一个爱的行为，引起生死疾痛种种解不开的压迫。谁曾这么想过呢，在两年前？

春晨并没有欣喜，梅的眼底下发青，脸上灰白。文不敢细看她。他不断地打哈欠，泪在面上挂着，傻子似的。他去请假，赶回来看孩子；梅好去诊看。

小纯是豪横的，跟爸撕纸玩，揪爸的鼻子……不过，玩着玩着便啊啊起来，似微含焦急。爸会用新方法使他再笑得出了声，可是心中非常难过。他时时看那个代乳粉罐。钱是难挣的，还能不供给小纯代乳粉，假如他爱吃的话；但是他不吃。小纯瘦起来，

194

一天到晚哭哭咧咧，以至于……他不敢再想。马上就看看纯，是否已经瘦了些呢？纯的眼似乎有点陷下，双眼皮的沟儿深了些，可怜的更俊了！

钱！不愿想它；敢不想么？事事物物上印着它的价值！他每月拿六十块。他不嫌少。可是住房、穿衣、吃饭、交际、养小孩都仗着这六十块；到底是紧得出不来气，不管嫌少不嫌。为小纯，他们差不多有一年了，没做过一件衣裳，没去看一次电影或戏。为小纯，梅辞了事。梅一月需喝五块钱的牛奶。但小纯是一切；钱少，少花就是了，除了为小纯的。谁想到会做父母呢？当结婚的时候，钱是可以随便花的。两个大学毕业生还怕抓不到钱么？结婚以后，俩人都去做事，虽然薪水都不像所期望的那么高，可是有了多花，没了少花，还不是很自由的么？早上出去，晚上回来，三间小屋的家庭不过像长期的旅舍。"随便"增高了浪漫的情味。爱出去吃饭，立起就走；爱自己做便合力去做。生活像燕那样活泼，一切都被心房的跳跃给跳过去，如跳栏竞走那样。每天晚上会面是一个恋的新试验……只有他俩那些不同而混在一处的味道是固定的，在帐子上，杯沿上，手巾上，挂着，流动着。

"我们老这样！"

"我们老这样！"

老这样，谁怕钱少呢？够吃喝就好。谁要储蓄呢？两个大学毕业生还愁没有小事情做么。"我们就老这样自由，老这样相爱！"生活像没有顾虑的花朵，接受着春阳的晴暖。

慢慢地，可是，这个简单的小屋里有了个可畏的新现象，一个活的什么东西伸展它的势力，它会把这个小巢变成生命的监狱！他们怕！

怕有什么用呢，到底有了小纯。母性的尊傲担起身上的痛苦；梅的惊喜与哭泣使文不安而又希冀。为减少她的痛苦，他不叫她再去做事，给他找了个女仆。他俩都希望着，都又害怕。谁知道怎样做父母呢？最显然的是觉到钱的压迫。两个大学毕业生，已有一个不能做事的了。文不怕；梅说，只要小孩断了奶便仍旧去做事。可是他们到底是怕。没有过的经验来到，使他们减少了自信，知道一个小孩带来多少想不到的累赘呢。不由得，对这未来的生命怀疑了。谁也不肯明说设法除掉了它，可是眼前不尽光明……

文和纯有时不约而同地向窗外看；纯已懂得找娘，文是等着看梅的脸色。她那些不同的脸色与表情，他都能背得过来。假如她的脸上是这样……或那样……文的心跳上来，落下去，恐慌与希望互有胜负地在心中作战。小纯已有点发急，抓着桌子打狠儿。"爸抱上院院？"戴上白帽，上院中去，纯又笑了。

"妈来喽！"文听见砖地上的脚步声。脚步的轻快是个吉兆；果然由影壁后转过一个笑脸来。她夹着小皮包，头扬着点，又恢复了点婚前的轻俏。

文的心仿佛化在笑里了。

顾不得脱长袍，梅将小纯接过去，脸偎着脸。长袍的襟上有一大块油渍，她也不理会；一年前，杀了她也不肯穿它满街去走。

"问了孟老头儿，不是喜；老头儿笑着说的，我才不怕他！"梅的眼非常的亮，给言语增加上些力量。

"给我药方，抓几剂？"文自行恢复了人的资格。"我说不能呢；还要怎么谨慎？难道吻一下也——没的事！"从梅的皮包里掏出药方，"脉濡大，膈中结气……"一边念，一边走，没顾得戴帽子。

吃了两剂，还是不见好。小纯两太阳下的肉翅儿显然地落下去。梅还时时地恶心。

文的希望要离开他。现象坏。梅又发愣了，终日眼泪扑洒的。小纯还不承认代乳粉。白天，用稀粥与嫩鸡子对付，他也乖乖的不闹；晚间，没有奶不睡。

夜间，文把眉皱得紧紧地思前想后。现象坏！怎这么容易呢？总是自己的过错；怎能改正或削减这个过错呢；他喉中止不住微响了。梅也没睡去，她明白这个响声。她呜咽起来。

文想安慰她，可是张不开口；夜似封闭了他的七窍，要暗中把他压死。他只能乱想。自从有了小纯，金钱的毒手已经扼住他们的咽喉。该买的东西不知道有多少，意外的花费几乎时时来伸手；他们以前没想到过省钱！但是小纯是一切。他不但是爱，而且是爱的生长，爱的有形的可捉摸的香暖的活宝贝。夫妇间的亲密有第三者来分润、增加、调和、平衡、完成。爱会从小纯流溢到他或她的心间；小纯不阻隔，而能传导。夫妇间彼此该挑剔的，都因小纯而互相原谅。他们更明白了生命，生命是责任，希望，与继续。金钱压迫的苦恼被小纯的可爱给调剂着；婴儿的微笑是多少年的光明；盘算什么呢？况且梅是努力的，过了满月便把女仆辞去，她操作一切。洗、做、买，都是她。文觉得对不起她，可是她乐意这样。她必须为小纯而受苦。等他会走了，她便能再去挣钱……

但是，假如这一个将能省点心，那一个又来了呢？大的耽误了，小的也养不好怎办呢？梅一个人照顾俩，这个睡了，那个醒，六十块钱，六十块钱怎么对待梅呢？永远就这么做下母亲去？孩子长大了能不上学么？钱造成天大的黑暗！

梅呜咽着！

第二天，梅决定到医院去检查。和文商议的时候，谁也不敢看谁。梅是有胆气的，除了怕黑潮虫，她比文还勇敢——在交涉一点事、还个物价、找医生等等上，她都比文的胆壮。她决定去找西医。文笑着，把眼睛藏起去。

"可怜的纯！"二人不约而同地低声儿说。小纯在床上睡呢。为可怜的纯，另一个生命是不许见天日的。

文还得请半天假。

梅走后，小纯还没有醒。文呆立在床前看着纯的长眼毛，一根一根清楚地趴在眼皮下。他不知怎样好。看着梅上医院，可与看着她上街买菜去不同了；这分明是白天奴使、夜间蹂躏的宣言，他觉得自己没有半点人味。

小纯醒了，揉开眼，傻子似的就笑。文抱起他来，一阵刺心的难过。他无聊地瞎说，纯像打电话似的啊啊。文的心在梅身上。以前，梅只是他的梅；现在，梅是母亲。假如没了梅，只剩下他和纯？他不敢再想下去。生死苦痛、爱、杀、妻、母……没有系统地在他心上浮着，像水上的屑沫。

快到晌午，梅才回来。她眼下有些青影。不必问了，她也不说，坐在床沿上发愣。只有纯的啊啊是声音，屋中似在死的掌握里。半天，梅忽然一笑，笑得像死囚那样无可奈何的虚假："死刑！"说完，她用手挡起脸来，有泪无声地哭着，小纯奔着妈妈要奶吃。

该伤心的地方多了；眼前，梅哭的是怕什么偏有什么。这种伤心是无法止住的，它把以前的快乐一笔勾销，而暗示出将来是不可测的，前途是雾阵。怕什么偏有什么，她不能相信这是事实，可是医生又不扯谎。已经两个多月了，谁信呢？

无名的悲苦发泄了以后，她细细地盘算，必须除掉这个祸胎。她太爱纯，不能为一个未来的把纯饿坏。纯是头一个，也得是最好的。但是，应当不应当这么办呢？母性使她迟疑起来，她得和文商议。

文没有主张。梅如愿意，便那么办。但是，怕有危险呢！他愿花些钱作为赎罪的罚金，可是钱在哪里呢？他不能对梅提到钱的困难，梅并非是去享受。假如梅为眼前的省钱而延迟不决，直到新的生命降生下来，那又怎样办？哪个孩子不是用金子养起的呢？他没主意，金钱锁住那未生的生命，痛苦围困住了梅——女人。痛苦老是妇女的。

几个医院都打听了。法国医院是天主教的，绝对不管打胎。美国医院是耶稣教的，不能办这种事。私立的小医院们愿意做这种买卖，可是看着就不保险。只有亚陆医院是专门做这个的，手术费高，宿膳费高，可是有经验，有设备，而且愿意杀戮中国的胎儿。

去还是不去呢？

去还是不去呢？

生还是灭呢？在这复杂而无意义的文化里？

梅下了决心，去！

文勇敢起来，当了他的表、戒指……去！

梅住二等七号。没带铺盖，而医院并不预备被褥；文得回家取。

取来铺盖，七号已站满了小脚大娘，等梅选用。医院的护士只管陪着大夫来，和测温度；其余的事必须雇用小脚大娘，因为中国人喜欢这样。梅只好选用了一位——王大娘。

王大娘被选，登时报告一切：八号是打胎的——十五岁的小姐，七个月的肚子，前两天用了撑子，叫唤了两夜。昨天已经打下来，今天已经唱着玩了。她的野汉子是三十多岁的掌柜的。第九号是打胎的，一位女教员。她的野汉子陪着她住院；已经打完了，正商量着结婚。为什么不省下这回事呢？谁知道。第十号是打胎的，可不是位小姐（王大娘似乎不大重视太太而打胎的），而小孩也不是她丈夫的。第十一号可不是打胎的，已经住了两个多月，夫妇都害胃病，天天吃中国药，专为在这儿可以痛快地吃大烟。

她刚要报告第十二号，进来一群人：送牛奶的问订奶不订，卖报的吆喝报，三仙斋锅贴铺报告承办伙食，卖瓜子的让瓜子、香烟……王大娘代为说明："太太，这儿比市场还方便。要不怎么永远没有闲房呢，老住得满满的，贵点，真方便呢。抽大烟没人敢抄，巡警也怕东洋人不是？"

八号的小姐又唱呢，紧接着九号开了留声机，唱着《玉堂春》。文想抱起小纯，马上回家。可是梅不动。纯洁与勇敢是他的孩子与妻，因他而放在这里——这提倡蹂躏女性的地方，这凭着金钱遮掩所谓"丑德"的地方，这使异国人杀害胎儿的地方！

他想叫梅同他回家，可是他是祸首，他没有管辖她的权利。他和那些"野汉子"是同类。

王大娘问，先生也住在这里吗？好去找铺板。这里是可以住一家子的，可以随意做饭吃。

文回答不出。

"少爷可真俊！"王大娘夸奖小纯，"几个月了？"看他们无意回答，继续下去，"一共有几位少爷了？"

　　梅用无聊与厌烦挤出一点笑来，"头一个。"

　　"哟！就这一位呀！？为什么，啊，何不留着小的呢？不是一共才俩？"

　　文不由得拿起帽子来。可是小纯不许爸走，伸着小手向他啊啊。他把帽扣在头上，抱过纯来，坐在床沿上。

　　九号又换了戏片。

丁

　　海上的空气太硬，丁坐在沙上，脚趾还被小的浪花吻着，疲乏了的阿波罗——是的，有点希腊的风味，男女老幼都赤着背，可惜胸部——自己的，还有许多别人的——窄些；不完全裸体也是个缺欠"中国希腊"、窄胸喘不过气儿来的阿波罗！

　　无论如何，中国总算是有了进步。丁——中国的阿波罗——把头慢慢地放在湿软的沙上，很懒，脑子还清楚、有美、有思想。闭上眼，刚才看见的许多女神重现在脑中，有了进步！那个像高中没毕业的女学生！她妈妈也许还裹着小脚。健康美，腿！进步！小脚下海，呕，国耻！

　　背上太潮。新的浴衣贴在身上，懒得起来，还是得起，海空气会立刻把背上吹干。太阳很厉害，虽然不十分热。得买黑眼镜——中山路药房里，圆的，椭圆的，放在阿司匹林的匣子上。眼圈发干，海水里有盐，多喝两口海水，吃饭时可以不用吃咸菜；不行，喝了海水会疯的，据说，喝满了肚，啊，报上——什么地方都有《民报》；是不是一个公司的？——不是登着，

202

二十二岁的少年淹死；喝满了肚皮，危险，海绿色的死！

炮台，一片绿，看不见炮，绿得诗样的美；是的，杀人时是红的，闲着便是绿的，像口痰。捶了胸口一拳，肺太窄，是不是肺病？没的事。帆船怪好看，找个女郎，就这么都穿着浴衣，坐一只小帆船，飘，飘，飘到岛的那边去；那个岛，像蓝纸上的一个苍蝇；比拟得太脏一些！坐着小船，摸着……浪漫！不，还是上崂山，有洋式的饭店。洋式的，什么都是洋式的，中国有了进步！

一对美国水兵搂着两个妓女在海岸上跳。背后走过一个妇人，哪国的？腿有大殿的柱子那样粗。一群男孩子用土埋起一个小女孩，只剩了头，"别！别！"尖声地叫。海哗啦了几下，音乐，呕，茶舞。哼，美国水兵浮远了。跳板上正有人往下跳，远远的，先伸平了胳臂，像十字架上的耶稣；溅起水花，那里必定很深，救生船。啊，那个胖子是有道理的，脖子上套着太平圈，像条大绿蟒。青岛大概没有毒蛇？印度。一位赤脚而没穿浴衣的在水边上走，把香烟头扔在沙上，丁看了看铁篮——果皮零碎，掷入篮内。中国没进步多少！

"哈喽，丁。"从海里爬出个人鱼。

妓女拉着水兵也下了水，传染，应当禁止。

"孙！"丁露出白牙；看看两臂，很黑；黑脸白牙，体面不了；浪漫？

胖妇人下了海，居然也能浮着，力学，力学，怎么来着？呕，一入社会，把书本都忘了！过来一群学生，一个个黑得像鬼，骨头把浴衣支得净是棱角。海水浴，太阳浴，可是吃的不够，营养不足，一口海水，准死，问题！早晚两顿窝窝头，练习跑万米！

"怎着，丁？"孙的头发一缕一缕地流着水。

"来歇歇，不要太努力，空气硬，海水硬！"丁还想着身体问题；中国人应当练太极拳，真的。

走了一拨儿人，大概是一家子：四五个小孩，都提着小铁筒；四十多岁的一个妇人，改组脚，踵印在沙上特别深；两位姑娘，孙的眼睛跟着她们；一位五十多的男子，披着绣龙的浴袍。退职的军官！

岛那边起了一片黑云，炮台更绿了。

海里一起一浮，人头，太平圈，水沫，肩膀，尖尖的呼叫；黄头发的是西洋人，还看得出男女来。都动，心里都跳得快一些，不知成全了多少情侣，崂山，小船，饭店；相看好了，浑身上下，巡警查旅馆，没关系。

孙有情人。丁主张独身，说不定遇见理想的女郎也会结婚的。不，独身好，小孩子可怕。一百五，自己够了；租房子，买家具，雇老妈，生小孩，绝不够。性欲问题。解决这个问题，不必结婚。社会，封建思想，难！向哪个女的问一声也得要钻石戒指！

"孙，昨晚上你哪儿去了？"想着性欲问题。

"秉烛夜游，良有以也。"孙坐在丁旁边。退职的军官和家小已经不见了。

丁笑了，孙荒唐鬼，也挣一百五！还有情人。

不，孙不荒唐。凡事揩油；住招待所，白住；跟人家要跳舞票；白坐公众汽车，火车免票；海水浴不花钱，空气是大家的；一碗粥，二十锅贴，连小账一角五；一角五，一百五，他够花的，不荒唐，狡猾！

"丁，你的照相匣呢？"

"没带着。"

"明天用，上崂山，坐军舰去。"孙把脚埋在沙子里。

水兵上来了，臂上的刺花更蓝了一些，妓女的腿上有些灰瘢，像些苔痕。

胖妇人的脸红得像太阳，腿有许多许多肉褶，刚捆好的肘子。

又走了好几群人，太阳斜了下去，走了一只海船，拉着点白线，金红的烟筒。

"孙，你什么时候回去？还有三天的假，处长可厉害！"

"我，黄鹤一去不复返，来到青岛，住在青岛，死于青岛，三岛主义，不想回去！"

那个家伙像刘，不是。失望！他乡遇故知。刘，幼年的同学，快乐的时期，一块跑得像对儿野兔。中学，开始顾虑，专门学校，算术不及格，毕了业。一百五，独身主义，不革命，爱国，中国有进步。水灾，跳舞赈灾，孙白得两张票；同女的一块去，一定！

"李处长？"孙想起来了，"给我擦屁股，不要！告诉你，弄个阔女的，有了一切！你，我，专门学校毕业，花多少本钱？有姑娘的不给咱们给谁？咱们白要个姑娘么？你明白。中国能有希望，只要我们舒舒服服地替国家繁殖、造人。要饭的花子讲究有七八个，张公道，三十五，六子有靠；干什么？增加土匪、洋车夫。我们，我们不应当不对社会负责任，得多来儿女，舒舒服服的连丈人带夫人共值五十万，等于航空奖券的特奖！明白？"

"该走喽。"丁立起来。

"败败！估败！"孙坐着摇摇手，太阳光照亮他的指甲，"明天这儿见！估拉克！"

丁望了望，海中人已不多，剩下零散的人头，与救生船上的红旗，一块上下摆动，胖妇人，水兵，妓女，都不见了。音乐，远处有人吹着口琴。他去换衣服，噗——嘎——嘟嘟！马路上的汽车接连不断。

出来，眼角上瞭到一个顶红的嘴圈，上边一鼓一鼓地动，口香糖。过去了。腿，整个的黄脊背，高底鞋，脚踵圆亮得像个新下的鸡蛋。几个女学生唧唧地笑着，过去了。他提着湿的浴衣，顺着海滨公园走。大叶的洋梧桐摇着金黄的阳光，松把金黄的斜日吸到树干上；黄石，湿硬，看着白的浪花。

一百五。过去的渺茫，前游……海，山，岛，黄湿硬白浪的石头，白浪。美，美是一片空虚。事业，建设，中国的牌楼，洋房。跑过一条杂种的狗。中国有进步。肚中有点饿，黄花鱼，大虾，中国渔业失败，老孙是天才，国亡以后，他会白吃黄花鱼的。到哪里去吃晚饭？寂寞！水手拉着妓女，退职军官有妻子，老孙有爱人。丁只有一身湿的浴衣。皮肤黑了也是成绩。回到公事房去，必须回去，青岛不给我一百五。公事房，烟，纸，笔，闲谈，闹意见。共计一百五十元，扣所得税二元五角，支票一百四十七元五角，邮政储金二十五元零一分。把湿浴衣放在黄石上，他看着海，大自然的神秘。海阔天空，从袋中掏出漆盒，只剩了一支"小粉"包，没有洋火！海空气太硬，胸窄一点，把漆盒和看家的那支烟放回袋里。手插在腰间，望着海，山，远帆，中国的阿波罗！

……

新爱弥耳

　　虽然我的爱弥耳活到八岁零四个月十二天就死了，我并不怀疑我的教育方法有什么重大的错误；小小的疏忽或者是免不了的，可是由大体上说，我的试验是基于十分妥当的原理上。即使他的死是由于某一个小疏忽，那正是试验工作所应有的；科学的精神不怕错误，而怕不努力改正错误。设若我将来有个"新爱弥耳第二"，我相信必能完全成功，因为我已有了经验，知道避免什么和更注意什么。那么，我的爱弥耳虽不幸死去，我并不伤心；反之，我却更高兴地等待着我将来的成功。在这种培养儿童的工作上，我们用不着动什么感情。

　　可惜我很忙，不能把我的经验完全写下来；我只能粗枝大叶地写下一点，等以后有工夫再做那详细的报告。不过，我确信这一点点记录也满可以使世人永不再提起卢梭那部著作了。

　　爱弥耳生下来的时候是体重六磅半，不太大，也不太小，正合适。刚一出世，他就哭了。我马上教训了他一番：朋友！闭上你的嘴！生命就是奋斗，战争；哭便是示弱，你当然知道这个；

那么，这第一次的也就是，我命令你，第末次的毛病！他又呀呀了几声，就不再哭。从此以后直到他死，他永没再哭出声来过；我的勇敢的爱弥耳！（请原谅我的伤感！）

过了三天，我便把他从母亲怀中救出来，由我负一切的教养责任。多么有教育与本事的母亲也不可靠，既是母亲——大学教育系毕业的正如一字不识的愚妇——就有母亲的恶天性；人类的退化应归罪于全世界的母亲。每逢我看见一个少妇抱着肥胖的小孩，我就想到圣母与圣婴。即使那少妇是个社会主义者，那小娃娃将来至多也不过成个基督教社会主义者，也许成为个只有长须而不抵抗的托尔斯泰。我不能叫爱弥耳在母乳旁乞求生命，乖乖宝宝的被女人吻着玩着，像个小肥哈巴狗。我要他成为战士，有钢板硬的腮与心，永远把吻他的人的臭嘴碰得生疼。

我断了他的奶。母乳变成的血使人软如豆腐，使男人富于女性。爱弥耳既是男的，就得有男儿气。牛奶也不能吃，为是避免"牛乳教育"。代替奶的最好的东西当然是面包，所以爱弥耳在生下的第四天就开始吃面包了；他将来必定会明白什么是面包问题与为什么应为面包而战。我知道面包的养分不及母乳与牛乳的丰富，可是我一点也不可怜爱弥耳的时时喊饿；饿是革命的原动力，他必须懂得饿，然后才知道什么是反抗。每当他饿的时候，我就详细地给他讲述反抗的方法与策略；面包在我手中拿着，我说什么他都得静静地听着；到了我看见他头上已有虚汗，我才把面包给他，以免他昏过去。每逢看见面包，他的眼睛是那么发光，使我不能不满意，他的确是明白了面包的价值。当他刚学会几句简单言语的时候，他已会嚷："我要面包！"嚷得是那样动心与激烈，简直和革命首领的喊口号一个味儿了。

因为他时常饿得慌，所以免不了的就偷一些东西吃，我并不禁止他。反之，我却惩罚他，设若他偷得不得法，或是偷了东西而轻易地承认。我下毒手打他，假如他轻易承认过错。我要养成他的狡猾。每一个战士都需像一个狐狸。为正义而战的革命者都得顶狡猾，以最卑鄙的手段完成最大的工作。可惜，爱弥耳有时候把这个弄错，而只为自己的口腹对我要坏心路。可是，这实在是因为他年纪太小，还不完全明白我所讲说的。假若他能活到十五岁——不用再往多了说——我想他一定能够更伟大，绝对不会只为自己的利益而狡猾的。行为是应以所要完成的事业分善恶的，腐朽的道德观念使人成为废物，行为越好便越没出息。我的爱弥耳的行动已经有了明日之文化的基本训练，可惜他死得那么早，以至于他的行动不能完全证明出他的目的，那远大的目的。

　　爱弥耳到满了三岁的时候，不但小孩子们不喜欢跟他在一块儿玩耍，就是成人们也没有疼爱他的。这是我最得意的一点。自从他一学说话起，我就用尽了力量，教给他最正确的言语，绝不许他知道一个字而不完全了解它的意义，也绝不给他任何足以引起幻想的字。所以，他知道多少话就是知道了多少事，没有一点折扣，也没有一点虚无缥缈的地方。比如说吧，教给他说"月"，我就把月的一切都详细地告诉他：月的大小，月的年龄，它当初怎么形成的，和将来怎样碎裂……这都是些事实。与事实相反的都除外：月就是月；"月亮"，还有什么"月亮爷"，都不准入爱弥耳的耳朵。谁都知道月的光得自日，那么"月亮"就不通；"月亮爷"就越发胡闹了。我不能教我的爱弥耳把那个死静的月称作"爷"。至于月中有个大兔、什么嫦娥奔月等等的胡言谵语，更一点儿也不能叫他知道。传说和神话是野蛮时代的玩意儿；爱弥耳是预备创造明日之文化的，他必得说人话。是的，我也给他说故事，但不是嫦娥奔月那一类的。我给他说秦始皇、汉武帝、亚历山大、拿破仑等人的事，而尽我所能地把这些所谓的"英雄"形容成非常平凡的人，而且不必是平凡的好人。爱弥耳在三岁时就明白拿破仑的得志只是仗着一些机会。他不但因此而正确地明白了历史，他的地理知识也足以惊人。在我给他讲史事的时候，随时指给他各国的地图。我们也有时候讲说植物或昆虫，可是绝没有青蛙娶亲、以荷叶作轿那种惑乱人心的胡扯。我们讲到青蛙，就马上捉来一只，细细地解剖开，由我来说明青蛙的构造。这样，不但他正确地明白了青蛙，而且因用小刀剖开它，也就减除了那些虚伪的爱物心。将来的人是不许有伤感的。就是对于爱弥耳自己身上的一切，我也是这样照实地给他说明。在他五岁的时候，他已有了不少的性的知识。他知道他是母亲生的，不是由树上落下来的。他晓得他的生殖器是做什么用的，正如他明白他的嘴是干什么的。五岁的爱弥耳，我敢说，实在比普通的十八九岁的大孩子还多知多懂。

可是，正因为他知道的多，知道的正确，人们可就不大喜爱他了。自然，这不是他的过错。小孩子们不能跟他玩耍，因为他明白，而他们糊涂。比如一群男女小孩在那儿"点果子名"玩，他便也不待约请而蹲在他们之中，可是及至首领叫："我的石榴轻轻慢慢地过来打三下。"他——假若他是被派为石榴——一动也不动，让大家干着急。"人不能是石榴，石榴是植物！"是他的反抗。大家当然只好叫他请出了。啊！理智的胜利，与哲人的苦难！中古世纪的愚人们常常把哲人烧死，称之为"魔术师""拍花子的"等等。我的爱弥耳也逃不了这个灾厄呀！那些孩子所说的所玩的以"假装"为中心，假装你是姑娘，假装你是小兔，爱弥耳根本不敢假装，因为怕我责罚他。我并不反对艺术，爱弥耳设若能成个文学家，我绝不会阻止他。不过，我可不能任着他成个说梦话的、一天到晚闹幻想的文学家。想象是文学因素之一，这已是前几世纪的话了。人类的进步就是对实事的认识增多了的意思；而文学始终没能在这个责任上有什么帮助。爱弥耳能成个文学家与否，我还不晓得，不过假若他能成的话，他必须不再信任想象。在我的教育程序中，从一开头儿我就不准他想象。一就是一，二就是二，假若爱弥耳把一当作二，我宁可杀了他！是的，他失掉了小朋友们，有时候显着寂苦，但这有什么关系呢，"朋友"根本是布尔乔亚的一个名词，那么爱弥耳自幼没朋友就正好。

小孩们不愿意和他玩，他们的父母也讨厌他。这是当然的，因为设若爱弥耳的世界一旦来到，这群只会教儿女们"假装"这个、"假装"那个的废物们都该一律灭绝。他们不许他们的儿女跟爱弥耳玩，因为爱弥耳太没规矩。第一样使他们以为他没规矩的就是他永远不称呼他们"大叔""二婶"，而直接地叫"秃子的妈"，或"李顺的爸"；遇上没儿没女的中年人，他便叫"李二的妻"，或"李二"。这不是最正确的么？然而他们不爱听。他们教给孩子们见人就叫"大爷"，仿佛人们都没有姓名似的。他们只懂得教子女去谄媚、去服从——称呼人家为"叔"为"伯"就是得听叔伯的话的意思。爱弥耳是个"人"，他无须听从别人的话。他不是奴隶。没规矩，活该！第二样惹他们不喜欢而叫他"野孩子"的，是因为他的爽直。在我的教导监护下，而爱弥耳要是会谦恭与客气，那不是证明我的教育完全没用么？他的爽直是因为他心里充实。我敢说，他的心智与爱好在许多的地方上比成人还高明。凡是一切假的、骗人的东西，他都不能欣赏。比如变戏法、练武卖艺的一般他看见，他当时就会说，这都是假的。即使卖艺的拿着真刀真枪，他也能知道他们只是瞎比画，而不真杀真砍。他自生下来至死，没有过一件玩物：娃娃是假的，小刀枪假的，小汽车假的；我不给他假东西。他要玩，我教他用锤子砸石头，或是拿簸箕搬煤，在游戏中老与实物相接触，在玩耍中老有实在的用处。况且他也没有什么工夫去玩耍，因为我时时在教导他，训练他；我不许他知道小孩子是应该玩耍的，我告诉他工作劳动是最高的责任。因此，他不能不常得罪人。看见邻居王大的老婆脸上擦着粉，马上他会告诉她，那是白粉呀，脸原来不白呀。看见王二的女儿戴着纸花，他同样地指出来，你的花不香呀，纸做的，哼！他有成人们的知识，而没有成人们的客气，所以他的话像个故意讨人厌的老头子。这自然是必不可免的，而且也是我所希望的。我真爱他小大人似的皱皱着鼻子，把成人们顶得一愣一愣的。人们骂他"出窝老"①，哪里知道这正是我的骄傲啊。

因为所得的知识不同，所以感情也就不同。感情是知识的汁液，仿佛是。爱弥耳的知识既然那么正确实在，他自自然然的不会有虚浮的感情。他爱一切有用的东西，有用的东西，对于他，也就是美的。一般人的美的观念几乎全是人云亦云，所以谁也说

---

① 出窝老：刚出窝会飞的鸟儿就变得老成了，比喻年纪虽小却思想守旧的人。

不出到底美是什么，好像美就等于虚幻。爱弥耳就不然了，他看得出自行车的美，而绝不假装疯魔地说："这晚霞多么好看呀！"可是，他又因此而常常得罪人了，因为他不肯随着人们说：这玫瑰美呀，或这位小姐面似桃花呀。他晓得桃子好吃，不管桃花美不美；至于面似桃花，还是面似蒲公英，就更没大关系了。

对于美是如此，在别的感情上他也自然与众不同。他简直的不大会笑。我以为人类最没出息的地方便是嬉皮笑脸的笑，而大家偏偏爱给孩子们说笑话听，以至养成孩子们爱听笑话的恶习惯。算算看吧，有媚笑，有冷笑，有无聊的笑，有自傲的笑，有假笑，有狂笑，有敷衍的笑；可是，谁能说清楚了什么是真笑？大概根本就没有所谓"真笑"这么一回事吧？那么，为什么人们还要笑呢？笑的文艺，笑的故事，只是无聊，只是把郑重的事与该哭的事变成轻微稀松，好去敷衍。假若人类要想不再退化，第一要停止笑。所以我不准爱弥耳笑，也永不给他说任何招笑的故事。笑是最贱的麻醉，会郑重思想的人应当永远咬着牙，不应以笑张开嘴。爱弥耳不会笑，而且看别人笑非常的讨厌。他既不哭，也不笑，他才真是铁石做的人、未来的人、永远不会错用感情的人，别人爱他与否有什么要紧，爱弥耳是爱弥耳就完了。

到了他六岁的时候，我开始给他抽象的名词了，如正义，如革命，如斗争等等。这些自然较比的难懂一些，可是教育本是一种渐进的习染，自幼儿听惯了什么，就会在将来明白过来，我把这些重要深刻的思想先吹送到他的心里，占据住他的心，久后必定会慢慢发芽，像把种子埋在土里一样，不管种子的皮壳是多么硬，日子多了就会裂开。我给他解说完了某一名词，就设法使他应用在日常言语中，并不怕他用错了。即使他把"吃饭"叫作"革命"，也好，因为他至少是会说了这么两个字。即使他极不逻辑地把一些抽象名词和事实连在一处，也好，因为这只是思想还未成熟，可是在另一方面足以见出他的勇敢的精神。好比说，他因厌恶邻家的二秃子而喊"打倒二秃子就是救世界"，好的。纵使二秃子的价值没有这么高，可是爱弥耳到底有打倒他的勇气，与救世界的精神。说真的，在革命的行为与思想上，精神实在胜于逻辑。我真喜欢听爱弥耳的说话，才六七岁他就会四个字一句地说一大片悦耳的话，精炼整齐如同标语，爱弥耳说："我们革命，打倒打倒，牺牲到底，走狗们呀，流血如河，淹死你们……"有了他以前由言语得来的正确知识，加上这自六岁起培养成的正确意识，我敢说这是个绝大的成功。这是一种把孩子的肉全剥掉，血全吸出来，而给他根本改造的办法。他不会哭笑，像机器一样的等待做他所应做的事。只有这样，我以为，才能造就出一个将来的战士。这样的战士应当自幼儿便把快乐牺牲净尽，把人性连根儿拔去。除了这样，打算由教育而改善人类才真是做梦。

在他八岁那年，我开始给他讲政治原理。他很爱听，而且记住了许多政治学的名词。可惜，不久他就病了。可是我绝没想到他会一病不起。以前他也害过病，我总是一方面给他药吃，一方面继续叫他工作。小孩子是娇惯不得的，有点小病就马上将就他，放纵他，他会吃惯了甜头而动不动地就装病玩。我不上这个当。病了也要工作，他自然晓得装着玩是没好处的。这回他的病确是不轻，我停止了他的工作，可是还用历史与革命理论代替故事给他解闷，药也吃了不少。谁知道他就这么死了呢！到现在想起来，我大概是疏忽了他的牙齿。他的牙还没都换完，容或在槽牙那边儿有了什么大毛病，而我只顾了给他药吃，忘了细细检查他的牙。不然的话，我想无论如何他也不会死，所以当他呼吸停止了的时候，我简直不能相信那能是真事！我的爱弥耳！

我没工夫细说他的一切；想到他的死，我也不愿再说了！我一点不怀疑我的教育原理与方法，不过我到底不能完全控制住自己的感情，我的弱点！可是爱弥耳那孩子也是太可爱了！这点伤心可不就是灰心，我到底因爱弥耳而得了许多经验，我应当高高兴兴地继续我的研究与试验；我确信我能在第二个爱弥耳身上完成我的伟大计划。

兄妹从军

诗曰：

王家少妇不知愁，夫婿出征雪国羞。

更有银娥奇女子，雄心壮胆美名留。

话说山东济南市，本是省会之区，繁华地带。水秀山明，人烟稠密，真乃北方要镇，商业中心。说不尽十里弦歌，万家灯火，好不热闹风光。这且不言，单表东关碧云街，住有一户人家。坐西朝东，黑漆大门，门框上朱牌黑字，画着三槐堂王。院里整整齐齐的三合房，有些鱼鸟花木。屋里俱都几净窗明，显出小康之家的气派。王老夫妇俱已年过六十，慈眉善目。王老者年壮之时，本任外省营商，殷勤老实，独力成家，手中落下三五万钱财，回家养老。老伴刘氏，心地慈祥，笃信菩萨，斋僧布道，吃素烧香。老夫妇生有一儿一女，儿名金树，女唤银娥，正是：

金树银娥兄妹好，国恩家庆子孙贤！

　　金树比妹妹大了三岁，生得齿白唇红，方面大耳，确是福相。他性喜读书，不愿营商做贾，老夫妇爱子心切，也就不便勉强，叫他在中学毕业。在学之时，他用功甚勤，也好踢球练队，真是文武双全。妹子银娥，看哥哥读书明礼，也愿去入学。金树自然乐意，就央求父母，准妹妹也去读书。银娥长得胖胖实实，很有人缘，入学读书，更是聪明；要用彩纸剪个花朵，或用色笔画个虫鸟，不亚似真的一般。金树在中学毕业之后，本想到上海或北平去考大学，怎奈双亲坚持不可，他不肯看老父老母伤心落泪，再也不提离家入学之事。心中暗想，等老人百年之后，再入大学也还不迟；且先在家勤苦自修，以免荒疏了功课。这时候，亲戚朋友见王家家道小康，金树又长得体面，就都争着来给他提亲。老夫妇正盼抱个孙儿，自是极为愿意。一来二去，便说定北关的路家二小姐，名唤秀兰的。这路秀兰在家读过诗书，杏眼蛾眉，白润的一张圆脸儿，真是一朵花似的姑娘。并且她脾性最好，对人温和有礼，向不闹脾气，耍小性。婚事已定，两家都忙着预备；成婚之日，两家都高搭彩棚，喜气盈门，锣鼓喧天，好不热闹。新妇下地，与金树立在一处，真乃珠联璧合，女貌郎才，把个王老夫人笑得泪也落下来了。过了些日，小夫妇摸着了彼此性情，倍加恩爱。金树仍旧读书不懈，秀兰操持家务之外，做些活计，灯下更陪伴着小姑银娥习字温功课。秀兰诗文甚好，帮助小姑作作文章；银娥会做手工，教给嫂嫂织打编物，一家甚是和美快活。

　　这且不提。单说中华民国有个仇敌，就是那东洋小日本。这日本，国小地贫，人们都诡巧精细。当初，他们事事学摹中国；现在，又处处仿效西洋。这样的猴子文明，事事处处空有皮毛，骨子里却不成气候。果然，他们仗着些聪明，工商发达起来，又练起强大海陆空军，自以为可称强为霸，目空一切。那些军人更是蛮强霸道，以为他们的军队所向无敌，可以横行全世。他们本是岛国的人民，气度自然窄小，看我中国地大物博，就起了并吞的恶意；若是能征服了中国，他们便有了棉织和各样东西；我国的东西，他们拿去制造，然后再把制好的东西卖给我们，赚去金钱。这样，他们便有钱，我们便穷困，他们是主，我们是奴，我们就永无翻身之日了。为要做到这一步，日本在五六十年来，处处与我为仇作对，而且教给人民一套假话，说什么中国人连猪狗也不如，白占着那么大那么好的地方；说什么中国人必须叫日本管着，才会老老实实，要不然就终日不消停，乱七八糟。大凡有心吞灭邻国的，就必定先叫国民看不起邻国的人，以邻国的人为禽兽，才能养起狂大骄傲之心，好去欺侮邻国。日本用的也是这条恶计。日本既这样地轻看中国人，当然有机会便来找咱们的毛病，无恶不作地来欺负咱们。到了最近，日本军人觉得狼心狗肺耍坏手段，还嫌不痛快，不如明火打劫，硬来抢夺，倒更快当干脆。所以六年前日本就硬占了东三省，紧跟着又拿去热河。到大中华民国二十六年七月七日，日本又在卢沟桥借演操为名，想一鼓而下，攻取华北，正是：

心毒意狠无人道，弱肉强食动野蛮！

卢沟桥变乱一起，我们全国同胞都知道日本军人狼子野心，得寸进尺，非协力同心迎杀上前不可，若再服软退让，必至国破家亡，万世为奴。这才展开了各路血战，上下一心，奔去抵抗。我同胞英勇的作战，有进无退，气震山河，真乃可歌可泣，叫世上之人都伸大指夸赞。这些故事，说也说不完，说书的只好单表金树银娥这一段美事，别的暂且不提。

话表金树平日关心国事，每想上阵杀敌，为男儿出气。一听到北边日本鬼子造反，念完报便紧皱眉头。王老者见爱子郁郁不乐，以为是和媳妇吵了嘴，就婉言相劝。金树把河北之事说了一番，老人方才明白，嘱咐金树不必着急，战事不久就会完结。老人还当作这又是内战，三两个月就会平定，故发此言。金树微露一点心意，要去为国尽忠。老人却着了急，申斥了儿子一番。老人道："国家大事，不是我们所能管。你若前去投军，媳妇虽过门快及一年，还未怀孕，你不幸死在外边，岂不断了王氏香烟？真乃不孝！况且你娇生惯养，没受过苦处，断难受营盘的管束和辛苦。有福不享，愿去受罪，岂非自寻苦恼？真乃不智。"金树听罢，不肯辩驳，只说对父商量，原无必去之心。老人这才转怒为喜，不再生气。此事被王老太太知道，赶紧到佛堂烧香祷告，一愿天下太平，二愿儿女孝顺，三愿媳妇早生娃娃。她连连磕头，许下誓愿，若是菩萨有灵，能遂三愿，她将到泰山进香，初一十五叫全家食素！金树看见老母烧香许愿，心中暗笑，又是难过，一言未发，依然闷闷不快。

这一晚，金树秀兰与妹妹银娥在一处商议。金树道："我国人民久受日本欺负，而今又无故进兵，夺我华北，我们青年岂可坐视。日本地薄人少，不堪久战，今日动兵前来，必是威吓欺诈，我若迎战，他必失败；我若惧怕求和，他将唾手而得华北。我们必须人人奋勇，个个当先，保卫江山，打退日本，方是正理。适才父亲责我不孝，我不敢多言，但为国尽忠，即难尽孝，与你二人商议个万全之策。"银娥闻言，看看嫂子，心实不忍，便答道："哥哥一片热心，无奈嫂嫂年轻，也恐难于割舍？"秀兰听了，微笑说道："妹妹哪里知道，爱国之心男女同样，你兄若去从军，我情愿在家服侍二老，绝无怨言！"这话激动了银娥，立起身来言道："嫂子如此贤明，为妹的也不甘落后，嫂子在家伺候双亲，我愿与哥哥一同前去，即使我不能效那木兰从军，也当去做看护，服侍伤兵，或做些别的事情，胜似在家虚耗光阴！"金树听了妻妹之言，心中着实欢喜，暗自思想：今日中国已非昔年腐败的样子，看这俩女子倒也这般深明大义。全国之中，这样的女子必还有很多，男女一齐舍身报国，哪怕那小小的日本强盗？幸而我有投军之意，设若贪生怕死，在家安乐，岂不被女流耻笑，辜负了堂堂七尺之躯？想到这里，不由得头上出了些热汗，便说道："只是我们怎样对父母言讲？"银娥低声道："我们无法叫双亲心回意转，只好偷偷逃走。好在家中有嫂嫂操持家务，料无失闪。我俩为国即难顾家，国亡家也难保，倒是偷跑的为是。"金树再三思索，心中甚是为难。父母年高，若知道了儿女同逃，必至忧思成病。再说，秀兰年轻，倘若贼兵到来，谁去保护于她？可是翻过来一想，真要是敌人来到，一家性命恐都难保，自己在家不过白吃一刀，哪如上到前线，杀一个够本，杀两个便赚一个？况且，男儿大丈夫本当为国舍命，不能专做孝子贤孙，老死在家中。这样想罢，便对秀兰说："我心已决，必去杀敌，只是苦了贤妻。我若死在战场，你回娘家，或是改嫁，全凭于你，不必为我守节受苦！"秀兰闻言，含泪答道："那都是后话，暂可不提。眼前该做的事是你应当走，我应当在家侍奉公婆。万一不幸贼兵来到，我当照应二老逃走；若逃走不及，贼兵一有歹意，我就拼上一死，以表我爱你之心！"这一番话，说得金树银娥俱都落下了泪。银娥拭泪开言，叫声哥哥："事不宜迟，你我今晚就走。等到明日，你我神色失常，恐被父母看破，反为不美。"金树点头称是。

三人稍为收拾了一下，金树只带几件小衣，银娥装备了一只小竹箱，都不拿铺盖与笨重之物，随身各带上一点钱。收拾已毕，彼此相对无言，难以割舍。金树紧握秀兰的手，泪在眼眶中乱转。随后，三人同到院中，静悄悄一无人声，二无犬吠。老人屋中已无灯光，想已安寝。银娥低声唤了声妈妈，抹泪一同轻轻走出去。秀兰看他兄妹走远，才闭好街门，回到屋中。正是：

夫妻恩爱难相舍，兄妹英明雪国仇！

按下秀兰不表，单说王家兄妹。二人随走随谈，应到哪方而去？因不知何处招兵，哪里要人，只好向火车站走去，若有兵车，金树想便上去，开到哪里去也是好的；既把生死置之度外，还需挑选地方呢？他们知道车站上已有伤兵救护处，到了那里，银娥或者就可以加入救护队去工作。谈到此处，二人高高兴兴奔车站而行。到了车站，银娥在前，金树在后，闯了进去。正赶上由北下来一列车，满载着伤兵。那些伤兵着实可敬可怜，有的手折，有的腿破，满身血渍，还都穿着单衣。可是大家都安安静静，口无怨言，真乃视死如归的硬汉子。救护处就设在候车室，屋中穿白衣的医生与护士看伤兵已到，便忙碌起来。金树兄妹一看众位战士行动艰难，便慌忙把东西交与一个脚夫看着，赶过去搀扶他们。先下来的原是些轻伤的，还能扶持而行。那些重伤的都卧在车中，不能转动，有的身受数伤，不省人事；有的疼痛难忍，破口大骂日本小鬼。见此光景，金树就去把个伤兵搀起，负在背上。虽然此兵身体高大，甚是沉重，可是金树并不觉得压得慌。他只觉得一阵心酸，不由得落下泪来。把这人放到屋中，擦了把汗，又折回车上，背负第二个。银娥看哥哥这样往返，她也想试一试，找了一个身量矮小的兵负起来。那兵本闭目似睡，忽然睁眼见一女郎背着他，他不由得放声大哭起来。这一哭，惊动了大家，连那些医生也都向银娥点头称赞。车站上救护人员本不甚多，有他兄妹这样帮忙，大家就拼命往下抬受伤的弟兄，很快地都抬下来，一一经医生裹伤上药。金树银娥都汗透衣衫，在一旁站立，看着疗治。伤兵们的血与衣都粘在一处，揭开创痕，十分疼痛，可是都咬牙不语，真是英雄气概。金树十分感动，急忙跑出去，买了几十包香烟，分与众弟兄。众弟兄吸着香烟，脸上放出笑容。有一位弟兄因赤背上阵，受伤后仍未穿衣，金树就把自己的衣服脱下，给他穿上。大家本不相识，如今俱都亲手足一般。这一批受伤弟兄都上过药，时已半夜。银娥看医生空闲下来，便凑上前去，说她愿意当看护。医生知道她勇敢可靠，怎奈她丝毫不晓救护手术，倒很为难。金树便替她说道："她颇有聪明，又愿学习，学过几日，必能动手帮忙。"医生又道："初步救护，本不甚难。不过这救护队也许被调往前线，甚是危险，她可敢去？"银娥自己开言："为救护我们的战士，虽赴汤蹈火，义不容辞！"医生们又商议了几句，便答应了她随队练习。她喜出望外，满脸笑容。金树托付了医生们几句，便向妹妹说道："你如一时不离开此地，千万不要回家，恐老母不许你再出来。我在此等候北上的兵车，看有无找到事情的机会。若今夜不能走开，即到车站附近泰和客栈安身。明日你来客栈打听，我若未到客栈去，你就知道我已走了。"说至此处，眼看与胞妹分离，而且不晓得能否再相见面，口虽不言，心中却刀割一般的难过。银娥也觉出此意，低头含泪。此时，医生们说已到换班的时候，银娥便提起竹箱，随他们往外走。金树恐怕妹妹哭了出来，不敢相送。

银娥走后，车站果真来了一列北上的兵车，不出金树所料。大军所过，鸡犬不惊。军令森严，兵士们都安坐车中，连往外探头的也没有，更不要说下车乱走了。每一车门，立着一个持枪的武士，头戴钢盔，威风凛凛。金树一见，心中暗想：这可怎么能上车去呢？假若他走近车前，左窥右望，这黑夜之间，岂不被当作奸细，那还了得！他又不知车停多久，万一马上开走，岂不失去一个机会。左思右想，进退两难，甚是焦急。事不宜迟，他大着胆儿走上前去，是福是祸，全不去管他。刚走到一个武士跟前，那武士就端起枪来，大喝道："什么人？"金树答道："我是投军的，烦劳通禀一声！"那武士又喝道："此非投军之所，想是奸细！"金树尚未及答辩，早已被背后两个巡警捉住。金树不敢挣脱，即向车上武士大呼："我是投军的，请报与长官知道！"这时节惊动了车上一位营长，姓李，双名卫国，表字汉兴。此公乃泰安人氏，虎背熊腰，智勇双全。他借着灯光，望车下观看，急忙出来，喝住巡警，金树用目细看，大声呼道："莫非是李老师吗？"李营长愣住，金树忙说："我是王金树，在中学一年级时，老师教我们兵操，难道老师就忘了？"李营长笑道："原来是金树，分别五年，你也长大成人，我实在不敢认了！"即将金树让到车上，问他为何这等模样？金树把兄妹逃出家来之事，详细说了一番；李营长赞叹不止，即问道："你欲从军，怎奈不懂打仗方法？"金树答以在学之时，受过军训，只要再练练打靶，即能上阵。李营长说："营中无有缺额，如何是好？"金树说："一到前线，必有伤亡，那时再补上缺额，定求老师带弟子前去！"李营长见金树这般坚决，又看他身体魁梧，便答应了他。金树心中十分欢喜，即随车北上；正是：

忠心赤胆人人敬，铁血侠肠个个强！

有话即长，无话即短，却说一月之后，金树即补了一名士兵，在北线沧州一带与敌人恶战。那日本暴敌的炮火日夜地雨点一般打过来，可是我军英勇，毫不惧怕，等到敌人冲锋之时，才将手榴弹抛出，而后抡起大刀，如削瓜砍菜一般，只杀得暴敌人头滚滚，血水成河。有一日，金树正在水沟中爬伏，肚中甚是饥饿，就伸手去摘沟上的红枣，哪知刚一伸手，敌人的机关枪就如同疯了一样，一阵把枣树打光，连个叶儿都没剩。金树藏起头来，动也不敢一动，只盼敌人冲杀上来，好打交手仗。一连爬了三天三夜，腿在水中，泡得白肿起来。后面虽有时送些干粮来，可是总吃不饱，饥渴劳碌，就是铁打的人儿也得叫苦。金树与众弟兄依然口无怨言，忠心地守住阵地，只盼快快下令，叫他们去厮杀，杀个痛快！金树在夜间放哨之时，夜静星阔，清风阵阵，不由得想念父母妻妹，可是一想到自己的守土卫国的责任，便又抱紧了枪，一心盼望夜攻，把敌人杀个落花流水。盼来盼去，心中已恨不能把路旁一棵秋草打上几枪，也略解解气，总攻的命令才被盼下来了。金树此时，不知是喜好，还是哭好，心中痛快得要喊叫，又怪不好意思；嘴中发干，又是想喝水；两眼亮得如星，一闪一闪的要冒出火来，他想不到什么危险，也不惦念什么人，心中一股热气把他全身烧热，只想见着那横行霸道的日本兵，一枪一个，结果了他们的性命，保住我们的江山。敌人的炮响起来，空中飕飕的叫，像鬼打哨一般；后边轰炸开，咚咚的乱响，一闪闪的发着火光；安静的黑夜忽然如疯如狂，乱响乱闪，真是天翻地覆，鬼哭神号。金树安心地等着前进的战令，心要从口中跳了出来，这才是英雄好汉敢来的地方，才是大丈夫显显本事的时候！一声前进，他像猛虎一般跳了出去，眼前有些黑影乱动，想是敌兵，杀上前去！好一场恶战，怎见得，有诗为证：

大炮连天震地来，人如涌潮挟风雷，
刀光血影三更后，枪火杀声八面开！
倭贼骄狂原怕死，我军义愤不空回，
敌头砍下腰中挂，得胜还营饮一杯！

　　却说金树的枪弹业已用尽，就插上刺刀，一声狂吼，杀奔前去，千军万马，如入无人之境。正杀得高兴，忽然脚下一软，踩在一人身上，低头查看，乃是同队的孙占元受伤倒在此处。他便将枪跨在背上，将孙占元抱起来，急往回走。那孙占元也是一条好汉，只知有国，不知有身，高呼道："且放下我，你先去杀敌！"金树不依，仍往前跑，想把同伴放在安全之处，再拨回头来厮杀，哪知道，正在疾走，左肘忽然一麻，心说不好，我也中伤了！他咬定牙根，仍然紧抱孙占元不放手，又走了半里之遥，血流过多，倒在地上。

　　昏昏迷迷，遍身发烧，一夜口渴如烈火加柴；金树睁开眼，已在营中。正想要些水喝，忽然进来一兵，穿着军装，可是长得很像妹妹银娥。又不敢乱叫，深怕自己是昏迷了心，把勤务兵当作了妹妹。及至临近一看，谁说不是银娥。金树忘了疼痛，叫了声"银妹"。银娥不敢向病人多说话，就先给哥哥洗伤上药。原来她在救护队学了些本事，因看本队没有开往前方的消息，便加入了战地服务团，来到北线，随营服务。前线炮火厉害，她毫不惊慌，连死尸也敢去抬，营中战士都十分敬爱于她。她并不知哥哥也在此处，还是那场恶战之后，去到战场救护，才见哥哥与孙占元倒卧在一处，就抬了回来，由她自己看护，全营传为美谈。

　　后来，因金树肘骨已碎，需到后方医院调治。他便辞别了妹妹，乘车南下。路过济南，下车回家，劝告父母把家产捐给国家，买了公债。而后留下一些度日之费，搬到南方，约定在长沙相会。父母照计而行，一家南迁。可是金树到了泰安，便有医生给他施了手术，割下左臂。养好之后，左臂虽失，右臂尚能做事，便又自告奋勇，回营效力。李营长此时已升为团长，便命金树做了秘书，并给假一月，到长沙省亲。省亲回来，李团长已把银娥调来，升为服务团团长，带领二十名女兵，操作一切。兄妹相逢，恍如隔世，枪林弹雨，出死入生，终得相会，一同为国效力。这一家，真做到了有钱的出钱，有力的出力，忠勇可泣，美名千载；正是：

　　　死里求生保国土，仁中有勇立奇功，
　　　中华男女真豪杰，建造和平在亚东。

敌与友

不要说张村与李村的狗不能见面而无伤亡，就是张村与李村的猫，据说，都绝对不能同在一条房脊上走来走去。张村与李村的人们，用不着说，当然比他们的猫狗会有更多的成见与仇怨。

两村中间隔着一条小河，与一带潮湿发臭、连草也长不成样子的地。两村的儿童到河里洗澡，或到苇叶里捉小鸟，必须经过这带恶泥滩。在大雨后，这是危险的事：有时候，泥洼会像吸铁石似的把小孩子的腿吸住，一直到把全身吸了下去，才算完成了一件很美满的事似的。但是，两村儿童的更大的危险倒是隔着河，来的砖头。泥滩并不永远险恶，砖头却永远活跃而无情。况且，在砖头战以后，必然跟着一场交手战；两村的儿童在这种时候是绝不能后退的；打死或受伤都是光荣的；后退，退到家中，便没有什么再得到饭吃的希望。他们的父母不养活不敢过河去拼命的儿女。

大概自有史以来，张村与李村之间就没有过和平，那条河或者可以作证。就是那条河都被两村人闹得忘了自己是什么：假若张村的人高兴管它叫作"小明河"，李村的人便马上呼它为"大黑口"，甚至于"黑水湖"。为表示抵抗，两村人是不惜牺牲了真理的。张村的太阳若是东边出来，那就一定可以断定李村的朝阳是在西边。

在最太平的年月，张村与李村也没法不稍微露出一点和平的气象，而少打几场架；不过这太勉强，太不自然，所以及至打起来的时候，死伤的人就特别的多。打架次数少，而一打便多死人，这两村才能在太平年月维持在斗争的精神与世仇的延续。在兵荒马乱的年代，那就用不着说，两村的人自会把小河的两岸做成时代的象征。假若张村去打土匪，李村就会兜后路，把张村的英雄打得落花流水。张村自然也会照样地回敬。毒辣无情的报复，使两村的人感到兴奋与狂悦。在最没办法与机会的时候，两村的老太婆们会烧香祷告：愿菩萨给河那边天花瘟疫或干脆叫那边地震。

死伤与官司——永远打不完的官司——叫张李两村衰落贫困。那条小河因壅塞而越来越浑浊窄小，两村也随着越来越破烂或越衰败。可是两村的人，只要能敷衍着饿不死，就依然彼此找毛病。两村对赛年会，对台唱谢神戏，赛放花炮，丧事对放焰口，喜事比赛酒席……这些豪放争气，而比赛不过就以武力相见的事，都已成为过去的了。现在，两村除了打群架时还有些生气，在停战的期间连狗都懒得叫一叫。瓦屋变为土房，草棚变为一块灰土，从河岸上往左右看，只是破烂灰暗的那么两片，上面有几条细弱的炊烟。

穷困逼着他们不能老在家里做英雄，打架并不给他们带来饭食，饿急了，他们想到职业与出路，很自然地，两村的青年便去当兵；豁得出命去就有饭吃，而豁命是他们自幼习惯了的事。入了军队，积下哪怕是二十来块钱呢，他们便回到家来，好像私斗是更光荣的事，而生命唯一的使命是向河对岸的村子攻击。在军队中得到的训练只能使两村的战争更激烈惨酷。

两村的村长是最激烈的，不然也就没法做村长。张村村长的二儿子——张荣——已在军队生活过了三年，还没回来过一次。这很使张村长伤心，怨他的儿子只顾吃饷，而忘了攻击李村的神圣责任。其实呢，张荣倒未必忘记这种天职，而是因为自己做了大排长，不愿前功尽弃地随便请长假。村长慢慢地也就在无可如何之中想出主意，时常对村众声明："二小子不久就会回来的。可是即使一时回不来，我们到底也还压着李村一头。张荣，我的二小子，是大排长。李村里出去那么多坏蛋，可有一个当排长的？我真愿意李村的坏蛋们都在张荣，我的二小子，手下当差，每天不打不打也得打他们每人二十军棍！二十军棍！"不久这套话便被全村的人记熟，"打他二十"渐渐成为挑战时的口号，连小孩往河那边扔砖头的时候都知道喊一声："打他二十。"

李村的确没有一个做排长的。一般地来说，这并无可耻。可是，为针对着张村村长的宣言而设想，全村的人便坐卧不安了，最难过的自然是村长。为这个，李村村长打发自己的小儿子李全去投军，"小子，你去当兵！长志气，限你半年，就得升了排长！再往上升，一直升到营长！听明白了没有？"

李全入了伍，与其说是为当兵，还不如说为去候补排长。可是半年过去了，又等了半年，排长的资格始终没有往他身上落。他没脸回家。这事早被张村听了去，于是"打他二十"的口号随时刮到河这边来，使李村的人没法不加紧备战。

真正的战争来到了，两村的人一点也不感到关切，打日本与他们有什么关系呢。说真的，要不是几个学生来讲演过两次，他们就连中日战争这回事也不晓得。由学生口中，他们知道了这个战事，和日本军人如何残暴。他们很恨日本鬼子，也不怕去为打日本鬼子而丧了命。可是，这得有个先决的问题：张村的民意以为在打日本鬼子以前，需先灭了李村；李村的民意以为需先杀尽了张村的仇敌，而后再去抗日。他们双方都问过那些学生，是否可以这么办。学生们告诉他们应当联合起来去打日本。他们不能明白这是什么意思，只能以学生不了解两村的历史而没有把砖头砍在学生们的头上。他们对打日本这个问题也就不再考虑什么。

战事越来越近了，两村还没感到什么不安。他们只盼望日本打到，而把对岸的村子打平。假若日本人能替他们消灭了世仇的邻村，他们想，虽然他们未必就去帮助日本人，可也不必拦阻日军的进行，或给日军以什么不方便，不幸而日本人来打他们自己的村子呢，那就是另一回事了。但是他们直觉地以为日本人必不能不这办，而先遭殃的必定是邻村，除了这些希冀与思索，他们没有什么一点准备。

逃难的男女穿着村渡过河去，两村的人知道了一些战事的实况，也就深恨残暴的日本。可是，一想到邻村，他们便又痛快了一些：哼！那边的人准得遭殃，无疑的！至于邻村遭殃，他们自己又怎能平安地过去，他们故意地加以忽略。反正他们的仇人必会先完，那就无须去想别的了，这是他们的逻辑。好一些日子，他们没再开打，因为准知道日本不久就会替他们消灭仇人，何必自己去动手呢。

两村的村长都拿出最高的智慧，想怎样招待日本兵。这并非是说他们愿意做汉奸，或是怕死。他们很恨日本。不过，为使邻村受苦，他们不能不敷衍日本鬼子，告诉鬼子先去打河那边。等仇人灭净，他们再翻脸打日本人，也还不迟。这样的智慧使两位年高有德的村长都派出侦探，打听日本鬼子到了何处，和由哪条道路前进，以便把他们迎进村来，好按着他们的愿望开枪——向河岸那边开枪。

世界上确是有奇事的。侦探回来报告张村长：张荣回来了，还离村有五里多地。可是，可是，他挽着李全，走得很慢！侦探准知道村长要说什么，所以赶紧补充上：我并没发昏，我揉了几次眼睛，千真万确是他们两个！

李村长也得到同样的报告。

既然是奇事，就不是通常的办法所能解决的。两村长最初想到的是把两个认敌为友的坏蛋，一齐打死。可是这太不上算。据张村长想，错过必在李全身上，怎能把张荣的命饶在里面？在李村长的心中，事实必定恰好调一个过儿，自然不能无缘无故杀了自己的小儿子。怎么办呢？假如允许他俩在村头分手，各自回家，自然是个办法。可是两村的人该怎么想呢？呕，村长的儿子可以随便，那么以后谁还肯去作战呢？再一说，万一李全进了张村，或张荣进了李村，又当怎办？太难办了！这两个家伙是破坏了最可宝贵的传统，设若马上没有适当的处置，或者不久两村的人还可以联婚呢！两村长的智慧简直一点也没有用了！

第二次报告来到：他们俩坐在了张村外的大杨树下面。两村长的心中像刀剜着一样。那株杨树是神圣的，在树的五十步以内谁也不准打架用武。在因收庄稼而暂停战争的时候，杨树上总会悬起一面破白旗的。现在他俩在杨树下，谁也没法子惩治他俩。

两村长不能到那里去认逆子，即使他俩饿死在那里。

第三次报告：李全躺在树下，似乎是昏迷不醒了；张荣还坐着，脸上身上都是血。

英雄的心是铁的，可是铁也有发热的时候。两村长撑不住了，对大家声明要去看看那俩坏蛋是怎回事，绝对不是去认儿子，他们情愿没有这样的儿子。

他们不愿走到杨树底下去，那不英雄。手里也不拿武器，村长不能失了身份。他们也不召集村人来保护他们，虽然明知只身前去是危险的。两个老头子不约而同来到杨树附近，谁也没有看谁，以免污了眼睛，对不起祖先。

可是，村人跟来不少，全带着家伙。村长不怕危险，大家可不能大意。再说，不来看看这种奇事，死了也冤枉。

张村长看二儿子满身是血，并没心软，流血是英雄们的事。他倒急于要听二小子说些什么。

张荣看见父亲，想立起来，可是挣扎了几下，依然坐下去。他是个高个子，虽然是坐着，也还一眼便看得出来。脑袋七棱八瓣的，眉眼都像随便在块石头上刻成的，在难看之中显出威严硬棒。这大汉不晓得怎好的叫了一声"爹"，而后迟疑了一会儿用同样的声音叫了声"李大叔"！

李村长没答声，可是往前走了两步，大概要去看看昏倒在地的李全。张村长的胡子嘴动了动，眼里冒出火来，他觉得这声"李大叔"极刺耳。

张荣看着父亲，毫不羞愧地说："李全救了我的命，我又救了他的命。日本鬼子就在后边呢，我可不知道他们到这里来，还是往南渡过马家桥去。我把李全拖了回来，他的性命也许……反正我愿把他交到家里来。在他昏过去以前，他嘱咐我：咱们两村子得把仇恨解开，现在我们两村子的、全省的、全国的仇人是日本。在前线，他和我成了顶好的朋友。我们还有许多朋友，从广东来的，四川来的，陕西来的……都是朋友。凡是打日本人的就是朋友。咱们两村要还闹下去，我指着这将死去的李全说，便不能再算中国的人。日本鬼子要是来到，张村李村要完全完，要存全存。爹！李大叔！你们说句话吧！咱们彼此那点仇，一句话就可以了结。为私仇而不去打日本，咱们的祖坟就都保不住了！我已受了三处伤，可是我只求大家给我洗一洗，裹一裹，就马上找军队去。设若不为拖回李全，我是绝不会回来的。你们二位老人要是还不肯放下仇恨，我也就不必回营了。我在前面打日本，你们家里自己打自己，有什么用呢？我这儿还有个手枪，我会打死自己！"

二位村长低下了头去。

李全动了动。李村长跑了过去。李全睁开了眼，看明是父亲，他的嘴唇张了几张，"我完了！你们，去打吧！打，日本！"

张村长也跑了过来，豆大的泪珠落在李全的脸上。而后拍了拍李村长的肩，"咱们是朋友了！"

小青不玩娃娃了

　　小青是六岁的小姑娘，近来把什么玩意儿都收起来了。为什么呢？因为她另有了事情做，就不再玩娃娃与小车了。她看妈妈天天忙着给伤兵医院折纱布，揉棉球；问明了那是为伤兵用的，也问明了伤兵是因为打小日本才受了伤的，她就央告妈妈也许她折纱布，揉棉球。

　　洗干净了手，小青就按着妈妈折成的布，和揉成的球，去折去揉。她很细心，布折得很齐，球揉得很匀，拿到医院去，大家都夸小青是好孩子。

　　别家的小孩来找她玩耍，她不愿去。她就对大众说："我们的兵去打小日本——日本不是欺负我们么？受了伤，有的打破了耳朵，有的身上流出好多血，多么疼呢？我们必得去救他们，因为他们是爱国的好兵啊！你们看，这些纱布，必得折好，好给伤兵裹伤；那些棉花，必须团好，好给伤兵止血。他们的伤裹好，血不流，不是就不疼了么？妈妈说：'伤兵好了以后，还再去打小日本。'你们看，他们多么有志气，我们还能贪玩，不帮帮忙么？"

大家听了，就争着说："让我们也来做！"

小青说："你们要做，赶快回家，跟妈妈要钱去买纱布和棉花。伤兵很多，这点儿哪够用？总得各家的妈妈都出钱买布买棉花，各家的小孩都好好地折布团棉花，才能够用咧！"

大家说："对呀！快走！跟妈妈要钱去！"

小青还不放心，又嘱咐了他们一句："做的时候千万把手洗干净呀！"

这样，小青和别家的小孩就都不再玩娃娃，而做出了很多很有用的事。说真的，玩娃娃也是玩，做事也是玩，为何不玩这种有益处的事儿呢？

小朋友们，你们都该学学小青，做点有用处的事。小时候这样，长大起来必是个爱国的国民呀。

小白鼠

小白鼠有八个兄弟姐妹。他是最小的一个，也是最好看的一个。他的兄弟姐妹都是灰色，只有他独是雪白的。雪白的毛儿，长长的尾巴，长得非常的好看。他自己也晓得他是非常的好看，所以他很骄傲。

他常常这样地说："看我这一身雪白的毛儿，圆圆的眼睛！若是我的尾巴稍为再短一点，我简直便和白兔一样的美了！自然，我的聪明是永远比白兔高出得很多，不管我的尾巴是长，还是短！"

小白鼠的妈妈，很不放心她这个最小最好看，也最骄傲的儿子。妈妈总是爱小儿子的，因为他最小啊。

鼠妈妈知道附近来了一只大黄猫，就极恳切地嘱咐她的八个儿女说："你们，我的宝贝们，千万要小心哪！那只黄猫能一口咬住你们两个，因为他是一只又大又凶又饿的黄猫呀！"说罢，她特别地对小白鼠又说了一遍，恐怕他骄傲不小心，最容易招出祸来。

可是，小白鼠不信妈妈的话。他对自己说："像我这样的好看，猫会伤害我吗？不会的！绝不会的！"这样，他便放大了胆，虽然听见猫的声音，他也仍旧东跑西跑，一点不留心。

有一天，小白鼠面对面地碰到大黄猫。一看，黄猫的眼睛是那么大，那么圆，那么亮，那么凶，他有点发慌。可是，他沉了沉气，心里说："不管黄猫怎么厉害，他会看得出我是多么好看，也就不会欺侮我的！"这样说完，他就笑了，对黄猫说："猫先生，你看我好看不好看？若是我的尾巴短一点，我岂不和白兔一样美了么？"

说完，小白鼠以为大黄猫必定很客气地和他谈一谈，从此他们俩变成好朋友。哪知道大黄猫一声没出，忽然把大爪子伸出来，捉住小白鼠的颈项，就一口咬住咽喉。可怜的小白鼠，痛得眼睛都弩了出来，怎么挣扎也逃不出他的嘴。

大黄猫几口便把小白鼠吃净，连那条美丽的尾巴也没有剩下，吃完，他舔了舔爪子，对自己说："这真是一只好看的小白鼠！可是美丽不但保护不了他自己，也叫我吃得不痛快呀，他是多么小，多么瘦啊！"

民主世界

一

我们这里所说的"世界",事实上不过是小小的一个乡镇,在战前,镇上也不过只有几十户人家;它的"领空",连乌鸦都不喜轻易地飞过,因为这里的人少,地上也自然没有多余的弃物可供乌鸦们享用的。

可是从抗战的第二年起,直到现在,这小镇子天天扩大,好像面发了酵似的一劲儿往外膨胀,它的邮政代办所已改了邮局,它的小土地祠已变为中学校,它的担担面与抄手摊子已改为锅勺乱响的饭馆儿,它有了新的街道与新的篾片涂泥的洋楼。它的老树上已有了栖鸦。它的住户已多数地不再头缠白布、赤脚穿草鞋,而换上了呢帽与皮鞋,因为新来的住户给它带来香港与上海的文化。在新住户里,有的是大公司的经理,有的是立法院或监察院的委员,有的是职业虽不大正常,倒也颇发财,冬夏常青地

238

老穿着洋服郎当的。

我们就把这镇子，叫作"金光镇"吧。它的位置，是在重庆郊外。不过把它放在成都、乐山，或合川附近，也无所不可。我们无须为它去详查地图和古书，因为它既不是军事要地，也没有什么秦砖汉瓦和任何古迹的。它的趣味，似乎在于"新"而不在于"旧"。若提到"旧"，那座小土地祠，或者是唯一的古迹，而它不是已经改为中学校，连神龛的左右与背后，都贴上壁报了么？

因此，我们似乎应当更注意它的人事。至于它到底是离重庆有二十或五十里地，是在江北岸还是南岸，倒没多大关系了。

好，让我们慢慢地摆龙门阵似的，谈谈它的人事吧。说到人事，我们首要地注意到这里的人们的民主精神。将来的世界，据说，是民主的世界。那么，金光镇上的人们，既是良好的公民，又躲藏在这里参与了民主与法西斯的战斗，而且是世界和平的柱石，我们自然没法子不细看看他们的民主精神了。

我们想起什么，就说什么，次序的先后是毫不重要的；在民主世界里，不是人人事事一律平等的么？

让我们先说水仙馆的一个小故事吧。

水仙馆是抗战第四年才成立的一个机关。这是个学术研究，而又兼有实验实用的机关。设有正副馆长，和四科，每科各有科长一人，科员若干人；此外还有许多干事、书记，与工友。四科是总务科、人事科、研究科，与推广科。总务科与人事科的事务用不着多说，因为每个机关，都有这么两科。研究科是专研究怎样使四川野产的一包一茎的水仙花，变成像福建产的大包多茎的水仙花，并且搜集中外书籍中有关于水仙的记载，作一部水仙大辞典。这一科的科员、干事、书记与工友比别科多着两三倍，因为工作繁重紧要。这一科里的科员，乃至于干事，都是学者。他们的工作目的是双重的。第一，是为研究而研究；研究水仙花正如同研究苹果、小麦与天上的彗星；研究是为发扬真理，而真理无所不在。第二，是为改良水仙花种，可以推销到各省，甚至于国外去，以便富国裕民。假若他们在水仙包里，能发现一种维他命，或者它就可以和洋芋与百合，异曲同工，而增多了农产。

研究的结果，由推广科去宣传、推销，并与全世界的水仙专家，交换贤种。

水仙馆自成立到现在，还没有找到一颗水仙。馆长是蒙古人，没看见过水仙，而研究员们所找到的标本，一经签呈上去，便被馆长批驳："其形如蒜，定非水仙，应再加意搜集鉴别。"

副馆长呢，是山东人，虽然认识水仙，可是"其形如蒜"一语，伤了他的心。山东人喜欢吃蒜，所以他以为研究与蒜相似的东西，是有意讽刺他。因此，他不常到馆里来，而只把平价米领到家中去，偷偷地在挑拣稗子的时候，吃几瓣大蒜。

馆里既然连一件标本还没有，大家的工作自然是在一天签两次到，和月间领薪领米之外，只好闲着。在闲得腻烦了的时候，大家就开一次会议；会议完了，大家都感到兴奋与疲乏，而且觉得平价米确实缺乏着维他命的。

不过，无论怎么说吧，这个机关，比起金光镇的其他机关，总算是最富于民主精神的，因为第一，这里有许多学者，而学者总是拥护自由与平等的，第二，馆长与副馆长，在这三四年来，只在发脾气的时候，用手杖打过工友们的脑壳，而没有打过科长科员，这点精神是很可佩服的。

在最近的两次会议上，大家的民主精神，表现得特别的明显。第一次会议，由研究科的科长提议："以后工友对职员需改呼'老爷'以别尊卑，而正名位。"提案刚一提出，就博得出席人员全体的热烈拥护。大家鼓掌，并且做了一分钟的欢呼。议案通过。

第二次会议，由馆长提议，大门外增设警卫。他的理由充足，说明议案的辞藻也极漂亮而得体，"诸位小官们，本大官在这金光镇上已住了好几年，论身份、官级、学问，本大官并不比任何人低；可是，看吧，警察分队长、宪兵分队长、检查站站长，出恭入敬的时候，都有人向他们敬礼，敬礼是这样的，两个鞋后跟用力相碰，身子笔直，双目注视，把右手放在眉毛旁边。（这是一种学问，深恐大家不晓得，所以本大官稍加说明。）就是保长甲长，出门的时候，也有随从。本大官，"馆长声音提高，十分动感情地说，"本大官为了争取本馆的体面，不能不添设馆警；有了馆警，本大官出入的时候，就也有鞋后跟相碰、手遮眉毛的声势。本大官十二万分再加十二万分的相信，这是必要的，必要的，必要的！"馆长的头上出了汗；坐下，用手绢不住地擦脑门。

照例，馆长发言以后，别人都要沉默几分钟。水仙馆的（金光镇的也如此）民主精神是大官发表意见，小官们只能低头不语。

副馆长慢慢地立起来，"馆长，请问，馆警是专给馆长一个人行礼呢，还是给大家都行礼呢？"

副馆长这一质问，使大家不由得抬起头来，他既是山东人，敢说话，又和本镇上宪兵队长是同乡，所以理直气壮，连馆长都惧怕他三分。

"这个……"馆长想了一会儿，"这好办！本馆长出入大门警察需碰两次鞋跟，遮两次眉毛。副馆长出入呢，就只碰一次，遮一次，以便有个区别。"

副馆长没再说什么，相当的满意这个办法。

大家又低头无语。

"这一案作为通过！"馆长发了命令。

大家依然低头不语，议案通过。

这可惹起来一场风波。散会后，研究科的学者们由科长引衔全体辞职。他们都是学者，当着馆长的面，谁也不肯发言，可是他们又决定不肯牺牲了享受敬礼的尊严，所以一律辞职。他们也晓得假若辞职真照准的话，他们会再递悔过书的。

馆长相当的能干，把这件事处理得很得法。他挽留大家。而给科长记了一过。同时，他撤销了添设门警的决议案，而命令馆长室的工友："每天在我没来到的时候，你要在大门外等着；我一下滑竿，你要敬礼，而后高声喊：馆长老爷到！等到我要出去的时节，你必须先跑出大门去，我一出门，你要敬礼，高声喊：馆长老爷去！看情形，假若门外有不少的过路的人，你就多喊一两声！"

工友连连地点头称是，"可是，馆长老爷，我的事情不就太多了吗？"

"那，我叫总务科多派一个工友帮助你就是了！"

这样，一场小小的风波，就平静无事了。在其中充分地表现了民主精神，还外带着有点人道主义似的。

二

在我们的这个民主世界——金光镇——里，要算裴委员最富于民主精神。他是中央委员、监察委员，还是立法委员，没人说得清。我们只知道他是委员，而且见面必须高声地叫他"裘委员"；我们晓得，有好几个无知的人曾经吃过他的耳光，因为他们没高声地喊"委员"。

裘委员很有学问。据说，他曾到过英美各民主国家考察过政治；现在，他每逢赶场（金光镇每逢一四七有"场"），买些地瓜与红苕之类的东西，还时时地对乡下人说一两个英文字，使他们莫名其妙。

不过，口中时时往外跳洋字，还是小焉者也。裘委员的真学问却是在于懂得法律与法治。"没有法治的精神，中国是不会强起来的！"这句话，差不多老挂在他的嘴边上。

他处处讲"法"。他的屋中，除了盆子罐子而外，都是法律书籍，堆得顶着了天花板。那些满印着第几条第几款，使别人看了就头疼的书，在裘委员的眼中就仿佛比剑侠小说还更有趣味。他不单读那些"天书"，而且永远力求体行。他的立身处世没有一个地方不合于法的。他家中人口很少，有一位太太一位姨太太两个儿子。他的太太很胖。大概因为偏重了肌肉的发展，所以她没有头发。裘委员命令她戴上假头发——在西洋，法官都需头罩发网的，他说。按法律上说，他不该娶姨太太。于是他就自己制定了几条法律，用恭楷写好，贴在墙上，以便给她个合法的地位。他的两位少爷都非常的顽皮，不好管教。裘委员的学问使他应付裕如，毫无困难。他引用了大清律，只要孩子们斜看他一眼，就捆打二十。这样，孩子们就越来越淘气，而且到处用粉笔写出"打倒委员爸爸"的口号。为这个，裘委员预备下一套夹棍，常常念道："看大刑伺候！"向儿子们示威。

裘委员这点知法爱法的精神博得了全镇人士的钦佩。有想娶姨太太的，必先请他吃酒，而把他自己制定的姨太太法照抄一份，贴在门外，以便取得法律的根据。有的人家的孩子们太淘气，也必到委员家中领取大清律，或者甚至借用他的那套夹棍，给孩子们一些威胁。

这样，裘委员成为全镇上最得人缘的人。假若有人不买他的账，他会引用几条律法，把那个家伙送到狱中去的。他的法律知识与护法的热诚使他成了没有薪俸的法官。他的法律条款与宪书上的节气（按：系指历书上的二十四节而言），成为金光镇中必不可少的东西。

虽然裘委员的威风如此之大，可是在抗战中他也受了不少委屈。看吧！裘委员的饭是平价米煮的，而饭菜之中就每每七八天见不着一根肉丝。鸡蛋已算是奢侈品，只有他自己每天早晨吃两个，其余的人就只能看看蛋皮，咽口唾沫而已。说到穿呢，无冬无夏的，他总穿着那套灰布中山装；假若没有胸前那块证章，十之八九他会被看作机关上的工友的。这，他以为，都是因为我们缺乏完善的法律。假若法律上定好，委员需凭证章每月领五只鸡，五十斤猪肉，三匹川绸，几双皮鞋，他一定不会给国家丢这份脸面的。

特别使他感到难过的是住处。我们已经说过：金光镇原本是个很小的镇子，在抗战中忽然涨大起来的。镇上的房子太不够用。依着裘委员的心意，不管国家怎样的穷，不管前线的士兵有无草鞋穿，也应当拨出一笔巨款，为委员们建筑些相当体面的小洋房，并且不取租钱。可是，政府并没这么办，他只好和别人一样的租房子住了。

凭他的势力与关系，他才在一个大杂院里找到了两间竹篾为墙、茅草盖顶、冬寒夏热、有雨必漏、遇风则摇的房屋。不平则鸣，以堂堂的委员而住这样的猪圈差不多的陋室，裘委员搬来之后就狂吼了三天。把怒气吼净，他开始布置房中的一切。他叫大家都挤住一间，好把另外的一间作为客厅和书房。他是委员，必须会客，所以必须有客厅。然后，他在客室门外，悬起一面小木牌，写好"值日官某某"。值日官便是他的两位太太与两位少爷。他们轮流当值，接收信件，和传达消息。遇有客人来访，他必躲到卧室里去，等值日官拿进名片，他才高声地说"传"，或"请"；再等客人进了客室，他才由卧室很有风度地出来会客。这叫作"体统"，而体统是法治的基本。

　　他决定不交房租。他自己又制定了几条法律，首要的一条是："委员住杂院得不交房租。"

　　杂院里住着七八家子人，有小公务员，有小商人，有小流氓——我们的民主世界里有不少的小流氓，他们的民主精神是欺压良善。

　　裘委员一搬进来，便和小流氓们结为莫逆。他细心地给他们的行动都找出法律的根据。他也叫他们不交房租，以便人多势众，好叫房东服从多数。这是民主精神。

　　房东是在镇上开小香烟店的，人很老实。他有个比他岁数稍大的太太，一个十三岁的男孩，也都很老实。他们是由河北逃来的。河北受敌人的蹂躏最早，所以他们逃来也最早。那时候，金光镇还没有走红运，房子地亩都很便宜，所以他们东凑西凑的就开了个小店，并且买下了这么一所七扭八歪的破房。金光镇慢慢发达起来，他的生意一天比一天好，而房子，虽然是那么破，也就值了钱。这，使裘委员动了气。他管房东叫"奸商"，口口声声非告发他不可。房东既是老实人，又看房客是委员，所以只好低头忍气吞声，不敢索要房租。及至别的房客也不交房租了，他还是不敢出声。在他心里，他以为一家三口既能逃出活命，而且离家万里也还没挨饿，就得感谢苍天，吃点亏又算得什么呢。

裘委员看明白了房东的心意，马上传来一个小流氓，"你去向房东说：房子都得赶紧翻修，竹篾改为整砖，土地换成地板。我是委员，不能住狗窝！要是因为住在这里而损及我的健康，他必受惩罚！这些，都有法律的根据！此外，他该每月送过两条华福烟来。他赚钱，理当供给我点烟。再说，这在律书上也有明文！他要是不答应，请告诉他，这里的有势力的人不是我的同事，就是我的朋友，无论公说私断，都没他的好处。我们这是民主时代，我不能不教而诛，所以请你先去告诉明白了他。"

房东得到通知，决定把房子卖出去，免得一天到晚地怄气。

裘委员请来几位"便衣"。所谓"便衣"者，不是宪兵，不是警察，也不是特务，而是我们这个小民主世界特有的一种人物。他们专替裘委员与其他有势力的人执行那些私人自定的法律。

房东住在小香烟店里，家中只剩下太太与十三岁的男孩。便衣们把房东太太打了一顿——男人打女人是我们这个小民主世界最合理的事。他们打，裘委员在一旁怒吼："混账！你去打听打听，普天之下有几个委员！你敢卖房？懂法律不懂？混账！"

打完了房东太太，便衣们把他十三岁的男孩子抓了走。"送他去当壮丁！"裘委员呼喝着，"混账！"

房东急忙地跑回来。他是老实人，所以不敢和委员讲理，进门便给委员跪下了。

"你晓得我是委员不晓得？"裘委员怒气冲冲地问。

"晓得！"房东含着泪回答。

"委员是什么？说！"

"委员是大官！比县太爷还大的大官儿！"

"你还敢卖房不敢？"

"小的该死！不敢了！"

"好吧，把你的老婆送到医院去，花多少医药费照样给我一份儿，她只伤了点肉皮，我可是伤了心，我也需要医药费！"

"一定照送！裘委员放了我的孩子吧，他才十三岁，不够当壮丁的年纪！"房东苦苦地哀求。

"你不懂兵役法，你个混蛋！"

"我不懂！只求委员开恩！"

"拿我的片子，把他领出来！——等等！"

房东又跪下了。

"从此不准你卖房，不准要房租，还得马上给我翻修房子，换地板！"

"一定办到！"

"你得签字；空口无凭，立字为证！"

"我签字！"

这样，委员与房东的一场纠纷就都依法解决了。这也就可以证明我们的金光镇的确是个民主世界呀。

三

在我们的这个小小的民主世界里，局面虽小，而气派倒很大。只要有机会，无论是一个家庭，还是一个机关，总要摆出它的最大的气派与排场来。也只有这样，这一家或机关才能引起全镇人的钦佩。气派的大小也就是势力的大小，而势力最大的总也就是最有理的。这是我们的民主世界特有的精神，有的人就称之为"国粹"。

我们镇上的出头露脸的绅士与保甲长都时常地"办事"。婚丧大事自然无须说了，就是添个娃娃，或儿女订婚，也要惊天动地地干一场的。假若不幸，他们既无婚丧大事，又没有娃娃生下来，他们也还会找到摆酒席的题目。他们会给父母和他们自己贺寿。若是父母已亡，便做冥寿。冥寿若还不过瘾，他们便给小小子或小姑娘贺五岁或十岁寿。

不论是办哪种事吧，都要讲究杀多少根猪，几百只或几千只鸡鸭，开多少坛子干酒。鸡鸭猪羊杀得越多，仿佛就越能邀得上天的保佑，而天增岁月人增寿的。假若与上天无关呢，大家彼此间的竞赛或者是鸡鸭倒霉的重要原因之一。张家若是五十桌客，李家就必须多于五十桌；哪怕只多一桌呢，也是个体面。因此，每家办事，酒席都要摆到街上来，一来是客太多，家里容不下，二来也是要向别家示威。这样，一家办事，镇上便需断绝交通。我们的民主精神是只管自己的声势浩大，不管别人方便不方便的。所以，据学者们研究的结果，这是世界上最好的一种民主精神，因为它里面含有极高的文化因素。若赶上办丧事，那就不单交通要断绝，而且大锣大鼓地敲打三天三夜，吵得连死人都睡不安，而活人都需陪着熬夜。锣鼓而外还有爆竹呢。爆竹的威力，虽远不及原子弹，可是把婴孩们吓得害了惊风症是大有可能的。

248

问题还不仅这样简单。他们讲排场，可就苦了穷人。无论是绅粮，还是保甲长家中办事，穷人若不去送礼，便必定开罪于上等人；而得罪了上等人，在这个小小的民主世界里，简直等于自取灭亡。穷人，不管怎样为难，也得送去礼物或礼金。对于他们，这并不是礼物礼金，而是苛捐杂税。但是，他们不敢不送；这种苛捐杂税到底是以婚丧事为名的，其中似乎多少总有点人情，而人情仿佛就与民主精神可以相通了。穷人送礼，富人收礼，于是，富人不因摆百十桌酒席而赔钱——其目的，据说是为赚钱——可是穷人却因此连件新蓝布大褂也穿不上了。

　　本地的绅粮们如此，外来的人也不甘落后。我们镇上的欢送会与欢迎会多得很。在英美的民主世界里，若是一位警长或邮局局长到一个小镇上任去，或从一个小镇被调走，大概他们只顾接事或办交代，没有什么别的可说。同时，那镇上的人民，对他们或者也没有欢迎与欢送的义务。他们办事好呢，是理应如此；他们拿着薪俸，理当努力服务。他们办不好呢，他们会得到惩戒，用不着人民给他们虚张声势。我们的金光镇上可不这样，只要来一个小官，镇上的公民就必须去欢迎，仿佛来到金光镇上的官吏都是大圣大贤。等到他们离职的时候，公民们又必须去欢送，不管离职的人给地方上造了福，还是造了孽。不单官吏来去如此，连什么银号钱庄的老板到任去任也要如此，因为从金光镇的标准来看，天天埋在钞票堆中的人是与官吏有同等重要的。这又是我们的民主世界里特有的精神，恐怕也是全世界中最好的精神。

　　本着这点精神，就很可以想象到我们镇上怎样对待一个偶然或有意从此经过的客人了。按说，来了一位客人，实在不应当有什么大惊小怪的地方。假若他是偶然从此路过呢，那就叫他走他的好了。假若他是有意来的，譬如他是来调查教育的，那就请他到学校去看看罢了；他若是警察总局的督察，就让他调查警政去吧；与别人有什么关系呢？

不，不，我们金光镇自有金光镇的办法。只要是个阔人，不管他是干什么来的，我们必须以全镇的人力物力，闹得天翻地覆地欢迎他。这紧张得很：全镇到处都需把旧标语撕了下去，撕不净的要用水刷，然后贴上各色纸的新标语。全镇的街道（也许有一个多月没扫除过了）得马上扫得干干净净。野狗不得再在路上走来走去，都捉起来放到远处去。小孩子，甚至连鸡鸭，都不许跑出家门来。卖花生橘柑的不准在路旁摆摊子。学校里需用砖头沾水磨去书桌上的墨点子，弄得每个小学生都浑身是泥污。这样折腾两三天，大人物到了。他也许有点事，也许什么事也没有。他也许在街上走几步，也许坐着汽车跑过去。他也许注意到街上很清洁，也许根本不理会，不管他怎样吧，反正我们需心到神知地忙个不亦乐乎。我们都收拾好了之后，还得排队到街外去迎接他呢。中学生小学生，不管天气怎样冷，怎么热，总得早早地就站在街外去等候。他若到晌午还没来，小孩们便需立到过午；他若过午还没到，他们便需站到下午。他们渴，饿，冷或热，都没关系。他们不能随便离队去喝口水或买个烧饼吃；好家伙，万一在队伍不整齐的时候，贵人来到了呢，那还了得！我们镇上的民主精神是给贵人打一百分，而给学生们打个零的。小孩子如此，我们大人也是如此。我们也得由保甲长领着去站班。我们即使没有新蓝布大褂，也得连夜赶洗旧大衫，浆洗得平平整整的。我们不得穿草鞋，也不得带着旱烟管。我们被太阳晒晕了，也还得立在那里。

学生耽误了一天或两天的学，我们也累得筋疲力尽，结果，贵人或是坐着汽车跑过去，或是根本没有来。虽然如此，我们大家也不敢出怨言，舍命陪君子是我们特有的精神啊。这精神使我们不畏寒，不畏暑，不畏饥渴，而只"畏大人"。

（未完）

图书在版编目（CIP）数据

不成问题的问题 / 老舍著 .—北京：作家出版社，2023.11
（老舍经典作品）
ISBN 978-7-5212-2285-2

Ⅰ.①不…　Ⅱ.①老…　Ⅲ.①中篇小说—小说集—中国—现代
②短篇小说—小说集—中国—现代　Ⅳ.① I246.7

中国国家版本馆 CIP 数据核字（2023）第 070438 号

不成问题的问题

作　　者：老　舍
责任编辑：省登宇　周李立
装帧设计：TT Studio
出版发行：作家出版社有限公司
社　　址：北京农展馆南里 10 号　　　邮　　编：100125
电话传真：86-10-65067186（发行中心及邮购部）
　　　　　86-10-65004079（总编室）
E-mail:zuojia @ zuojia.net.cn
http://www.zuojiachubanshe.com
印　　刷：北京盛通印刷股份有限公司
成品尺寸：145×210
字　　数：170 千
印　　张：8
印　　数：001—7000
版　　次：2023 年 11 月第 1 版
印　　次：2023 年 11 月第 1 次印刷
ISBN 978-7-5212-2285-2
定　　价：35.00 元